KB214297

채움과 비움의 시학

박목월 시와 조지훈 시의 관계 연구

상아연구논저총서 1

채움과 비움의 시학

— 박목월 시와 조지훈 시의 관계 연구 —

이경아 지음

국학자료원

책을 내면서

　이 책은 저자가 2006년부터 쓰고 발표한 논문을 묶은 것이다. 1권은 박사학위논문이다. 이는 박목월 시와 조지훈 시의 관계에 대하여, 그 시적 공통점과 차이점을 중심으로 천착한 것으로 Ⅰ장에서는 선행 연구사를 검토하였고, Ⅱ장에서는 각 시인의 성장환경과 사회생활 및 종교를 살펴봄으로써 목월 시와 지훈 시의 배경으로 자리잡은 공통점과 차이점을 파악하였으며, Ⅲ장에서는 이들 시의 소재와 형태 및 표현의 면면을 분석함으로써 목월과 지훈의 시세계가 지닌 공통점과 차이점을 면밀히 고찰하였다. 그리고 Ⅳ장에서는 앞의 논의를 토대로 하여 목월 시와 지훈 시가 지닌 역사적·문학사적·시사적 의의와 현대적 가치를 재정립함으로써 목월 시와 지훈 시의 의미와 위상을 재조명하는 데 주력한 연구물이다. 결과적으로, 목월 시와 지훈 시는 '채움과 비움의 문학'을 내포하며, '생성과 소멸의 미학'을 담고 있음을 발견했다.

　2권은 백석·이용악·오장환 시에 나타난 어휘와 이미지를 연구한 논문 모음이다. 이 시인들의 작품은 대부분 1930년대 후반기의 사회적·문화적·사상적 측면을 내포하고 있으며, 나아가 작가 개인의 일상사와 사유를 내포하고 있다. 이러한 특성은 모든 인간이 자신이 경험한 사회역사적 정황을 떠나서는 존재할 수 없기 때문이다. 시는 언어를 매개로 한

예술이자 어떤 모양으로든 한 시대를 풍미한 시인이 지닌 상상력의 소산이다. 그리고 한 사람의 글과 말은 장소와 시간이 바뀐다고 하더라도 어떤 모양으로든지 상호텍스트성을 이루게 마련이다. 이에 따라 시인의 작품은 그 작품 간에 상호텍스트성(mutual text, intertextuality)을 이루며 유비적(類比的)으로 작용하게 마련이다. 아울러 동시대의 작품들은 그것이 서로 다른 시인의 시라 하더라도 상호텍스트성을 이룰 수 있다. 궁극적으로 '시는 체험의 승화'이기 때문이다.

3권은 성격이 약간 다르다. 한국문학이 아니라 신학, 즉 성경을 텍스트로 삼았기 때문이다. 여기에는 기독교인인 저자가 신학을 처음부터 다시 공부하여 박사과정을 마치기까지 연구하여 제출한 연구논문 3편을 담았다. 오래전, 개인적인 사정으로 박사학위 청구논문 제출은 포기했으나 성경의 어휘와 이미지의 확장성에 관한 관심은 아직도 그칠 줄 모른다. 이 책의 내용은 단 하나의 문장, "이 마음을 품으라"로 대변된다. 이 마음은 그리스도의 '마음'이자 하나님의 영인 성령의 작용으로 생기는 '마음'이다. 나아가서 이 마음은 그리스도인의 '마음'이요 그리스도인의 생활에 근간이 된다.

생각해보면 여기 묶은 글은 이미 책으로 나왔어야 했다. 그러나 여러 가지로 부족함을 알고 있는 터여서 선뜻 책을 낼 용기가 나지 않았다. 발표한 지 꽤 오랜 시간이 흘렀다. 당시에도 대상 텍스트를 보다 총체적·통전적 관점에서 조망하지 못하였다는 점과 보다 많은 작품에 대한 논의를 하지 못했다는 점에서 미흡함을 느끼고 있었는데, 지금은 얼마나 큰 한계를 지니고 있을까. 그때나 지금이나, 좋은 연구자는 끊임없는 훈련으로 터득하게 되는 융합적 사고와 폭넓은 사유가 필수적이라 생각하기 때문이다. 비슷한 시기에 써서 발표한 글들은 그 대상이 동시대의 작품이거나 지은이가 같을 경우에 한해 비슷한 설명과 표현이 있을 것이다.

그럼에도, 수정하지 않고 당시 학술지에 게재된 그대로를 담았다. 그저 질정을 바랄 뿐이다.

　끝으로, 주변에 좋은 사람들, 특히 좋은 선생님들을 만나게 해주신 하나님께 감사드린다. 한국어문학, 사학, 철학 그리고 신학 등 학문적인 부분 및 연구자로서 지녀야 할 태도와 품격에 대하여 좋은 가르침을 주시고 본을 보여주신 여러 선생님께 마음과 머리를 숙여 깊이 감사드린다. 출판에 선뜻 나서주시고, 저자의 편의를 고려해가며 적극적으로 힘써주신 국학자료원 대표님과 편집부에도 심심한 사의를 표한다. 항상 말없이 기도하며 응원을 아끼지 않는 어머니와 동생들 내외, 아들 내외, 그리고 늘 내가 우선이고 나만 챙겨주다시피 하는 든든한 남편에게 이 지면을 빌어 깊은 감사를 표하고 싶다.

차례

Ⅰ. 서론

1. 연구 목적

1930년대가 저물면서 한국문학을 둘러싼 상황과 여건은 악화일로로 치닫기 시작했다. 일제는 '문인보국회'를 만들어 우리 시인·작가들을 침략전쟁의 앞잡이가 되도록 강요했으며, 이로 인하여 거개 작품 내용은 국책문학 쪽으로 통제되었다. 그리고 종국에는 일체의 작품을 일본어로 쓰도록 강요하였다. 이와 때를 같이하여 격조 높은 문예지 ≪문장(文章)≫과 ≪인문평론(人文評論)≫이 발간되었다. 이 가운데 ≪문장≫은 그 발간과 동시에 추천제를 시행하였다. ≪문장≫이 시행했던 신인추천제는 작가발굴제도였다. 이는 소설에서 두 번, 시와 시조에서 세 번의 추천을 통과한 작가를 기성으로 대우하는 것으로, 한동안 매우 성공적으로 운영되었다.

청록파(靑鹿派) 시인으로 알려진 박목월(朴木月)·조지훈(趙芝薰)·박두진(朴斗鎭)은 이 제도를 통해 등단하였다. 그러나 이들은 등단과 아울러 작품발표의 어려움에 봉착하게 되었다. 일제가 '내선일체(內鮮一體)'

라는 표어를 내걸고 '민족어말살정책'을 감행하기 시작했기 때문이다. 이로 인해 당시 작가들은 한국어로 쓴 글을 발표할 수 없게 되었다. 게다가 이들의 등단지인 ≪문장≫ 또한 1941년 4월호(통권 26권)를 끝으로 폐간되었다. 당시 ≪문장≫은 주로 시 정신과 고전탐구에 주력한 문예지였다. 따라서 이를 통하여 등단한 작가들의 초기작품은 대부분 순수서정시를 지향하였고 전통과 자연을 소재로 하였다. 청록파 시인들의 작품 또한 예외가 아니었다.

청록파 시인들의 첫 시집은 공히 『청록집(靑鹿集)』이다. 『청록집』은 1939년 ≪문장≫을 통해 문단에 나온 박목월·조지훈·박두진이 사화집 형식으로 펴낸 공동시집으로 1946년에 출간되었는데, 서문이나 발문 없이 박목월의 시 15편, 조지훈의 시 12편, 그리고 박두진의 시 12편을 담고 있다. '청록파'라는 이름은 바로 이 시집에서 파생된 호칭이며, '청록'은 목월의 시 「청(靑)노루」에서 비롯된 것이다. 그런데, 1946년에 출간된 시집에 작품이 실렸다는 것은 거기 수록된 작품이 그보다 전에 써놓은 작품임을 함의한다. 더구나 1946년이 대한민국(한국)의 해방 이듬해라는 점을 고려하면, 『청록집』에 실린 작품들은 거의 일제강점기에 써진 것이라 해도 과언이 아니다.

그럼에도, 『청록집』에 실린 작품들은 하나같이 자연을 소재로 하고 있으며, 자연 그 자체를 시화(詩畵)한 순수서정시적 면모를 갖추고 있다. 뿐만 아니라 일제 말의 사회적 정황으로 말미암아 사라져가는 민족어를 갈고 닦아 시화화(詩話化)했다는 점에서도 공통점을 지니고 있다. 즉, 청록파 시인의 초기시는 식민치하의 혼란과 상실을 묘파(描破)한 것이 아니라, 나라를 이루고 있는 산천초목의 아름다움과 정(情) 또는 한(恨)을 그리고 있으며, 그것을 당시 지배국 언어인 일본어가 아니라 한국어 즉 대한민국의 말로 써놓았다는 점에서 주목할 만하다. 또한, 이들은 공히 시의 원리와 문학이론에 관한 책들을 출간한바 있거니와, 거시적으로 볼 때 이러한 공통점에도 불구하고 이들 시를 미시적으로 살펴보면 그 차이가 확연하다.

특히, 이 가운데 박두진(朴斗鎭) 시에 등장하는 자연은 시인의 내면을 거쳐 재해석된 '신자연'이라는 측면에서 다른 두 시인의 시에 등장하는 자연과 커다란 차이를 보인다. 두진 시에 등장하는 소재로서의 자연은 다른 두 시인의 그것과는 달리 현실과 긴밀히 연결된 자연이며, 시인의 정신적 의지를 투영한 것으로 드러나기 때문이다. 게다가 박두진은 등단 당시부터 기독교세계관에 충일한 자연과 성경에 나오는 영적 이미지를 차용하여 쓴 산문시 형태의 시를 발표하였으므로, 박목월과 조지훈에 비해 그 시적 출발이 매우 다르다고 할 수 있다. 그러므로 이 세 사람을 청록파 시인으로 한데 묶어 분류하고 평가하는 것은 바람직하지 않다고 사료된다. 이에 따라 본고는 박목월 시와 조지훈 시에 집중하고자 한다.

박목월과 조지훈의 시는 정지용으로 대변되는 '문장파'의 계보를 잇고 있으며, 그것은 한국어를 사용하여 동양고전정신[傳統]을 계승하려는 시도를 통한 시적 모색으로 나타난다. 이때 이들이 사용하는 방법은 당시 문단의 주류를 형성하고 있던 '문장파'의 미적 취향 내지 문학적 경향의 영향을 받은 이미지즘으로 나타나는데, 그것은 '식민지 근대'를 경험하는 지식인의 내면풍경, 곧 식민지 시대 조선지식인(한국인)의 정체성을 형상화하고 있다는 점에서 주목할 필요가 있다. 그런데, 목월 시와 지훈 시에 집중하여 그 관계를 분석한 연구성과물은 거의 없는 실정이다. 본고는 바로 이점에 착안하여 박목월 시와 조지훈 시의 관계에 대하여, 그 공통점과 차이점을 중심으로 천착하고자 한다.

2. 연구사 검토

박목월과 조지훈에 관한 연구성과물은 석·박사학위논문만 해도 무려 250여 편[1]에 달한다. 그런데, 앞서 진행된 연구는 모두 개별적이거나 어떤 분야에 국한된 것으로서 시인의 작품세계를 시대별로 나누어놓은 연구가 대부분이다. 작가론과 작품론으로 대별되는 이 연구물들은 후학들에게 박목월과 조지훈의 생애와 문학의 변천 및 그와 관련된 시대와 사회적 정황을 정리하여 알리고 있다는 점에서 의미를 갖는다. 왜냐하면 문학은 일찍이 김현이 말한바, "인간 정신을 표현하는 한 형태"이기 때문이다. 즉, 문학작품은 작가의 정신을 담고 있다. 따라서 문학은 언어의 씨줄과 날줄로 직조된 작가의 내밀한 정신세계이자, 시인이 살았던 시대와 사회에 대응하는 시적 매개물로서의 가치를 지니게 된다.

다시 말하면 문학은 시인이 경험한 국가적·사회적·문화적 변화양상과 시대적 정황, 그리고 개인의 역사적 삶을 담고 있다. 그러므로 문학은 개인의 탄생·성장·부흥에 따른 삶의 질곡에 따라 다양한 형태로 나타난다. 이 다양함 가운데 일관성 있게 드러나는 독특함을 그 작가의 특성 또는 특징이라 말할 수 있겠다. 이를 알아보기 위해 선행 연구사를 검토하는 것은 당연지사이다. 그런데 앞서 거론한바, 이들 시를 전체적으로 조망하며 공통점과 차이점에 관해 분석한 연구성과물은 거의 없는 실정이다. 그러므로 본고의 연구사 검토는 비록 초기시(『청록집』)에 한정하

---

1) 박목월과 조지훈에 대한 연구성과물은 학술논문을 차치하고 석·박사학위논문만 보더라도, 박목월에 대한 연구가 130여 편, 조지훈에 대한 연구가 100여 편, 이들을 포함한 청록파 시에 관한 연구가 10여 편에 달하고 있다. 한편, 이들의 시를 비교·대조하여 연구한 박사학위논문은 단 두 편이며, 그 범위를 초기시에 국한하고 있는 실정이다. 본 연구자가 조사한 바에 의하면, 목월 시와 지훈 시의 전체 작품을 총체적 관점에서 접근하여 통전적·통합적으로 분석한 연구물은 현 시점에서는 찾을 수 없었다. 본고는 바로 이점에 착안하여 시작된 연구물이다.

고 있지만 청록파 시인들을 함께 다룬 연구성과물을 검토하는 것에서 시작할 필요가 있다. 이는 이 논의들이 과거 박목월과 조지훈을 등단시킨 추천자 정지용(鄭芝溶)에서 시작하여 지금까지 지속되어온 이들 시의 평가와 긴밀히 연결된다는 점에서 주목할 만한 가치가 있기 때문이다.

청록파에 관한 최초의 평가는 정지용에 의한 것이었다. 정지용[2]은 1940년 2월 ≪문장≫의 「시선후(詩選後)」를 통해 조지훈의 회고적(懷古的) 에스프리는 애초에 명소고적(名所古蹟)에서 날조(捏造)한 것이 아니라, 고매(高邁)한 자기(磁器)의 살결에 무시(無時)로 거래(去來)하는 일말 운하(一抹雲霞)와 같이 자연과 인공(人工)이 결합한 극치의 상태라고 조지훈 시를 극찬하고, ≪문장≫ 1940년 9월호를 통하여[3] 박목월 시에 등장하는 자연과 수사를 소월의 그것과 비교하면서, 목월 시에 나타나는 자연과 시적 운율의 민요적 측면을 다듬으면 목월 시가 곧 '한국시'라고 호평함으로써 이들의 시적 가능성을 전망하였다.

이후, 이들의 시에 관한 본격적인 평가는 김동리[4]에 의해 시작되었다. 1948년에 김동리는 ≪예술조선≫ 4월호 지면을 빌어 청록파 3인의 등장에 대해 언급하며, 이들의 작품이 한국시사에 절체절명의 경지에서 불린

---

2) 정지용, 「詩選後」, ≪문장≫ 제2권 1호(1940. 2), 195면; 정한모, 「청록파의 시사적 의의」, 『청록집·기타』, 현암사, 1968, 320~321면. 정지용이 ≪문장≫에 쓴 「시선후」는 총 네 편으로, 첫 번째는 「詩選後에」(≪문장≫ 제1권 3호(1939. 4)), 두 번째로는 「詩選後」(≪문장≫ 제1권 8호(1939. 9)), 세 번째로는 「詩選後」(≪문장≫ 제1권 11호(1939. 12)), 그리고 「詩選後」(≪문장≫ 제2권 1호(1940. 2))이다. 이 가운데 조지훈 시를 극찬한 위의 내용은 ≪문장≫ 제2권 1호의 「詩選後」에 실려 있으며, 「고풍의상」에 관한 시평은 「詩選後에」(≪문장≫ 제1권 3호(1939.4), 132면)에 실려 있다.

3) 鄭芝溶, ≪문장≫ 제2권 8호, 문장사, 1940. 9.

4) 金東里, 「三家詩와 自然의 發見 : 朴木月·趙芝薰·朴斗鎭에 對하여」, ≪예술조선≫, 예술조선사, 1948. 4; 金東里, 「自然의 發見 : 三家詩人論」, 『文學과 人間』, 백민문화사, 1948; 金東里, 「自然의 發見 : 三家詩人論」, 『청록집·기타』, 현암사, 1968.

시라 평하고, 이들 시의 특성을 '자연의 발견'이라 규정하면서, 박목월 시에 차용된 자연을 향토적 · 서정적 자연으로, 조지훈 시에 차용된 자연을 전통적 · 선(禪)적 자연으로 논함으로써, 목월 시와 지훈 시 연구에 기초를 다져놓았다. 정한모(鄭漢模)[5] · 김춘수(金春洙)[6] · 양왕용(梁汪容)[7] 또한 김동리의 견해를 따라 이들의 시가 지닌 소재의 공통점과 사상(寫像)적 특성을 평한바 있다.

이중 정한모[8]는 「청록파의 시사적 의의」를 통해 청록파 시인들의 공통점은 '자연의 재발견'이라 지목하였을 뿐 아니라, 박목월 시는 향토적인 자연을 소재로 삼아 마음과 혼의 자연을 재창조하면서 한국현대시 운율의 기반을 마련하였다는 점, 그리고 그 기원과 국적을 알 수 없이 "번역시 형태로 시작된 한국 현대시의 무정부상태"를 바로잡는 데 크게 기여했다는 점을 들어 그 시사적 위치와 문학사적 위상을 논하는 한편, 조지훈 시는 그의 습작시에 드러나는 사변적 · 감상적 경향과 초기시에 드러나는 전통성과 민족정서를 면밀히 살피고, 또한 그의 중기시에 드러나는 소재가 내면적 자아탐구를 바탕으로 한 동양적 서정을 근간으로 한다고 주장하면서, 그 근원은 자연친화적 시세계라 호평한바 있다.

김춘수[9] 역시 박목월의 「閏四月」을 예로 들어 7 · 5조 율격을 설명하

---

5) 鄭漢模, 「靑鹿派의 詩史的 意義」, 『청록집 · 기타』, 현암사, 1968.

6) 金春洙, 「靑鹿集의 詩世界」, ≪세대≫, 세대사, 1963. 6.

7) 梁汪容, 「靑鹿集을 通한 三家詩人의 作品 硏究」, 경북대학교 대학원 석사학위논문, 1969.

8) 鄭漢模, 앞의 책, 303-341면; 鄭漢模, 『現代詩論』, 보성문화사, 1981, 201~203면; 정한모, 「초기작품의 시세계」, 『趙芝薰硏究』, 고려대학교출판부, 1978, 19~30면 참조.

9) 金春洙, 「靑鹿集의 詩世界」, ≪세대≫, 세대사, 1963. 6; 金春洙, 「"文章"추천 시인군의 시 형태」, 『金春洙全集 2 : 詩論』, 문장사, 1982, 77~80면.

면서, 이는 소월이 발표한 일련의 민요시들과 관련이 있다고 주장하고, 시의 각 행을 명사로 끝맺음으로써 극도의 절제된 형식을 통해 대상을 객관화시키는 점을 높이 평가한바 있으며, 처음으로 청록파 시를 대상으로 하여 학위논문을 제출했던 양왕용[10]은 청록파 시인의 시를 시기별로 나누어 살피며, 그들의 시의식을 함께 논한바 있다.

그런가하면, 청록파 시인 중 한 명인 박두진[11]은 박목월의 시적 대상의 변화를 감지하고, "초기에는 소박한 自然을 背景으로 한 짙은 鄕土色이거나, 짙은 향토색을 배경으로 한 소박한 自然이었으며, 中期에는 '人事와 人間的인 사랑'의 세계를 지나 차츰 '生活'의 세계로 옮겨오고 있다"고 그 변화를 지적하는가 하면, 조지훈 시 가운데 광복 이전의 시를 대상으로 시적 변모양상에 집중하여 거론하면서, 그의 작품에 나타나는 전통동양정서의 유가의식이 한국 민족정서의 현대시적 서정을 정립하는 중요한 역할을 했다고 밝힘으로써 지훈 시의 위상을 높이 평가하였다.

김종길[12]은 박목월의 시적 정서의 핵심이 '향수(鄕愁)'라고 규명하고, "木月로 하여금 처음 詩를 쓰게 한 것도 鄕愁지만 또한 30여 년 동안 꾸준히 詩를 쓰게 한 것도 鄕愁라는 것을 우리는 알 수 있다. 왜냐하면 鄕愁가 평생 그의 '정신의 바탕'이 되고 그의 작품에 깊은 정서를 제공하는 원천이 되고 있기 때문"이라고 밝힘으로써, 박목월의 시적 근간이 '그리움'이며, 그 '그리움'의 정서가 바로 '鄕愁'라고 진단하는 한편, 조지훈의 시를 해방 전의 시와 해방 후의 시로 나누고, 전자를 감각적 경향과 사변

---

10) 梁汪容, 「靑鹿集을 通한 三家詩人의 作品 硏究」, 경북대학교 대학원 석사학위논문, 1969.

11) 朴斗鎭, 「조지훈의 시세계」, ≪사상계≫ 제183호, 1968; 박두진, 『韓國現代詩論』, 일조각, 1974, 134~136면.

12) 金宗吉, 『眞實과 言語』, 일지사, 1974, 163~165면.

적 경향의 시로 구분하여 다루었으며, 후자에는 이 두 경향이 공존하는 가운데 시어가 생활언어와 밀접해지는 어휘의 변화를 보이며, 시적 표현에 지사적 기품이 깃들어 있음에 주목하였다.

한편, 박목월 시에 대한 총체적 연구를 처음으로 시도하여 박사논문을 발표한 김형필[13]은 목월 시를 네 가지 시학으로 대분하여 접근하였는데, 초록·향수·생활·신앙이 그것이다. 그가 구분한 이 네 가지 요소들은 훗날 목월 시의 특징과 본질을 밝히는데 중요한 단초로 기능하고 있다. 그리고 조지훈 시 전체를 그 대상으로 삼아 연구하여 처음으로 박사학위논문을 제출했던 박호영[14]은 조지훈의 시와 시론 연구에 그치지 않고 그의 생애와 문학 그리고 그의 관심사에 다각적으로 접근함으로써 그의 문학관과 시세계를 검토하고자 시도하였다. 이에 따라 그는 지훈의 성장과정 및 수학과정을 통하여 지훈 시에 나타난 전통과 자연관, 지식과 정신 등을 살펴보았거니와, 그의 시를 불교적 선의 세계라고 쉽게 규정하는 것은 무의미하다고 밝히고는, 지훈 시는 유교적 세계관을 바탕으로 한 시라는 논지를 제시하였다.

최근에는 청록파 시인의 시세계를 종합적으로 고찰하려는 시도[15]가

---

13) 金炯弼, 『朴木月詩研究』, 한양대학교 대학원 박사학위논문, 1985; 金炯弼, 『朴木月詩研究』, 이우출판사, 1988.

14) 朴好泳, 「趙芝薰 文學研究」, 서울대학교 대학원 박사학위논문, 1988.

15) 金麒仲, 「靑鹿派詩의 對比研究」, 고려대학교 대학원 박사학위논문, 1990; 李文杰, 「『靑鹿集』의 原型心象 研究」, 동아대학교 대학원 박사학위논문, 1995; 김춘식, 「근대적 자아의 자연·전통 발견」, 『우리 시대의 시집, 우리 시대의 시인』, 계몽사, 1997; 이숭원, 「청록파의 시적 특질과 문학사적 성격 : 황폐한 시대에 불 밝힌 순수 서정시의 정화」, ≪문학사상≫ 제312호, 문학사상사, 1998; 김기중, 「청록파의 시세계」, ≪작가연구≫ 제11호, 새미, 2001; 금동철, 「청록파 시인의 서정화 방식 연구」, ≪작가연구≫ 제11호, 새미, 2001; 이상호, 「청록파 연구 : ≪청록집≫을 중심으로」, 『한국언어문화』 제28집, 한국언어문화학회, 2005; 이상호, 「『청록집』에 나타난 청록파의 시적 변별성 : 언어감각과 구성형식을 중심으로」, ≪詩로 여는 세상≫ 제7

있었다. 이중 김기중[16]은 청록파의 자연이 존재론적 생명의식을 공통분모로 하거니와, 박목월 시는 통합성을 추구하며 양극성의 세계를 그려내고 '건넘의 상상력'을 통하여 모순의 합일을 지향하는 데 비해, 조지훈 시는 동일성을 추구하며 소멸하는 세계를 그려내고 '수직성의 시학'을 통해 내재적 초월을 지향한다고 논한바 있다. 또한 이문걸[17]은 『청록집』에 수록된 시에 나타나는 원형심상에 집중하여, 목월 시는 유년몽상이 갖는 상상의 기억을 형상화하였고, 지훈 시는 동양적 성찰을 통한 자연 관조 양상으로 초탈한 심상의 단면을 형상화하였다고 논하고는, 각 시인의 시에 나타난 원형심상으로서의 색채의식에 대해 설명하고 있다.

금동철[18]은 청록파 시인의 서정화 방식에 주목하였는데, 박목월 시가 환상적 공간을 창조함으로써 자아와 세계를 동일시하고 있다면, 조지훈 시는 자연관조를 통해 자아와의 합일을 꾀하고 있거니와, 지훈 시에서는 목월 시처럼 시적 자아를 자연과 동일시하는 현상은 보이지 않는다고 진술하고, 박목월과 박두진의 시세계에 비해 조지훈의 시세계는 상당히 독립적이라는 주장을 펴고 있다. 한편, 김춘식[19]은 이들 시에서 발견할 수 있는 '근원적인 것에 대한 향수와 결핍'에 대해 논하였거니와, 이숭원[20]은 여기(『청록집』) 등장하는 자연이 박목월의 경우에는 결핍에 의한 환상적 창조인 반면 조지훈의 경우에는 실재하는 자연이며, 지훈 시는 목

권 2호 통권 26호, 시로여는세상, 2008; 이성천, 「『청록집』에 나타난 현실 수용 양상과 전통의 문제」, 『한민족문화연구』, 제41집, 한민족문화학회, 2012.

16) 金麒仲, 「靑鹿派詩의 對比研究」, 고려대학교 대학원 박사학위논문, 1990, 18~116면; 김기중, 「청록파의 시세계」, ≪작가연구≫ 제11호, 새미, 2001, 12~33면.

17) 李文杰, 앞의 논문, 10~129면 참조.

18) 금동철, 앞의 글, 34~56면.

19) 김춘식, 앞의 글, 195면.

20) 이숭원, 앞의 글, 65~66면.

월 시에서 볼 수 있는 애잔함은 발견할 수 없지만 은자적 여유를 느끼게 한다고 평하고 있다.

또한 이상호[21]는 『청록집』을 통해서 본 청록파 시의 동질성은 인정하면서도, 형식적인 측면에서는 서로 상당한 차이를 보인다고 주장하고, 이들은 자연을 소재로 하는 등의 공통분모로 인해 같은 유파로 묶일 수 있지만, 한자어 사용과 시의 제목 및 행과 연의 구성상 상당부분의 개별성도 지니고 있음을 피력하고 있다. 아울러 이성천[22]은 『청록집』에 수록된 시에 등장하는 자연의 세계는 삶의 양식으로서의 전통을 자연과 동화시킨 시적 전개양상으로 나타나며, 이는 곧 '옛것'을 민족적이고 순수한 것과 동일시한 결과라고 주장하고, 이러한 결과는 청록파 시인들이 『청록집』에 수록한 시군을 통해 현실을 전통과 연결함으로써 민족적인 것을 자연과 동일한 순수세계로 인식하는 현실수용 양상에 기인한다고 논하고 있다.

지금까지 박목월 시와 조지훈 시에 대한 연구성과물을 검토하였다. 목월과 지훈의 시에 대한 연구는 지금까지 지속적으로 활발히 진행되어 왔다. 그럼에도, 그 연구물들은 그 시기적인 면과 논의의 관점이 비교적 제한적이라는 한계를 지니고 있다. 아울러 목월 시와 지훈 시의 관계를 통전적·통합적 관점에서 조망한 연구물은 거의 없는 실정이다. 이에 본고는 목월 시와 지훈 시에 대한 기왕의 연구성과를 기반으로 하여, 목월 시와 지훈 시의 관계에 천착하고자 한다. 이에 따라 본고는 목월과 지훈

---

21) 이상호, 「청록파 연구 : ≪청록집≫을 중심으로」, 『한국언어문화』 제28집, 한국언어문화학회, 2005, 325~351면; 이상호, 「『청록집』에 나타난 청록파의 시적 변별성 : 언어감각과 구성형식을 중심으로」, 『시로 여는 세상』 제7권 2호, 시로여는세상, 2008, 29~52면.
22) 이성천, 앞의 글, 309~331면.

의 전체 시를 대상으로 하여, 이들 시가 지닌 시적 공통점을 면밀히 살펴보고, 그 공통점에도 불구하고 시적 변별성으로 드러나는 차이점을 구체적으로 고찰한 뒤, 박목월 시와 조지훈 시가 지닌 역사적·문학사적·시사적 의미와 현대적 위상을 재정립할 요량이다.

3. 연구 방법 및 범위

앞서 거론한바, 박목월 시와 조지훈 시의 관계를 총체적으로 조망하며 그 관계를 통전적·통합적으로 논의한 연구물은 거의 없는 실정이다. 본고는 바로 이러한 점에 착안하여 목월 시와 지훈 시의 관계를, 그 시적 공통점과 차이점을 중심으로 천착하고자 한다. 이를 위해 우선 II장에서는 목월과 지훈의 시적 배경이 된 성장환경과 사회생활 및 종교적 측면을 살펴보고, III장에서는 이들의 시세계를 가늠하게 하는 시의 소재와 형태 그리고 표현에 관해 분석하겠거니와, IV장에서는 이 두 시인의 작품이 지닌 시사적 의의와 현대적 가치를 재정립함으로써 박목월 시와 조지훈 시의 공통점과 차이점에 관해 면밀히 고찰하는 데 진력할 요량이다.

본고의 연구 방법으로는, 박목월 시와 조지훈 시의 근간으로 작용한 시적 배경의 공통점과 차이점을 논하는 II장에서는 역사주의 비평론과 함께 시적 화자의 의식의 흐름을 따를 것이며, 이들의 시세계가 지닌 공통점과 차이점을 논하는 III장에서는 형식주의 비평론을 병용할 것이거니와, 특히 텍스트(Text)로서의 시 분석에는 수사학적·본문언어학적 관점에서 시의 소재와 형태 및 표현에 관한 분석이 이루어질 것이라 전망한다. 이는 문학이 인간의 삶과 불가분의 관계에 있으며, 문학의 수단이 기호라는 점, 기호가 기표(記票, signifier)와 기의(記意, signified)로 구성되어 있다는 점, 기호의 원리가 사회현상을 기호로 대치(substitution)하는 것이라는 점을 근간으로 한다.

아울러, 본고는 박목월 시와 조지훈 시 전체를 연구 대상으로 하여 총체적 관점에서 조망할 것이므로, 그 연구 범위를 한정하지 않았다는 점, 이들의 전체 시 가운데 새롭게 조명할 가치가 있다고 판단되는 시를 선별하여 그 시군(詩群)을 통전적·통합적으로 분석하였다는 점에서 기왕의 연구에 대해 변별성을 확보한다. 끝으로, 본고의 인용시는 1946년에 간행된 『靑鹿集』23)을 참고하면서 2003년에 간행된 『박목월 시전집』24)과 『조지훈 전집 1 : 詩』25)를 텍스트로 삼았으며, 박목월과 조지훈이 등단 이전에 발표한 동시·동요 및 미발표작은 연구대상에서 제외하였음을 미리 밝혀둔다.

---

23) 박목월·조지훈·박두진, 『靑鹿集』, 을유문화사, 1946, 6~109면.
24) 박목월, 『박목월 시전집』, 이남호 엮음, 민음사, 2003, 33~917면.
25) 조지훈, 『조지훈 전집 1 : 詩』, 김인환 외 8인 編, 나남출판사, 1996, 25~464면.

II. 시적 배경의 공통점과 차이점

1. 성장환경 : 자연수용과 전통계승

청록파 시인들은 1946년에 펴낸 『청록집』으로 인하여 세상에 알려졌다. 이들(박목월(朴木月)·조지훈(趙芝薰)·박두진(朴斗鎭))은 공히 1939년에 ≪문장≫을 통해 최초의 추천을 받았으며,[26] 사화집 형태의 『청록집』 전후로 각기 글을 써서 발표하였다. 『청록집』에 수록된 시는 대부분 자연을 소재로 하고 있거니와, 이 가운데 박목월과 조지훈의 시에 등장하는 소재로서의 자연은 농촌이나 산촌에서 흔히 볼 수 있는 '자연'이라는 점에 공통점이 있다. 이에 비해 박두진의 그것은 시인의 내면을 거쳐 재해석된 '신자연'이라는 점에서 다른 두 시인의 그것과는 구별된다. 두진 시에 등장하는 소재로서의 자연은 다른 두 시인의 그것과는 달리 현

---

26) 이들을 추천한 사람은 정지용이다. 이들은 1946년에 간행된 『靑鹿集』이 세상에 알려진 이후, '청록파(靑鹿派)' 시인으로 통칭되어왔다. 『청록집』은 서문이나 발문 없이 박목월의 시 15편, 조지훈의 시 12편, 그리고 박두진의 시 12편을 담고 있다. '청록파'라는 이름은 바로 이 시집에서 파생된 호칭이며, '청록'은 박목월의 시 「청(靑)노루」에서 비롯되었다.

실과 긴밀히 연결된 자연이며, 시인의 정신적 의지를 투영한 것으로 드러나기 때문이다.

뿐만 아니라 박두진은 등단 당시부터 기독교세계관에 충일한 자연과 성경에 나오는 영적 이미지를 차용하여 쓴 산문시 형태의 시를 발표하였다. 따라서 '청록파' 시를 논할 때마다 그를 다른 두 시인과 한데 묶어 논하여야 하는가는 재고할 여지가 없지 않다. 이에 따라 박목월과 조지훈에 비해 그 시적 출발이 상당히 다른 박두진은 본고에서 제외하기로 한다. 이는 목월 시와 지훈 시에 등장하는 '자연'이 두진 시의 그것과는 뚜렷이 구별되거니와, 정지용으로 대변되는 '문장파'의 계보를 잇고 있으면서도, 당시 시단을 관류하던 소재로서의 '자연'에 대해 변별성을 지니고 있기 때문이다.

물론, 한국시사에 자연을 대상으로 삼아 노래한 시는 상당히 많다. 시가류는 차치하고 생각해봐도 '청록파' 이전의 대다수 한국시들 역시 자연을 시적 소재로 삼았었다. 소위 '문장파'를 대표하는 정지용은 1930년에 ≪시문학≫을 창간했던 '시문학파' 박용철의 영향을 받아 시를 '고덕(高德)'으로 인식하였으며, 시가 언어예술이라는 점에 주목하여 시적 완성도를 중시하였거니와, 시의 정신적 측면을 강조한 순수시론을 주장하였는데, 이러한 그의 시론과 시적 경향은 '청록파' 시인을 비롯하여 ≪문장(文章)≫을 통해 작품활동을 하던 여러 시인에게 큰 영향을 주었다.

그러나, 박목월과 조지훈의 시에 등장하는 자연은 '문장파' 및 그 이전의 시에 등장한 소재로서의 자연과는 상당한 차이를 지닌 자연으로서 많은 연구자들의 주목과 조명을 받아온 '만들어진 자연'이다. 이는 겉으로 보기에 '문장파'의 계보를 잇는 것처럼 보이는 목월 시와 지훈 시의 대상으로서의 '자연'이 그저 정지용의 시나 시학, 또는 시적 소재요 대상이라는 측면에서의 답습에 그치지 않고, 일제의 억압에 의해 사라져가는 모국어, 즉, 한국어를 사용하여 동양고전정신[傳統]을 계승하려는 시도를 통한 시적 모색의 일환으로 나타나기 때문이다. 이때 목월과 지훈이 사용하는 방법은 당시 문단의 주류를 형성하고 있던 '문장파'의 영향을 받아 서구 모더니즘 경향의 이미지즘으로 나타난다.

주목할 것은, 박목월과 조지훈 시에 등장하는 자연이 '식민지 근대'를 경험하는 지식인의 내면풍경, 곧 식민지 시대 조선지식인(한국인)의 정체성을 형상화하기 위해 '만들어진 자연'이라는 점이다. 이는 결코 간과해서는 안 되는 매우 중요한 사항이거니와, 반드시 주목할 필요가 있음에도, 많은 연구자들이 가볍게 다루는 경향이 없지 않다. 이는 실로 중대한 문제라 아니할 수 없다. 왜냐하면 이들의 초기시를 현실도피적 문학으로 평가하며 부정적으로 대하는 것도 바로 여기서 연유하기 때문이다. 당시 목월과 지훈은 정지용 시에 등장하는 소재로서의 자연을 각기 자신의 시에 수용하였거니와, 그것을 그저 답습하는 것에 그치지 않고 자신들의 것으로 변용·발전시켰다.

박목월과 조지훈 시에 등장하는 자연이 이렇게 이전 시에서는 볼 수 없는 '만들어진 자연'이라는 점을 고려하면, 이들에게 ≪문장≫은 자신들이 등단한 지면이라는 의미를 초월하여 조선·전통·한국어, 즉, 한국성을 대표하는 상징적 존재였다고 파악된다. 바로 이점에 근거하여 김윤식[27]은, 이들의 시에 등장하는 '자연'이 "현실에의 패배를 다른 대치물로 극복하려는 의지이되, 그것이 현실에의 패배라는 객관적 사실을 인정하지 않을 수 없는 태도"['낭만적 irony']에 의해 식민지 시대에 경험하는 상실과 결핍을 대체한 '예술'의 결과라고 규정하는 한편, 이들의 시(예술)는 '미적 신념'과 '전통'이 작용한 일종의 '저항'이자 '비전'[詩意識·美

---

27) 김윤식, 「「문장」지의 세계관」, 『한국근대문학사상비판』, 일지사, 1989, 180면.

學的 世界]이라 할 수 있다고 간파한바 있다. 다시 말하면, 당시 ≪문장≫에 발표한 박목월 시와 조지훈 시는 일제에 의해 사라져가는 한국어·전통·한국(대한민국의 산·내·들을 포함한 문화유산) 곧 한국성을 되살려내는 행위로서의 '저항'이요 '전망'이었다.

박목월(박영종(朴泳鐘), 1916~1978)과 조지훈(조동탁(趙東卓), 1920~1968)은 거시적 측면에서 대한민국 경상북도 소재의 산촌에서 태어났다는 점,[28] 일제강점기인 1939년에 정지용의 추천으로 ≪문장≫을 통해 등단하였다는 점, 사화집인『청록집』을 통해 세상에 알려졌다는 점, 그리고 당시 활동하던 다른 문인이나 지식인들이 이른바 일본유학파라는 점에 비해 그러한 경험이 없다는 점 등 성장환경에 공통점이 있다. 이러한 성장환경은 시인의 선험적 경험으로서 시의 근간으로 자리매김하게 마련이다. 이로 인해 박목월과 조지훈의 시는 상당히 비슷한 양상을 띠고 있다.

이러한 공통점은 우선『청록집』에 수록된 이들의 시에 드러나는 자연탐구와 전통계승적 측면으로 나타난다. 주목할 것은,『청록집』에 나타나는 자연이 시적 소재일 뿐만 아니라 청록파 시인들의 초기시 전체를 관류하는 주제이자 형질이라는 점이다. 이는 목월과 지훈의 시에 수용된 자연이 내포하는바, 그리움과 향수에 기인한다. 여기서 그리움과 향수란 이들이 각기 차용한 소재로서의 자연에 민요적·향토적 감성을 담아 노래함으로써 환기하는 전통정서에 다름아니다. 이에 따라 목월 시와 지훈 시의 전통정서는 체험을 근간으로 환기되는 기억[29]이라 할 수 있다. 그

---

28) 박목월이 경북 경주에서 조지훈이 경북 영양에서 출생한 데 비해, 박두진은 경기도 안성에서 태어났다.

29) 기억은 청각이나 시각과 마찬가지로 원격감각(distance sense)이지만, 후각·촉각·미각과 같은 근접감각(proximity sense)과는 구별되거니와, 그 내용은 과거이지만

러므로 목월과 지훈의 성장환경이 각 시인의 시적 배경으로 자리잡고 있음은 부인할 수 없다. 우선 목월의「윤사월」을 보자.

松花가루 날리는
외딴 봉우리

윤사월 해 길다
꾀꼬리 울면

산직이 외딴 집
눈 먼 처녀사

문설주에 귀 대이고
엿듣고 있다

　　　　　　　　　　　　　—「윤사월(閏四月)」(1946) 전문30)

　2행 1연의 짧은 시적 전개로 인하여, 언뜻 보기에도 정지용(鄭芝溶)31)

　　　과거 그 자체는 아니며 현재성을 띠고 있다(유종호,『다시 읽는 한국시인』, 문학동
　　　네, 2002, 249면 참조.).
30) 박목월,『청록집』, 을유문화사, 1946, 8~9면; 박목월,「청록집」,『박목월 시전집』,
　　　이남호 엮음, 민음사, 2003, 34면.
31) 소위 '문장파'를 대표하는 정지용은 1930년에 ≪시문학≫을 창간했던 '시문학파'
　　　박용철의 영향을 받아 시를 '고덕(高德)'으로 인식하였으며, 시가 언어예술이라는
　　　점에 주목하여 시적 완성도를 중시하였거니와, 시의 정신적 측면을 강조한 순수시
　　　론을 주장하였는데, 이러한 그의 시론과 시적 경향은 '청록파' 시인을 비롯하여 ≪
　　　문장(文章)≫을 통해 작품활동을 하던 여러 시인에게 큰 영향을 주었다(김윤식, 앞
　　　의 글, 180면; 김춘식,「낭만주의적 개인과 자연·전통의 발견」, ≪작가연구≫ 제
　　　11호, 새미, 2001, 76~86면; 김윤태,「한국 현대시론에서의 '전통' 연구」,『한국전
　　　통문화연구』제13호, 전통문화연구소, 2014, 222~225면 참조.

의 영향을 받았음을 드러내는 「윤사월」의 시적 정서는 봄의 황량한 공간을 환기시킨다. 게다가 결핍을 함의하는 시어인 "산지기", "외딴 봉우리", "외딴 집" 그리고 "눈 먼 처녀"가 인생사로 인한 고독과 허무를 드러내고 있다. 그 정서가 확산되고 있는 장소는 '산'이다. 무음의 공간 속에 돌올해진 외로움이 고립된 자아와 자연과 연결되면서 소리 없는 아우성이 되어 번지고 있다. 하지만 이 시의 시적 화자는 자연 및 세상과의 단절은 결코 바라지 않는다. 그것은 꾀꼬리 울음을 엿듣고 있는 "눈 먼 처녀"의 행위로 여실히 드러나고야 만다. 이 처녀는 산지기의 외딴 집에 홀로 남아 마냥 적적한 마음을 대변한다. 그리고 이 헛헛한 마음은 산의 '울림'에 둘러싸여 있다.

여기서 주목할 것은, 시어 "산지기"와 "눈 먼 처녀" 그리고 "엿듣고 있다"이다. 이 세 개의 시어는 의지가지없이 인적 없는 곳에 사는 쓸쓸하고 고독한 삶, 즉, 인간적인 그리움을 내포하면서 음력으로 윤달을 따져 쐬는 한국적 정서를 드러내고 있기 때문이다. 「윤사월」에 환기되는 그 적적한 '울림'은 「산이 날 에워싸고」에서 '산의 메시지'로 나타난다. 이 메시지는 「산이 날 에워싸고」의 시적 화자인 '나'를 통하여 '나'의 안에서 공명하는 묵시적 성격을 띤다. 여기 나타나는 묵시적 성격은 적극적 참여를 유도하는 현실세계를 떠나 산속에서 조용히 살아가는 소극적 삶을 반영한다. 이러한 생활은 인간의 삶이 자연에 용해되거나 융합되는 양상을 보이게 마련이다.

산이 날 에워싸고
씨나 뿌리며 살아라 한다
밭이나 갈며 살아라 한다

어느 짧은 山자락에 집을 모아

아들 낳고 딸을 낳고

흙담 안팎에 호박 심고

들찔레처럼 살아라 한다

쑥대밭처럼 살아라 한다

　　　　　　　　　　－「산이 날 에워싸고」(1946) 부분32)

　「산이 날 에워싸고」의 시적 화자는 자의식의 이러한 양상을 "씨나 뿌리며 살아라 한다/밭이나 갈며 살아라 한다"고 진술함으로써 「윤사월」보다 극명히 드러내고 있다. 박목월의 이러한 경향은 그가 고유의 정서와 섬세한 감각을 통하여 일상의 현실과 삶의 체험을 자신의 시세계로 끌어들였다는 측면에서 주목할 만하다. 따라서 「산이 날 에워싸고」에서 차용한 '씨'와 '밭'은 소시민적 일상을 담은 전원생활의 낭만과 자연친화적 삶이 주는 일련의 만족으로 번진다. 그러나 이 만족은 채움으로써 얻을 수 있는 것이 아니다. 어딘가 비어있는 듯한 자연 가운데 녹아있는 풍경의 완연한 서정성과 그로 인해 새롭게 부조되는 자연 자체에 의해 비로소 맛볼 수 있는 것이기 때문이다.

　이는 경상도 산촌에서 나고 자란 박목월의 성장환경과 내밀한 관련이 있다. 목월은 경상북도 경주 소재의 모량리라는 산골마을에서 태어났다. 모량리는 그중 가장 가장자리에 자리한 조그마한 마을이다. 목월이 나고 자란 집은 이 마을에서도 가장 끄트머리의 외진 곳에 있었다. 그 집은 조그마한 마당이 있는 단출한 초가집인데, 목월은 이 집에서 건천보통학교(現 초등학교 과정)를 통학하였으며, 후에는 대구 계성중학교(現 중고등

---

32) 박목월, 『청록집』, 을유문화사, 1946, 32~33면; 박목월, 「청록집」, 『박목월 시전집』, 이남호 엮음, 민음사, 2003, 46면.

학교 과정)에 입학하였다. 따라서 유년시절 그의 등하굣길은 꽤나 오래 걸어야 하는 길이었다. 이렇듯, 박목월이 유년시절에 보고 느낀 동네의 정취와 학교를 오가며 본 자연의 아름다움은 물론 그의 시에 고스란히 반영되어 있다.

그런가하면, 조지훈은 영남 사림파 후예 한양 조씨의 집성촌으로 알려진 주실마을에서 태어났다. 주지하는바, 경상북도 영양 소재의 주실마을은 문집이나 유고를 남긴 인물이 많은 양반마을로 조상의 예와 법도를 중시하는 가문의 후예들이 모여 사는 동네이다. 따라서 당시 그곳에 거주하는 여인들은 물론 민족 고유의 의상인 한복을 맵시 있게 입고 생활했을 것이다. 이로 인해 지훈에게 여인의 의상은 한복으로 각인되었으리라 추정된다. 그런데 주목할 것은, 「고풍의상」이 여인네의 우아한 자태를 그리는 것에 그치는 것이 아니라, 한복을 입은 여인의 움직임과 그 의상 자체의 아름다움을 세련된 어법으로 그려내고 있다는 점이다. 이는 그가 유년기부터 한학과 문장을 배우며 성장한 환경이 시의 기저로 작용함을 반증한다고 아니할 수 없다.

하늘로 날을듯이 길게 뽑은 부연끝 풍경이 운다
처마끝 곱게 늘이운 주렴에 半月이 숨어
아른 아른 봄밤이 두견이 소리처럼 깊어가는 밤
곱아라 고아라 진정 아름다운지고
파르란 구슬빛 바탕에 자주빛 호장을 받친 호장저고리
호장저고리 하얀 동정이 환하니 밝도소이다
살살이 퍼져나린 곧은 선이 스스로 돌아 曲線을 이루는 곳
열두폭 기인 치마가 사르르 물결을 친다
초마 끝에 곱게 감춘 雲鞋 唐鞋
발자취 소리도 없이 대청을 건너 살며시 문을 열고

그대는 어느 나라의 古典을 말하는 한마리 胡蝶

胡蝶인양 사푸시 춤을 추라 蛾眉를 숙이고 ……

　　　　　　　　　　　　　　　ー「古風衣裳」(1939) 부분33)

　조지훈의 이러한 창작의식은 그의 작품에 그대로 투영되었다. 그것은
1939년 4월, 정지용으로부터 첫 추천을 받아 ≪문장≫에 실린 시 「고풍
의상」의 소재가 한국적이고 고전적이며, 민족의식과 그 정서를 주조로
하고 있다는 점에서 알 수 있다. 이때부터 지훈은 전통탐구를 기반으로
한 자연관조(自然觀照)를 통해 사라져가는 한국성에 대한 애착을 밀도
있게 형상화한다. 그것은 곧 전통 정서의 형상화이다. 농밀한 언어의 조
탁으로 한국적 정서를 그려내고 있는 「고풍의상」은 한복의 자태와 유형
문화재의 우아함을 섬세한 어휘와 세련된 율격의 조화로 재창출하고 있
다. 이를 통해서, '그 때 거기' 있던 한국성을 '오늘 여기'로 끌어와 커다
란 공감을 이끌어낸다.

　조지훈의 「고풍의상」에 나타나는바, 시간과 공간을 초월한 공감대 형
성은 앞서 거론한 박목월의 「윤사월」과 「산이 날 에워싸고」의 시적 전
개양상을 비롯해 「청(靑)노루」에서도 발견할 수 있다. 「청노루」의 계절
은 이른 봄이다. 그래서인지 만물의 생명이 깨어나기 직전의 고요함이
느껴지는 이 시의 정서는 부드러운 힘을 지니고 있다. 그것은 움직이지
않음과 움직임 사이의 팽팽한 긴장이다. 이는 순수하고 맑은 자연으로
말미암는 여백의 미(美)이자 간결미인바, 단시 형태로 말미암는 시어의
절제와 미적 거리를 통해 확보한 시적 정취에 다름아니다. 이러한 시의

---

33) 조지훈, 「고풍의상(古風衣裳)」, ≪문장(文章)≫, 문장사, 1939. 4; 조지훈, 『청록집』,
　　을유문화사, 1946, 40~43면; 조지훈, 『조지훈시선』, 정음사, 1958, 142~143면; 조지
　　훈, 「조지훈시선」, 『조지훈 전집 1 : 詩』, 김인환 외 8인 編, 나남출판사, 1996, 26면.

분위기는 시적 화자의 시선을 담은 청노루의 눈을 통하여 시인의 심상(心象)[34]을 따라가며 돌고 도는 인생의 여정을 노정한다.

박목월의 「청노루」에서 시적 화자의 외로움은 시어와 감정 절제로 인해 매우 부조되는 양상을 보인다. 이와 같은 시적 효과는 프랑스 상징주의 시인들이 암시와 상징을 통해 존재의 본질을 아주 조금씩 드러내고자 했던 것과 비슷하다. 특히 「청(靑)노루」에 "청노루"와 함께 등장하는 "청운사(靑雲士)", "자하산(紫霞山)" 등에서 드러나듯이, 시적 색조는 보라색 또는 보랏빛이 도는 푸른색 계열이다. 이 가운데 특히 "자하산(紫霞山)"[35]은 보랏빛 안개가 감싸고 있는 신비로운 산 이미지로서, 앞에 등장하는 "청운사(靑雲寺)"를 받으면서 탈속(脫俗)의 의미를 구체화하고 있다. 그러나 여기 나타나는 탈속은 속세와의 인연을 완전히 끊어버린 마음의 상태를 의미하지는 않는다.

　　　　머언 산 靑雲寺
　　　　낡은 기와집

---

34) 김준오, 「詩의 構成原理」, 『시론』, 삼지원, 1982, 157~173면 참조.

35) 박목월, 『보라빛 소묘』, 신흥출판사, 1958, 83면; 박철희·김시태, 「朴木月論」, 『작가·작품론 Ⅰ : 시』, 문학과비평사, 1990, 350~351면. "나는 그 무렵에 나대로의 지도(地圖)를 가졌다. 그 어둡고 불안한 세대에서 다만 푸군히 은신하고 싶은 <어수룩한 천지>가 그리웠다. 그러나, 한국의 천지에는 어디에나 일본치하의 불안하고 바라진 땅이었다. 강원도를, 혹은 태백산을 백두산을 생각해 보았다. 그러나 그 어느 곳에도 우리가 은신할 한치의 땅이 있는 것 같지 않았다. 그래서 나혼자의 깊숙한 산과 냇물과 호수와 봉우리와 절이 있는 <마음의 자연>――지도를 간직했던 것이다. <마음의 지도> 중에서 가장 높은 산이 太母山·太態山·그 줄기아래 九江山·紫霞山이 있고 紫霞山 골짜기를 흘러내려와 잔잔한 호수를 이룬 것이 洛山湖·永郎湖·영낭호 맑은 물에 그림자를 잠근 봉우리가 芳草峰. 방초봉에서 아득히 바라뵈는 紫霞山의 보라빛 아지랑이 속에 아른거리는 낡은 기와집이 靑雲寺다."

山은 紫霞山
봄눈 녹으면

느릅나무
속ㅅ잎 피어가는 열두 구비를

靑노루
맑은 눈에

도는
구름

　　　　　　　　　　　　　　－「청(靑)노루」(1946) 전문36)

　「청노루」의 시적 자아는 보색관계인 청색과 자색의 대비를 통해 시적
자아가 있는 공간과 세상과의 경계를 분명히 하면서도, 산과 절을 연결
시킴으로써 또 굽이굽이 산길을 훑어가는 노루의 눈동자 속 구름을 포착
하여 시화함으로써, 이 시의 시적 정서를 세상과의 절연(絕緣)과 구분하
고 있다. 이 시에서 주목할 것은, 박목월이 사계가 뚜렷한 우리나라의 겨
울과 봄 사이 풍경을 독특한 분위기로 자아내고 있다는 점이다. 그 풍경
은 계절이 겨울에서 봄으로 진행되면서 하늘이 점점 높아질 때 생기는
미묘한 공간의 고요함과 신비스러움이고, 그 독특함은 "청노루/맑은 눈
에"서 돌고 있는 "구름"이 주는바, 너무 투명하고 팽팽해서 무엇인가 그
립고 슬픈 느낌이다. 시인은 이러한 느낌을 시의 잦은 분행을 통해 어딘
가 텅 빈 듯한 여백을 조성함으로써, 이상적이고 신비로운 자연을 형상

---

36) 박목월, 『청록집』, 을유문화사, 1946, 12~13면; 박목월, 「청록집」, 『박목월 시전
　　집』, 이남호 엮음, 민음사, 2003, 36면.

화하는 '동양화 같은 시적 효과'[37]를 거두고 있다.

이러한 시적 정서는 「윤사월」에서 "눈 먼 처녀"와 "엿듣고 있다"로 나타나는 인간적인 그리움과도 일맥상통하는 한국적 정서이기도 하다. 이 정서는 조지훈의 「승무」에서도 빛을 발한다. 주지하는바, 지훈은 유년기부터 매우 활발한 창작활동을 하였거니와, 본격적인 시 습작은 그가 16세 되던 해인 1936년부터 이루어졌다. 이때는 훗날 박목월과 조지훈을 포함한 청록파 3인의 추천자 정지용이 이미 문단에서 활약하고 있었고, 순수서정시를 고집하던 김영랑·박용철의 시보다는 김기림·김광균 등이 쓴 모더니즘 경향의 시가 시단의 주류를 형성하고 있었다. 이와 때를 같이하여, 조지훈은 자연을 소재로 하며 감각적·모더니즘적 경향이 강한 습작시 「춘일(春日)」과 「부시(浮屍)」를 발표하였다.

후일, 그는 이 시들을 자신이 창간한 동인지 《白紙》[38]를 통해 발표하였다. 《白紙》에 발표한 조지훈의 시[39]는 그가 습작 전에 이미 심취

---

37) 이러한 효과에 집중하여 김동규는, 목월의 「청노루」를 말라르메(Stéphane Mallarmé; 1842~1898)의 「축배(Salut)」와 비교하면서 「청노루」의 표현방법과 그것을 통한 시적 정서의 환기가 "암시(暗示)와 여백(餘白)으로 그려낸 이데아의 세계"라고 평한바 있다(김동규, 「프랑스 상징주의 시와 한국 현대시 기법 비교 연구」, 『프랑스학 연구』통권 제31호, 프랑스학회, 2005, 88~92면; Stéphane Mallarmé, *Enquête sur l'évolution littéraire, Oeuvres Complètes*, Pléiace, 1954, p. 869 참조.).

38) 동인지 《白紙》는 1939년 7월에 1호가 발간되어 1939년 10월에 통권 3호로 종간 되었다. 동인으로는 서울에 사는 습작가 14명과 일본의 예술과 학생 4명 외에 소속이 밝혀지지 않은 2명으로 구성되어 있었으며, 자신들이 쓴 시, 소설, 희곡을 《白紙》를 통해 발표하였으나 그 경향을 규정하기는 어렵다.

39) 이때는 조지훈이 예이츠(W. B. Yeats; 1865~1939), 발레리(P. Valéry; 1871~1945), 콕토(J. Cocteau; 1889~1963), 헷세(H. Hesse; 1877~1962)와 陶淵明(365~427), 李白(701~762), 杜甫(712~770), 蘇軾(1036~1101), 白居易(772~846) 등을 탐독하였고, 성경과 그리스 신화, 유교, 불교, 도교에 관한 서적을 고루 섭렵하였거니와, 동서양의 시문학 및 민족문화에 관한 책을 통하여 다양한 지식을 터득했던 시기와 거의 같다. 훗날 이 작품들은 조지훈의 두 번째 시집인 『조지훈시선』(1958)

했었던바, 와일드(O. Wilde; 1854~1900)의 탐미주의,[40] 보들레르(C. Baudelaire; 1821~1867)의 상징주의[41] 및 아방가르드[42]와 다다이즘[43]

에 수록된다. 이 시기의 시들이 『조지훈시선』에 수록된 것은 늦은 감이 없지 않은데, 이는 조지훈의 칩거에 연유한다(조지훈, 「나의 역정(歷程)」, 『조지훈 전집 3 : 文學論』, 김인환 외 8인 編, 나남출판사, 1996, 198~206면 참조.).

40) '탐미주의'는 일련의 '퇴폐주의(decadence)'를 가리킨다. 한국현대문학에서 탐미주의는 난해한 수사법과 문법의 파괴로 가장 많이 나타났거니와, 이러한 사조는 유럽의 세기말 문학을 모방하는 것이었으며, 이로 인해 없는 병까지도 앓고 있는 척하는 내용으로 시를 창작하는 경향으로까지 나타났다. 지훈의 습작시는 이러한 탐미주의 경향을 보이고 있는데, 그 대표적인 작품으로는 「부시」가 있다(이상섭, 『문학비평용어사전』, 민음사, 2003[1976], 342~343면; 김용직, 「전통과 현대성」, 『한국 현대시인 연구 (하)』, 서울대학교출판부, 2000, 237~241면 참조.).

41) '상징주의(symbolism)'는 일반적으로 상징을 많이 사용하거나, 상징체계를 지니고 있는 문학을 가리키나, 19세기 중엽에 프랑스에서 일어난 문학사조를 통칭하는 말이기도 한데, 1857년 보들레르(C. Baudelaire; 1821~1867)의 『악의 꽃』에서 시작되었다. 이후 말라르메(Stéphane Mallarmé; 1842~1898) · 베를렌(P. M. Verlaine; 1844~1896) · 랭보(A. Rimbaud; 1854~1891) · 발레리(P. Valéry; 1871~1945)가 그 계보를 잇고 있으며, 20세기 초에 유럽문학 전반에 파급되어 독일의 릴케(René M. Rilke; 1875~1926), 영국의 예이츠(W. B. Yeats; 1865~1939)와 엘리엇(Sir T. Elyot; 1490경~1546), 미국의 윌리스 스티븐스와 하트 크레인 등에게 영향을 주었다. 현대문학의 난해성은 보들레르보다 말라르메의 상징주의와 관계가 많은데, 이러한 경향의 작품은 무한한 암시의 세계를 더듬는 상상의 자유를 허용한다는 점에서 의미의 영역을 고착화한 종래의 문학이 줄 수 없는 정신적 체험을 가능하게 한다(이상섭, 앞의 책, 158~160면 참조.).

42) '아방가르드(Avant-garde)'는 원래 군사용어로서 전투할 때 선두에 서서 돌진하는 부대를 뜻하는 것이었는데, 19세기 중반부터는 미지의 문제와 대결하여 지금까지의 예술을 변화시키는 혁명적 예술경향이나 그 운동을 뜻하는 '전위예술'을 칭하는 용어로 정착되었다. '전위예술'의 일반적 특징은 미학적 자의식 또는 자기반영성, 동시성, 역설 · 모호성 · 불확실성, 주체의 붕괴 또는 비인간화의 4가지로 구분된다. 한편, 아도르노(T. W. Adorno; 1903~1969)는 전위예술에서 중시하는 기교를 주관적인 것이 아니라 문화제도와 작품에 내재되어 있는 집합체로 보았다. 전위예술의 이론적 계보는 보들레르(C. Baudelaire; 1821~1867)와 벤야민(W. Benjamin; 1892~1940)을 거쳐, 베를렌(P. M. Verlaine; 1844~1896) · 랭보(A. Rimbaud; 1854~1891) · 카프카(F. Kafka; 1883~1924)로 이어지고 있다(Britannica KOREA,

문학의 영향을 받았음을 드러낸다. 그리고 이러한 사실은 조지훈이 등단 당시 이미 자신이 정한 주제에 적정한 창작기법과 사조를 선별하여 변용할 수 있는 문화적·지식적·시학(문학)적 바탕이 있었음을 반영한다. 이제「僧舞」를 보자. 조지훈의 대표작으로 꼽히는「승무」역시 전통인 무형문화재를 소재로 한 작품이다.

소매는 길어서 하늘은 넓고
돌아설듯 날아가며 사뿐이 접어올린 외씨보선이여

까만 눈동자 살포시 들어
먼 하늘 한개 별빛에 모도우고

복사꽃 고운 뺨에 아롱질듯 두방울이야
세사에 시달려도 煩惱는 별빛이라

휘여져 감기우고 다시 접어 뻗는 손이
깊은 마음 속 거룩한 合掌인양 하고

이밤사 귀또리도 지새우는 三更인데
얇은 紗 하이얀 고깔은 고이 접어서 나빌네라

—「僧舞」(1939) 부분44)

『브리태니커백과사전』 CDIX, Britannica KOREA, 2007; 김유동, 『아도르노와 현대 사상 : 이론과 실천의 가능성을 찾아서』, 문학과지성사, 1993, 24~284면 참조.).

43) '다다이즘(Dadaism)'은 전위예술을 지칭하는 또다른 명칭이다(이상섭, 앞의 책, 59~60면 참조.).

44) 조지훈, 「승무(僧舞)」, ≪문장≫, 문장사, 1939. 12; 조지훈, 『청록집』, 을유문화사, 1946, 66~68면; 조지훈, 『조지훈시선』, 정음사, 1958, 156~157면; 조지훈, 「靑鹿

일찍이 조지훈이 자신의 책『시의 원리』의「시의 가치」를 통하여, 그 구상에서 탈고까지가 18개월이나 걸렸다고 밝혀놓은바,[45]「승무」는 당면한 시대적 번뇌를 뒤로 하고 달밤에 춤을 추는 어느 스님의 승무에 매료되어 그 동작을 통해 자신의 내면을 빈틈없이 묘파(描破)하고 있다. 예컨대 박목월의「불국사」가 감성적이고 명징한 언어를 사용하여 국보인 불국사를 형상화했다면, 조지훈의「승무」는 민족예술의 한 양식이고 오늘날 고전무용의 한 종류가 된 불교계의 춤 승무를 고풍스러운 언어로 그려냈다는 점에서, 상호텍스트성을 이루고 있다.

　　벌레 먹은 두리기둥 빛 낡은 丹靑 풍경소리 날러간 추녀 끝에는 산새도 비들기도 둥주리를 마구 쳤다. 큰 나라 섬기다 거미줄 친 玉座 위엔 如意珠 희롱하는 雙龍 대신에 두마리 봉황새를 틀어 올렸다. 어느땐들 봉황이 울었으랴만 푸르른 하늘 밑 鼇石을 밟고 가는 나의 그림자. 佩玉 소리도 없었다. 品石 옆에서 正一品 從九品 어느 줄에도 나의 몸둘 곳은 바이 없었다. 눈물이 속된줄을 모르량이면 봉황새야 九天에 呼哭하리라.

—「鳳凰愁」(1940) 전문[46]

다음으로「봉황수」를 보자. 조지훈으로 하여금 등단의 마지막 관문을 통과하게 한 작품「봉황수」는 산문시이지만 음수율과 내재율을 지니고 있다. 따라서 리듬을 살려 읽으면 큰 감흥을 느낄 수 있다. 뿐만 아니라

　　集」,『조지훈 전집 1 : 詩』, 김인환 외 8인 編, 나남출판사, 1996, 40면 참조.
45) 조지훈,「시의 가치」,『조지훈 전집 2 : 詩의 원리』, 김인환 외 8인 編, 나남출판사, 1996, 180~185면
46) 조지훈,「봉황수(鳳凰愁)」, ≪문장≫, 문장사, 1940. 2; 조지훈,『청록집』, 을유문화사, 1946, 38~39면; 조지훈,『조지훈시선』, 정음사, 1958, 144~145면; 조지훈,「청록집」,『조지훈 전집 1 : 詩』, 김인환 외 8인 編, 나남출판사, 1996, 25면.

여기 내포되어 있는 격조 높은 비장미 또한 엄습해온다. 이는 이 작품의 소재가 서사성을 지닌 한국의 고궁인데다가, 그 주제가 시대와 역사를 향한 날카로운 비판을 골자로 하는 데서 비롯된다. 이는 사대주의적 사상과 태도를 중시하다가 끝내 "산새도 비들기도 둥주리를 마구"치는, 이른바 아무나 들어와 살려고 하는 터전이 되어버린 나라의 운명과 "벌레 먹"도록 방치해놓아 점차 그 빛을 잃어가는 선명한 "단청"에 조국을 상실한 운명을 지닌 민족적·시대적 아픔을 투영하거니와, 그것을 설화에 등장하는 '봉황'47)에 대입하여 연결함으로써 극대화하기 때문이다.

---

47) '봉황(鳳凰)'은 중국 신화에 나오는 상상의 새이다. 기린·거북·용과 함께 4령(四靈)의 하나로 여겨지며, 수컷은 봉, 암컷은 황이다. 신화에 의하면 이 새는 매우 드물게 출현하여 커다란 사건의 징후가 되거나 군주의 위대함을 증명했다고 전해진다. BC 27세기경에 중국을 다스렸다고 전해지는 전설상의 제왕 황제(黃帝)가 죽기 전에 이 새가 출현했다고 하며, 마지막으로 나타난 곳은 안후이[安徽] 지방에 있는 명의 창건자 주원장(朱元璋)의 아버지 무덤이었다고 한다. 이 새는 매우 아름답고 의미 있는 노래를 불렀고, 인간 음악에 대한 뛰어난 감상력을 지니고 있었다고 한다. 봉황의 모습에 대해서는 문헌에 따라 조금씩 다르게 묘사되어 있으나, 모두 상서롭고 아름다운 새로 표현하고 있다. 1세기 또는 2세기에 기록된 것으로 전해지는 『설문해자(設文解字)』에는 봉황이 가슴은 기러기, 몸통은 수사슴, 목은 뱀, 꼬리는 물고기, 이마는 새, 깃은 원앙새, 무늬는 용, 등은 거북, 얼굴은 제비, 부리는 수탉과 같이 생겼다고 그 모양을 묘사해 놓고 있다. 전해오는 바에 따르면, 봉황의 키는 2.7m 정도였다고 한다. 중국을 비롯하여 한국의 건축과 공예에는 봉황의 문양이 두루 사용되어왔으며, 여인들이 수(繡)를 놓는 데 작품의 소재로도 많이 이용되었다고 한다. 봉황은 한국에서도 중국과 비슷한 의미로 인식되어왔는데, 고려시대에 이미 중국에서 음악과 함께 전래되었거니와, 조선의 개국과 함께 성군의 덕치를 상징하는 의미로 가무에 이용되었다. 조지훈은 이러한 내용과 자신의 시「봉황수」에 등장하는 '봉황'의 관계를 논한 글을 ≪신세기≫(1948)에 게재한바 있다. 이 글에 의하면 조지훈 시에 등장하는 '봉황'은 '용'·'맥(貘)'과 같은 상상(想像)의 동물이며, 이는 한 번에 구만 리를 난다는 '붕(鵬)'과도 서로 통한다(조지훈,「봉황의 시름」, ≪신세기≫(1948); 조지훈,「봉황의 시름」,『조지훈 전집 3 : 문학론』, 나남출판사, 1996, 193~197면; Britannica KOREA, 앞의 CDIX 참조.).

흰 옷깃 매무새의 구층탑 위로
파르라니 돌아가는 新羅千年의 꽃구름이여

한나절 조찰히 구르던
여흘 물소리 그치고
비인 골에 은은히 울려 오는 낮종소리.

바람도 잠자는 언덕에서 복사꽃잎은
종소리에 새삼 놀라 떨어지노니

무지개 빛 햇살 속에
의희한 丹靑은 말이 없고……

—「古寺 2」(1941) 부분48)

　「고사 2」 또한 한국의 전통미를 상징하는 "단청"을 소재로 한 작품이다. 이 작품의 시제(詩題)는 신라시대 국교였던 불교의 대표적 상징물인 바, 오래된 사찰 안에 있는 "구층탑"이 지닌 서사성을 환기시키거니와, 마침 울려 퍼지는 "낮종소리"와 지는 "복사꽃잎"을 연결하면서 오래된 절의 고즈넉한 한낮 정취를 그려내고 있다. 그런데 주목할 것은 "의희한"이라는 시어이다. "의희한"은 무엇과 방불한 모양새 내지 매우 비슷한 모양새를 나타내기도 하지만, 어렴풋해진 상태를 함의한 형용사이므로, 본시 "무지개 빛 햇살"과 비슷한 "단청"이 지난한 세월에 퇴색되면서 어렴풋해진 모습을 내포하고 있기 때문이다. 따라서 여기 "단청"의 내포는 앞서 언급한 「봉황수」의 그것과 동일하다.

---

48) 조지훈, 『청록집』, 을유문화사, 1946, 54~55면; 조지훈, 『조지훈시선』, 정음사, 1958, 102~103면; 조지훈, 「청록집」, 『조지훈 전집 1 : 詩』, 김인환 외 8인 編, 나남출판사, 1996, 33면.

그런데, 이렇게 빛이 바래가는 단청은 고궁이나 고사에서 볼 수 있는 풍경이다. 따라서 조지훈의 칩거생활이 시적 배경으로 자리잡고 있음을 알 수 있다. 실제 지훈은 두 번 칩거하였는데, 그의 칩거는 직면한 시대적 불합리와 억압에 대한 대응 곧 저항의 일환이었다. 그러나 한편에서는 이때의 은둔생활이 일제강점기, 즉, 세상에 대응하는 적극적인 저항이 아니라 소극적 도피였다는 평가도 있다. 하지만 당시의 정황을 고려하면 이때의 은둔생활은 어쩔 수 없는 결정이었다고 사료된다. 지훈이 칩거당시 머물렀던 공간은 주로 농가나 고향, 산 속의 마을과 사찰이었는데, 이러한 곳은 인적이 드물고 세상권력이 쉽게 접근하여 그 힘을 행사할 수 없는 곳이라는 공통점을 지닌다.

당시, 조지훈과 박목월은 자신이 머무는 곳이 어디든 있는 그 장소에서 전통정서의 형상화를 꾀했다. 그러나 지훈의 그것은 초기 후반부 작품에서 볼 수 있는 고풍스러운 시적 양상이기보다는 오히려 '습작기 시에서 보이던 상징주의와 모더니즘적 경향'[49]의 생명탐구 현상을 보인다. 이러한 창작 경향에 따라 지은 작품을 조지훈은 "서경의 자연시―슬프지 않은 시 몇 편" 이라 규정한바 있다.[50] 이 말은 이 시기에 지은 작품은 시대의식을 내포하고 있지 않으며, 그저 유가적이고 한가한 시골정서를 담아놓았음을 함의한다. 이는 이 시들이, 영남 사림과 후예들로 알려진 한양 조씨 집성촌이자 지훈의 고향인 주실[51]에서 쓴 것이기 때문에, 민족적 삶의 애환보다는 고향정서를 담고 있는 데서 연유한다.

조지훈이 말한바, 여기 속하는 작품으로는, 「산방」(1941) · 「고사」

---

49) 조지훈, 「나의 詩의 遍歷」, 『청록집 이후』, 현암사, 1968, 351면 참조.
50) 조지훈, 『조지훈 전집 3 : 文學論』, 김인환 외 8인 編, 나남출판사, 1996, 203면.
51) 이곳은 조지훈의 생가를 말하며, 경북 영양군 일월면 주곡동(現 주실마을)을 가리킨다.

(1941)·「달밤」(1942)·「마을」(1942) 등이 있다.52) 이 작품들은 형태적으로 정지용의 영향을 받았음을 드러내거니와, 그 시적 수사의 변용양상을 보인다는 점에서 지용 시와 상호텍스트성을 이룬다고 할 수 있다. 그리고 이들 작품 가운데 「산방」·「고사」·「달밤」 등은 그 시제(詩題)로 인해 자연스럽게 백석의 시들53)을 연상하게 하거니와, 내용 또한 그 작품들과 상호텍스트성을 이루고 있다.

> 江나루 건너서
> 밀밭 길을
>
> 구름에 달 가듯이
> 가는 나그네
>
> 길은 외줄기
> 南道 三百里
>
> 술 익는 마을마다
> 타는 저녁 놀
>
> 구름에 달 가듯이
> 가는 나그네
>
> ─「나그네」(1946) 전문54)

---

52) 조지훈,「나의 詩의 遍歷」,『청록집 이후』, 현암사, 1968, 355면.

53) 백석,『백석전집』, 김재용 엮음, 실천문학사, 2003[1997], 51면, 70면, 76면 참조.

54) 박목월,『청록집』, 을유문화사, 1946, 16~17면; 박목월,「청록집」,『박목월 시전집』, 이남호 엮음, 민음사, 2003, 38면.

그런가하면, 박목월의 「나그네」역시 고향의 전통정서를 담담하게 표출한 작품이다. 또한 「나그네」는 자연의 심상을 통해 나그네 정서를 표출하고 있는데, 그것은 시적 화자의 내면적 갈증이 "외줄기"로 삼백 리나 뻗어 있는 산길이라는 객관적 상관물을 통해 극대화되는 양상으로 나타난다. 이러한 양상은 현실에 안주하지 못하는 방랑의식을 대변하거니와 자연에 대한 깊은 통찰을 전제한다. 「나그네」는 거기 등장하는 "江", "구름", "달" 등 자연에 투영되는 시적 화자의 내면적 정서 곧 고요한 풍경이 지닌 운동성의 내밀한 확산으로 인해 상당한 시적 효과를 성취하고 있다. 「나그네」의 이러한 시적 성취는 정제된 운율과 시어를 통한 정교한 이미지 조작55)을 통해 이루어진다.

이미지 조작으로 이루어진 시적 정서는 조국의 전통을 계승한 자연을 시각적 이미지로 전환시킨다. 이는 문명이라는 미명하에 가해지는 모든 억압적 현실이 언제나 그 자리에 있는 자연에 스며있는 전통과 자연에 투영된 결과라 하겠다. 그리하여, 「나그네」는 정서적으로 향수와 시대의식을 극대화하여 시의 입체감을 드러내고 있다. 이는 시어를 통한 이미지 조작으로 파생된 시적 입체감으로 말미암는다. 목월의 「나그네」는 이 입체감으로 인해 시적 화자의 편만한 정서를 충분히 전달하는 시적 성취를 이루고 있다. 이는 시어가 환기하는 입체적 정서가 시 안의 풍경을 고스란히 채우며 시인의 의도를 충분히 전달하는 불가견적 교량으로 기능하기 때문이다.

그런데, 주지하다시피 박목월의 「나그네」는 조지훈의 「완화삼」에 대한 화답시이다. 때문에 이 시의 "술 익는 마을마다/타는 저녁 놀"은 「완화삼」의 "술 익은 강마을의 저녁 노을이여"라는 시구와 상보적 관계를

---

55) 오세영, 「형식적 기교미와 자연의 인식」, ≪문학사상≫, 문학사상사, 1984. 7, 78면.

지닌다. "木月에게"라는 부제가 달려있는 시 「완화삼」은 지훈이 조선어
학회의 『큰 사전』 편찬을 돕다가 일제의 검거에 잡혔다가 풀려나서[56]
지은 1942년 작품들 가운데 한 편이다. 이 검거사건 직후 지훈이 지은 작
품은 대개 표랑(漂浪)의 정서를 내포하고 있다.

> 구름 흘러가는
> 물길은 七百里
>
> 나그네 긴 소매
> 꽃잎에 젖어
> 술 익는 강마을의
> 저녁 노을이여
>
> 이 밤 자면 저 마을에
> 꽃은 지리라
>
> 다정하고 한 많음도
> 병인양하여
> 달빛 아래 고요히
> 흔들리며 가노니……
>
> ─「玩花衫」(1942) 부분[57]

이 시기 조지훈 시에 드러나는 표랑의 정서는, 당시 문단의 주류들이

---

56) 조지훈, 『조지훈 전집 3 : 文學論』, 김인환 외 8인 編, 나남출판사, 1996, 204면 참조.
57) 조지훈, 『청록집』, 을유문화사, 1946, 56~57면; 조지훈, 『조지훈시선』, 정음사,
    1958, 124~125면; 조지훈, 「청록집」, 『조지훈 전집 1 : 詩』, 김인환 외 8인 編, 나
    남출판사, 1996, 34면.

'조선문예회'(1937)와 '조선문인협회'(1939)를 조직하여 친일작품활동 및 강연을 주도하며 친일행각을 하는 와중에, 최재서가 ≪국민문학≫[58] 이란 잡지를 발행하여 '국민문학론'[59]을 제시하면서 조지훈에게 '조선문 인보국회' 가입을 강요한 데서 비롯된다. 지훈은 이러한 최재서의 강요 에 "추천시 몇 편 발표한 것이 무슨 시인이겠느냐"고 에둘러 거절을 표 하였지만, 이로 인해 그는 운신의 폭이 좁아지고 마음 붙일 데가 없어졌 다. 조지훈은 이러한 자신의 심경을 「완화삼」에 담아 박목월에게 보낸 것이거니와, 이 작품 안에 민족의 전통정서를 환기하는 언어를 유장한 리듬과 융합시킴으로써, 독자로 하여금 정처 없이 떠도는 나그네의 행보 를 느끼게 한다.

그는 이러한 나그네 행보 곧 표랑의 정서를 한곳에서 영원히 존재하 는 것을 보장할 수 없는, 즉, 죽음이 예견된 "구름", "꽃", "노을", "나비" 등의 객관적 상관물을 차용하여 표현하면서도 극도의 감정절제를 통해 미적 거리를 확보하고 있다. 훗날, 지훈은 「나의 詩의 遍歷」[60]을 통해 이 시기를 회고하며, 「파초우」·「완화삼」·「낙엽」·「고목」 등을 이 시기에 지은 방랑시편으로 꼽고, 이 작품들은 "多情多恨의 하염없는 애수의 情 調, 雲水心性의 떠도는 그림자를 읊는 영탄조의 이 가락은 나의 생애 중 가장 잊히지 않는 절실한 추억을 지니고 있다"고 고백한바 있다. 조지훈 의 「완화삼」은 주지하다시피, 자신의 한시(漢詩), 「旅懷」[61]의 시구 "酒

---

58) ≪인문평론≫의 후신으로서 최재서에 의해 창간, 황민문학(친일문학)의 중추적인 역할을 했다. 이로 말미암아 일제로부터 그 공적을 인정받은 최재서는, 1944년 3월 에 제2회 '고꾸고' 문예총독상을 수상하였다.

59) '국민문학론'이란 일본정신에 기반을 둔 일본국민의 이상을 노래하는 문학을 지칭 하는 용어로, 최재서가 주창하였으며, 친일문학론이나 진배없는 문학이론이자 운 동이다(강만길, 『한국현대사』, 창작과비평사, 1984, 159면 참조.).

60) 조지훈, 「나의 詩의 遍歷」, 『청록집 이후』, 현암사, 1968, 358면.

熟江村暖夕暉"("술 익은 강마을의 저녁 노을이여")와 "多恨多情仍爲
病"("다정하고 한 많음도 병인양하여")의 번역에 기대 재창작한 글이다.

(千里春光燕子歸)	(봄빛 천 리 제비 새끼 돌아오는 길)
(雲心水性動柴扉)	(물과 구름도 사립문 열어놓는구나)
苔封路石寒山雨	이끼 자라 덮은 돌 차운 산에 비 내리고
酒熟江村暖夕暉	술 익은 강 마을의 저녁노을 빛이여
客窓殘燭思今古	나그네 머문 창가 남은 촛대엔 지난 한때
	하염없이 타 오르네
故國遺墟論是非	물려받은 내 나라 내 자리에서 시시비비
	논하던 시간이여
多恨多情仍爲病	한 많음도 다정함도 결국 모두 병(아픔)인
	지라
惜花愛月拂征衣	꽃과 달 아끼고 사랑하는 맘 나그네 이따
	금 옷을 털며 버리네.

조지훈의 「완화삼」과 박목월의 「나그네」는 공히 자연을 소재로 나그
네의 방랑과 애수를 노래하는 듯하나, 각기 사용된 언어가 국문과 한문이
라는 점, 소박한 자연관조적 정서 및 간결한 리듬감과 한시적 정서 및 한
학적 운율을 지니고 있다는 점에서 변별된다. 지훈이 활발한 창작활동을
한 시기가 일제강점기 말이라는 점을 고려하면, 그의 작품에는 창씨개명
의 집행과 함께 한국어와 한국성을 말살하려 했던 일제의 야욕을 피하여
한국성 곧 민족성을 글에 담아 후대에 남기고자 한, 그의 마음이 내포되어

---

61) 이동환, 「芝薰詩에 있어서의 漢詩傳統」, 『趙芝薰研究』, 고려대학교출판부, 1978,
240면; 김종균, 「조지훈의 문학비평」, 『우리문학연구 Ⅰ』, 우리문학연구회, 1971,
179면. 「琓花杉」의 藍本인 한시 「旅懷」의 본문은 이동환의 글에서 인용했으며, 본
문의 우리말 해석은 본 연구자가 번역한 것임을 밝힌다.

있음을 볼 수 있다. 이러한 지훈 시의 주제는 서사성을 획득하고 있는 자연, 다시 말하면, 현 대한민국을 이루고 있는 국토 곧 터전이요 그 흙에서 생겨나 맥을 이어온 민족의 문화재를 소재로 하는 데서 연유한다.

그런가하면 박목월 시의 주제는 시인의 상상 속에 존재하는 자연으로 시인의 정신을 반영한다. 이는 시인이 자연을 통해 지난한 삶에서 빠져나와 동심과 고향 등 그 지향하는 바를 그리며 살았고 또 시를 통해 그려내기 때문이다. 이는 당시 일제강점기를 거치며 이런 저런 모양으로 상실되어가는 고향과 한국적 정서의 암담한 현실이 마치 되돌아갈 수 없는 유년의 한 때와 같은 과거를 그리워하게 했을 것이며, 언제든 희망의 공간으로 존재하는 '거기 그곳'으로서의 고향과 같은 곳을 지향하게 했기 때문이라 사료된다. 이는 민족의 전통정서 곧 한국성을 그리워하는 마음이자 그것을 발견하여 시에 담아놓으려고 하는 정신의 발현이라 아니할 수 없다.

> 안개는 피어서
> 江으로 흐르고
>
> 잠꼬대 구구대는
> 밤 비둘기
>
> 이런밤엔 저절로
> 머언 처녀들……
>
> 갑사댕기 남끝동
> 삼삼하고나
>
> —「갑사댕기」(1946) 부분[62]

「갑사댕기」에서 이러한 시인의 정신은 곧 고향의식이다. 그것은 동심 지향적 양상을 띠며, 과거 행복했던 시간과 공간, 즉, 어떤 '지점'으로의 회귀를 갈망하는 의식과 긴밀히 연결된다. 그리하여 이 의식은 이 시에서 잔뜩 피어오르는 밤안개의 저편에 존재하는 고향으로 향한다. 그리고 어느덧 '갑사댕기'를 떠올린다. 그것은 고향 처녀들의 머리꾸밈새이자 고향 이미지이다. 「갑사댕기」에서 밤안개를 따라 어디론가 흘러가는 마음의 모양은 "강"이다. 그리고 그 마음에 비친 "갑사댕기 남끝동" 처녀들은 멀기만 하다. 나아가 "삼삼하고나"라는 수사를 통하여 그 "머언" 고향은 이내 텅 빈 마음으로 대치된다. 마음이 비어있으니 그리움은 더 사무친다. 이 시에서 볼 수 있듯이, 시적 대상을 포착하는 박목월의 심상은 무척 섬세하다.

김종길은 박목월의 이러한 경향에 집중하여 그의 초기시를 "정신적 (精神的) 동정(童貞)의 세계"라고 말한바 있다. 여기서 동정이란 세속적 욕망에 물들기 전의 정신 상태를 가리킨다. "갑사댕기 남끝동"이 눈에 선하도록 절절한 그리움의 정체는 곧 "삼삼"한 고향이다. 이 고향은 자연스럽게 「박꽃」과도 연결된다. 고향에는 하얀 박꽃이 피기 때문이다. 그런데 시에 등장하는 흰색은 슬픔을 주로 상징한다. 따라서 이 시의 "박꽃"은 「갑사댕기」에서 차용한 자연으로서의 "안개"와 직결되거니와, 하얀 꽃잎을 "흰 옷자락"이라 표현함으로써, 짙어가는 어둠에 의해 꽃이 빛을 잃어가는 모양을 부드러운 붓으로 그린 수묵화처럼 시화하고 있다. 이러한 동양의 전통정서는 지훈 시 「파초우」에도 돋올하다.

　　성긴 빗방울

---

62) 박목월, 『청록집』, 을유문화사, 1946, 14~15면; 박목월, 「청록집」, 『박목월 시전 집』, 이남호 엮음, 민음사, 2003, 37면.

파촛잎에 후두기는 저녁 어스름
창 열고 푸른 산과
마조 앉어라

들어도 싫지 않은
물 소리기에
날마다 바라도
그리운 산아

─「芭蕉雨」(1942) 부분63)

  1942년 작품인 「파초우」는 어디에 서 있어도 산이 보이는 한국적 정
서와 동양의 전통사상이 주조를 이룬다. 특히 당송팔대가64)의 문장을
연상시키는 표현방식은 유산으로 물려받은 한시적·한학적 시의식을 드
러내기도 한다. 그러나 시가 내포하는 것은 산 속에서 모든 시름을 벗어
버리고 홀로 유유자적하는 생활이 아니다. 그것은, 안빈낙도(安貧樂道)

---

63) 조지훈, 『청록집』, 을유문화사, 1946, 64~65면; 조지훈, 『조지훈시선』, 정음사,
    1958, 110~111면; 조지훈, 「청록집」, 『조지훈 전집 1 : 詩』, 김인환 외 8인 編, 나
    남출판사, 1996, 39면.

64) 중국 당나라와 송나라의 문호로 명망이 높은 당송팔대문장가[唐宋八家文]로 꼽히
    는 이들과 그 작품은, 한유(韓愈)의 「여맹동야서(與孟東野書)」·「제십이랑문(祭十
    二郎文)」·「원도(原道)」·「논불골표(論佛骨表)」·「사설(師說)」, 유종원(柳宗元)의 「
    포사자설(捕蛇者說)」·「송설존의서(送薛存義序)」, 구양수(歐陽脩)의 「취옹정기(醉
    翁亭記)」·「남양현군 사씨 묘지명(南陽縣君謝氏墓誌銘)」·「붕당론(朋黨論)」, 소순
    (蘇洵)의 「상한추밀서(上韓樞密書)」, 소식(蘇軾)의 「적벽부(赤壁賦)」·「후적벽부
    (後赤壁賦)」·「유후론(留候論)」·「범증론(范增論)」·「방산자전(方山子傳)」, 소철
    (蘇轍)의 「위형식하옥상서(爲兄軾下獄上書)」·「황주쾌재정기(黃州快哉亭記)」, 증
    공(曾鞏)의 「분녕현운봉원기(分寧縣雲峯院記)」, 왕안석(王安石)의 「독맹상군전(讀
    孟嘗君傳)」·「상중영(傷仲永)」·「왕봉원 묘지명(王逢原墓誌名)」이다(韓愈, 『唐宋
    八家文』, 이기석 번역, 홍신문화사, 1996, 11~310면; 韓愈, 『唐宋八大家의 산문 세
    계』, 오수형 편역, 서울대학교출판부, 2000, 3~302면 참조.).

의 생활을 추구하던 소위 양반가의 폐습을 답습하는 형태이기보다는 민족의 문화유산인 자연 그 자체를 탐구하는 의식을 담고 있기 때문이다. 이러한 시적 자아의 의식은 "창열고" "푸른 산"과 마주앉아 침묵하는 자연관조와 "흘러간" "한송이 구름"이 내포하는 나그네 정서를 환기시킨다. 이러한 시적 주제와 정서는 역시 조지훈의 성장환경을 배경으로 한다.

이처럼, 박목월과 조지훈의 시는 문학텍스트로서의 시 안에 민족의 전통정서를 담고 있다. 그런데 목월의 시에 소재로 차용된 자연은 원래부터 거기 있어온 자연, 즉 전통을 내포하고 있다는 점에서 가히 주목할 만하다. 이러한 경향은 지훈 시에서도 쉽게 발견할 수 있다. 이는 전통정서가 체험을 근간으로 환기되는 기억이기 때문이다. 전통은 한 마디로 규정하기 쉽지 않다. 하지만 그것은 기억을 매개로 한다. 따라서 전통은 어떤 공동체를 관류하는 사상이나 관습, 곧 문화적 양상을 띠고 일련의 정체성으로 나타나게 마련이다. 그래서 지훈은 『민족문화연구』 창간사65)를 통해, "전통은 창조의 원천이요, 그 형상화의 질료이며, 창조는 전통의 의욕이요, 그 계승의 방법이다. 그러므로 전통 없는 창조는 공소(空疎)하고 허약하여 뿌리 없는 나무와 같고, 창조 없는 전통은 침체하고 고루하여 인습의 폐풍에 병들게 된다"면서, 전통과 창조는 불가분의 관계임을 피력해 놓은바 있다.

박목월과 조지훈의 시는 이렇듯, 자연에 전통(한국성)을 담아 시를 창작함으로써 암울한 시간의 도래에 의해 사라져가는 사람들과 그들의 터전을 형상화하고 있다. 그것은 그저 창을 열면 보이는 '산'(「파초우」)이나 '마을'(「완화삼」・「나그네」), 그 동네를 가로질러 흐르는 '강'(「완화삼」・「나그네」・「갑사댕기」), 그리고 일터인 '밭'(「밭을 갈아」)의 존재를, 흰옷을 즐겨 입는 민족[白衣民族]과 동일시하며, 삶의 보금자리에서 "썩어

---

65) 조지훈, 「창간사」, 『민족문화연구』, 고려대학교 민족문화연구소, 1963, 1면.

가는 지붕"(「박꽃」)과 오래된 절에서 색이 바래가는 "단청"(「봉황수」·「고사 2」)이 대변하는바 "가난한 살림살이"와 동질감을 형성한다. 그리하여 이 작품들은, 소리 내어 말하지도 울지도 못하고 "자근자근"(「박꽃」) 속삭여야 하는 민초들이 당면한 사회적 현실을 묘파(描破)하고, 동시에 그것으로부터의 초극을 갈망하는 시적 화자의 의식을 담고 있다.

이 의식은 고요하고 부드럽게 독자의 마음에 침투하여 고향에 대한 정서를 환기시킨다. 그것은 이들 시의 소재로 등장한 자연이 민초 곧 민중의 삶의 터전이요 고향이기 때문이다. 한편, 조지훈은 일제의 억압을 피해 자연을 관조하며 전통정서를 형상화하는 시를 쓰면서도, 내면적으로는 깊어져가는 고뇌에 처절하게 시달렸다. 당시 지은 이들의 시를 보면, 이들의 고민과 정신적 균열이 갈수록 격해지고 있음을 알 수 있다. 이는 각 시인이 직면한 사회적 상황에 기인한 것으로 일제의 수탈과 야욕이 심해지는 것에 비례하며 심화되는 것이나 다름없다. 그것은 자신들의 시창작이 한국정서를 말살시키려는 일제의 야욕에 적극적으로 대항하지 못하고 그저 소극적인 형태를 띤다는 각 시인의 자각에서 비롯되었으리라 추정된다. 이처럼 박목월 시와 조지훈 시의 주제와 소재는 자신이 성장한 환경 속의 자연이요, 성장기를 보낸 고향의 산천이요 사람이다. 그러나 박목월 시에 등장하는 자연과 조지훈 시에 등장하는 그것은 상당히 다른 양상을 보인다. 이는 시인 개인의 삶이 역사와 시대를 떠나 존재하지 않으며, 전후 사회적 정황에 구체적 영향을 받아 경험을 통해 진전되기 때문이다.

2. 사회생활 : 현실인식과 초월의식

조지훈 시는 점차 자연관조를 통한 전통정서의 형상화로 심화되기 시작한다. 이러한 요인에는 그가 1941년 혜화전문학교를 마친 후에 오대산 월정사 불교강원(佛敎講院)의 외전강사(外傳講師)로 입산한 배경이 작용했으리라 사료된다. 훗날, 지훈은 시적 의의(意義)의 변화요인으로 사회구조의 변화, 사회적 사물의 변천, 사회상태의 추이, 사회의 계급적·직업적·지역적 분화를 꼽고, 이러한 것들이 시에 중요한 작용을 한다고 밝힌바 있다.[66] 이는 시인의 사회문화적 경험과 자각 및 현실인식이 시의 배경으로 자리매김하기 때문이다. 그런데, 당시 일제의 억압을 피해 입산한 지훈의 처지에서 이러한 자각은 자신이 나라와 민족이 당면하고 있는 시대적 정황 가운데서 문인 또는 지식인으로서 할 수 있는 것이 아무것도 없다는 무능력에 대한 인식이나 다름없다.

그런데, 박목월과 조지훈은 앞서 거론한 성장환경뿐 아니라 사회생활의 면면에서도 공통점을 지니고 있다. 그것은 이들이 공히 일제강점기를 경험하면서도 모국어인 한국어로 시를 창작하였다는 점, 성장기 경험한 자연을 소재로 한 시로 정지용의 추천을 받아 ≪문장≫을 통해 등단했다는 점, 당시 주류를 형성하고 있던 여러 문인과는 달리 일본을 비롯한 외국유학 경험이 없다는 점, 정규고등교육(현 대학과정)을 받은 적이 없음에도 해방직후 각기 교수생활을 하였다는 점,[67] 아울러 해방공간의 이

---

66) 조지훈, 「두 개의 방법」, ≪문학예술≫, 1956. 6; 조지훈, 「두 개의 방법 : 해석학적 방법과 의미론적 방법」, 『조지훈 전집 3 : 文學論』, 김인환 외 8인 編, 나남출판사, 1996, 190~192면 참조.

67) 박목월은 1948년 9월부터 1952년 9월까지 서울대학교에서 강의하였고, 이후 홍익대학교와 서라벌예술대학을 거쳐 한양대학교에서 강의하였거니와, 한양대학교 문리과대학 학장을 역임하였다. 또한 조지훈은 1947년 4월에 동국대학교 강의를 시작으로 고려대학교 문과대학 교수와 동 대학교 민족문화연구소 초대 소장을 역임하였거니와, 차후 성균관대학교 대동문화연구원 편찬위원을 역임하였다(박목월, 「작가 연보」, 『박목월 시전집』, 이남호 엮음, 민음사, 2003, 952~958면; 조지훈, 「芝薰 趙東卓 先生 年譜」, 『조지훈 전집 1 : 詩』, 김인환 외 8인 編, 나남출판사,

넘적 혼란 속에서 순수문학을 지향하는 '조선청년문학가협회' 회원으로 활동하면서 순수문학을 옹호하였다는 점,[68] 그리고 시의 원리와 문학이론에 관한 책들을 출간한바 있다는 점 등으로 구분할 수 있다.

그럼에도, 일제의 억압을 피해 입산한 조지훈의 생활 및 현실인식과 서울에서 직장생활을 한 박목월의 그것이 같을 수 없었음은 자명한 이치이다. 이에 따라 목월과 지훈의 시는 상당한 차이를 드러낸다. 우선 이 시기의 조지훈의 심상은 「동물원의 오후」에서 시대와 상황에 대한 자각과 저항의식으로 표출된다. 이는 존재와 행위 사이에서 파생하는 극심한

1996, 465~467면.).

68) 당시 문단은 혼란 상태에 있었다. 문단의 주류를 형성하던 작가들의 친일행각 내지 친일경향으로 인해 문단의 구심점 역할을 할 수 있는 사람이 없었기 때문이다. 또한 일제강점기에도 지속되었던 민족주의계열과 사회주의계열의 대립이 이전보다 격해지는 현상을 보였기 때문이다. 이러한 혼란기에 문단에는 1945년 8월 16일 조직되어 박헌영을 지지하던 노선으로 알려진 '조선문학건설총본부'가 있었으며, 대표작가로는 임화·김남천·이태준 등을 들 수 있다. 한편, 이에 반대하는 세력들이 모여 1945년 9월 17일에 조직한 '조선프롤레타리아문학동맹'이 있었는데, 여기서 활약하던 대표작가로는 이기영·송영 등을 들 수 있다. 이후 '조선문학가동맹'이 출범하였다. '조선문학가동맹'은 '조선문학건설총본부'와 '조선프롤레타리아문학동맹'을 통합·개편한 단체로 남로당 지령을 받아 움직이는 전략적 문인단체였으며, 1946년 2월 8일 조직되어 기관지 ≪文學≫을 발간하는가하면, 1947년 3월에는 『연간조선시집』을 간행하기도 하였다. 여기 속한 대표작가로는 홍명회·이기영·한설야 등을 들 수 있다. 한편 1945년 9월에 조직되어 좌익계의 파당적 체계에 대항하던 '중앙문화협회'가 있었는데, 대표적으로 박종화·이헌구·김광섭 등이 활약하였으며, 『해방기념시집』을 간행하기도 하였다. 이어서 '전조선문필가협회'가 출범하였다. 이 단체는 1946년 3월 13일에 조직되었는데, 민족자결과 완전한 자주독립을 촉구하는 민족진영의 문화인들로 구성되어 상당히 결속된 양상을 보였으며, 정인보·박종화 등이 이에 속한다. 그리고 '조선청년문학가협회'는 1946년 4월 4일 조직된 민족진영의 문학가 단체로 순수문학을 옹호한 단체이다. 박목월·조지훈·박두진·서정주·유치환·김동리 등이 여기서 활약하였다(한국문인협회 편, 『해방문학 20년』, 정음사, 1966, 10~12면; 신동한, 「解禁文學論」, ≪월간문학≫, 월간문학사, 1990. 9, 184~187면; 최원식, 『민족문학의 논리』, 창작과비평사, 1982, 351면 참조.).

균열이나 진배없다. 상실한 조국에 대한 절망과 비애를 담담한 어조로 풀어내는 이 작품의 시적 자아는, 누구나 짐승구경을 위해 가는 동물원에 가서 우리에 갇힌 짐승들에게 망국의 슬픔을 하소연하고 있다. 그리고 동물과 자신 사이를 구별하고 있는 쇠창살, 곧 철창을 매개로 하여 "나라 없는 시인"인 자신을 향하고 있는 짐승의 눈동자를 의식하고는 "통곡과도 같은" 절체절명(絶體絶命)의 절망에 이른다.

마음 후줄근히 시름에 젖는 날은
動物園으로 간다.

사람으로 더불어 말할 수 없는 슬픔을
짐승에게라도 하소해야지.

(… 중략 …)

鐵柵 안에 갇힌 것은 나였다
문득 돌아다 보면
四方에서 창살틈으로
異邦의 짐승들이 들여다 본다.

"여기 나라 없는 詩人이 있다"고
속삭이는 소리 ……

無人한 動物園의 午後 顚倒된 位置에
痛哭과도 같은 落照가 물들고 있었다.
— 「動物園의 午後」(1942~1944?) 부분[69]

---

69) 조지훈, 『역사(歷史) 앞에서』, 신구문화사, 1959, 19~20면; 조지훈, 「歷史 앞에서」,

왜냐하면, 「동물원의 오후」에 등장하는 "철책"과 "창살"은 일제의 억압이요 한국어말살정책이나 다름이 없기 때문이다. 그리고 본인은 당시 모국어라고도 할 수 없는 모국어, 즉 한국어로 시를 써왔고 또 써야만 하는 한국의 시인이기 때문이다. 이로 말미암아 그의 육체는 날이 갈수록 쇠약해졌으며, 이때 지은 조지훈의 시 속 자연은 슬픔과 자조, 그리고 허무의 색체를 머금고 있다. 「동물원의 오후」에 사용된 시어 "철책"과 "여기 나라 없는 詩人이 있다"를 비롯한 앞뒤 문맥은 뒤를 잇고 있는 시어 "낙조"와 직결되어 어둠이 엄습하는 시간과 공간, 곧 그 시대와 한국의 운명을 형상화하고 있다.

차후 박목월과 조지훈은 그 시적 경향의 변모를 보인다. 목월과 지훈의 시적 변모양상은 사회생활을 하며 부딪치는 현장을 통해 자신이 처한 현실을 인식하고, 그것을 극복하고자 하는 의지에 대한 긍정적 혹은 부정적 표현으로 나타난다. 이러한 경향을 띤 목월의 시는 대부분 인생세간의 애환을 담고 있으며, 허무의식을 내포하고 있는데, 주로 일상에서 시작하여 내면탐구로 이어지는 모더니즘적 경향의 시와, 현실인식에서 이상추구 형태로 드러나는 리얼리즘적 경향의 시로 구분된다. 그리고 지훈의 시 역시 쇠락해가는 시간과 공간을 담은 자연 이미지를 차용하여 거기에 나라의 운명과 자신의 무능을 투영하는 경향의 작품들로 나타난다.

한편, '기억은 경험의 완성'[70]이라고 했던 김준오의 글(『시론』)을 고려할 때, 기억을 형상화한 시는 어떤 순간을 포착하여 찍어놓은 스냅사진이자 문장을 마감하는 마침표와 같다고 할 수 있다. 이러한 경향의 박목월 시는 자연을 매개로 하여 전통문화적 리듬감을 계승한 민요적 시와

『조지훈 전집 1 : 詩』, 김인환 외 8인 編, 나남출판사, 1996, 133~134면.
70) 김준오, 「기억의 형상학」, 『시론』, 삼지원, 1982, 379~380면.

고향에 대한 그리움과 현실인식을 담은 향토적 시가 대부분이다. 이때의 소재로는 주로 '산'과 '밭'이 차용되었으며, 결핍과 슬픔을 상징하는 어휘로 "머언", "외딴" 그리고 "흰"색과 "안개" 등이 사용되었다. 그러나 망국의 아픔과 인간의 한계를 직시한 시인은 일제의 검열이 닿지 않는 골방에서 자신과 현실에 대한 자성의 시간을 가졌으리라 추정된다.

> 한 줄기 바람에 조찰히 씻기우는 풀잎을 바라보며
>
> 나의 몸가짐도 또한 실오리 같은 바람결에 흔들리노라
>
> 아 우리들 太初의 生命의 아름다운 分身으로 여기 태어나
>
> 고달픈 얼굴을 마조 대고 나즉히 웃으며 얘기 하노니
>
> 때의 흐름이 조용히 물결치는 곳에 그윽히 피어 오르는 한떨기
> 영혼이여
>
> — 「풀잎斷章」(1942) 부분71)

조지훈의 「풀잎단장」에서 그것은 "무너진 성터", "오랜 세월을 풍설에 깎여온 바위", "바람에 조찰히 씻기우는 풀잎" 등으로 구체화되며, 시적 화자는 이러한 객관적 상관물을 "태초의 생명의 아름다운 분신"이라 명명한다. 이로써, 시에 자신과 민족의 유구한 역사를 투사해 생명을 불어넣고는, "그윽히 피어 오르는 한떨기 영혼"의 때를 암시하며 현실초극

---

71) 조지훈, 『풀잎단장(斷章)』, 창조사, 1952; 조지훈, 『조지훈시선』, 정음사, 1958, 50~51면; 조지훈, 「풀잎斷章」, 『조지훈 전집 1 : 詩』, 김인환 외 8인 編, 나남출판사, 1996, 54면.

의 길을 낸다. 그런가하면 「바램의 노래」는 '시의 배경을 위한 자서(自敍)'인 「해방 전후의 추억」을 통해 조지훈이 이미 밝힌바,72) 「암혈의 노래」와 함께 오대산 월정사에서 보낸 생활, 즉, 황민화정책(皇民化政策)이 노골적으로 시행되고 한국성을 호리도 남기지 않고 말살하려던 일제의 만행을 피해 삶과 죽음에 대해서만 생각하던 시기와 해방공간 사이에 지은 작품이다.

> 궂은비 나리는 밤은 깊어서
> 내 이제 물결 속에 외로이 부닥치는 바위와 같다.
>
> (… 중략 …)
>
> 거칠은 바람속에 꺼지지 않는 등불
> 아 작은 호롱불이
> ─「바램의 노래」(1946) 부분73)

「바램의 노래」는 "궂은비 나리는 밤"의 "물결 속에 외로이 부닥치"면서도 꿈쩍 않는 "바위"에, 도처에 숨어있는 장애물과 지형의 변동, 곧 상황에도 아랑곳하지 않고 "흐르는" "강물"에, 언제나 하나같이 제자리를 지키는 "푸른 하늘"과 "黃土 기슭"에, 그리고 때가 되면 거기서 피어나는 "복사꽃"에, 나아가 "거칠은 바람속에"서도 "꺼지지 않는 등불", 그 "작은 호롱불"에 시제이자 자신의 소망인 '바램'의 견고함을 투영시키고 있

---

72) 조지훈, 「해방 전후의 추억」, 『조지훈 전집 3 : 文學論』, 김인환 외 8인 編, 나남출판사, 1996, 210~215면.

73) 조지훈, 「바램의 노래」, ≪학병≫, 1946. 1; 조지훈, 『역사 앞에서』, 신구문화사, 1959, 17~18면; 조지훈, 「역사 앞에서」, 『조지훈 전집 1 : 詩』, 김인환 외 8인 編, 나남출판사, 1996, 132면.

다는 점에서 조지훈의 「지조론(志操論)」74)을 생각하게 한다. 지훈은 이 때를 전후하여 그 맥이 닿아있는 작품을 일련의 노래 시편으로 남겨 놓았는데, 이들 작품에는 일제의 억압을 피해 절간생활을 한 자신의 처지와 생활에 대한 회고와 반성이 담겨 있으며, 앞날에 대한 기대와 흥분이 교차하던 역사적·개인적 삶을 내포하고 있다. 「비가 나린다」를 포함하여, 조지훈의 이러한 경향의 시들75)은 지훈의 지사적·문인적 정신의 일단을 드러낸다는 점에서도 주목할 필요가 있다.

이후, 조지훈은 시의 표현과 전개를 이전의 자기 시와 달리하여 리얼리즘적 경향으로 바꾸어 기술한다. 이로 인해 시의 내포가 현실에 대한 저항의식과 초월의식이 혼재하는 양상을 드러내고 있다. 이때 지훈이 차용한 매개물은 역시 자연으로, 시적 자아와 동일한 터전에서 나고 자란 존재들이다. 그런데, 1955년 이후부터는 박목월의 시적 전개양상도 매우 큰 변화를 보인다. 목월의 자전적 기록『보라빛 소묘』에 의하면,76) 이 시기 목월의 시는 매우 혼란스러운 정신적 균열 가운데 창작되었다. 그럼에도, 그는 그 혼란 가운데 주저앉아버리는 것이 아니라 그것을 극복하고 시로 승화시킴으로써 지식인으로서의 생활과 시인으로서의 창작활동에 일련의 성과를 거두었다.

---

74) 조지훈, 「지조론(志操論)」, ≪새벽≫ 제7권 제3호, 새벽사, 1960년 3월호, 24~29면.

75) 이중 「비가 나린다」는 조지훈의 해방 직전 결손상태와 해방을 맞은 감회를 엿볼 수 있는 작품이다.

76) 박목월,『보라빛 소묘』, 신흥출판사, 1958, 157면. "그 깊은 情緖의 틀에서 한자국 밖으로 내딛게 되자, 나는 形言할 수 없는 混亂의 渦中에 휩쓸리게 되었다. 現實이 크로즈엎 되면서, 일시에 <나>와 <남>이라는 것, 혹은 겨레라는 것, 또는 그야말로 강잉하고 조밀한 그물코처럼 얽힌 사회라는 것―이런 복잡한 배경 위에서, 나의 <存在에 대한 認識>이 새삼스럽게 나를 혼란하게 하는 것이다."

우리고장에서는
오빠를
오라베라 했다.
그 무뚝뚝하고 왁살스러운 악센트로
오오라베 부르면
나는
앞이 칵 막히도록 좋았다.

—「사투리」(1959) 부분77)

즉, 박목월은 갑작스럽게 마주 선 사회문화적 도전과 혼란에 대응하는 과정에서 자연스럽게 자신이 쓴 시의 전개방식에 주의를 기울이게 되었거니와, 그 속에서 음악적 요소를 제하고 이야기 요소를 가미하게 된 것이다. 시의 전개에서 구술적 표현이란 기왕의 형식에서 자유로워지겠다는 의지를 함의한다. 「사투리」를 보면, 목월은 이 작품을 발표한 때부터 시의 형식보다는 내용이나 주제에 집중하여 시의 완성도를 생각했다고 보인다. 이에 따라 이 시기의 목월 시는 주로 생활 자체를 그리고 있으며, 서민생활의 애환과 긴밀히 연결되어 있다. 게다가 시의 전개를 리얼리즘적 진술, 즉 이야기조로 펼쳐놓음으로써 산문시의 경향을 띠고 있다. 이러한 경향의 시는 「사투리」의 시적 화자가 고백하는바, "그 무뚝뚝하고 왁살스러운 악센트로" "오오라베 부르면/앞이 칵 막히도록 좋았"던 오빠의 호칭처럼, 보다 진정성 있는 호소력을 지닌다. 목월의 중기시에 시적 수사로 도입된 진술적 요소는 대중적 공명을 유도하여 시의 가치를 새롭게 창출해낸다.

사회생활을 경험하며 겪어야 하는 시인의 자각을 담아낸 박목월과 조

---

77) 박목월, 『난 · 기타』, 신구문화사, 1959, 84~85면; 박목월, 「난 · 기타」, 『박목월 시전집』, 이남호 엮음, 민음사, 2003, 150~151면.

지훈의 시는 진술체로 지어졌다. 그런데 시의 수사로서의 진술은 주로 '기억'에 의존하고 있다. 기억은 사회적 관습과 제도의 억압으로 인한 고통을 통해 개인의 내부에서 되살아나는 내밀한 운동성을 지니고 있다.[78] 따라서, '기억'의 내용은 과거이지만 과거 그 자체는 아니며 재구성된 과거로서 현재성을 지니게 마련이다.[79] 이때 사회적 정황이 '기억'에 개입한다. 이에 따라 목월의 「사향가」에 등장하는 고향은 시적 화자가 태어난 장소로서, 기억속의 고향이자 시인의 정신이 추구하는 자유와 평등의 공간이다. 그 공간은 상상력과 기억의 보고이며, 미래의 목표를 설정하게 했던 지점이자 새로운 가능성을 향한 외부로의 출발점이요, 언제나 그리운 향수의 대상이며 귀환의 지점[80]이다.

> 밤차를 타면
> 아침에 내린다.
> 아아 慶州驛.
>
> (… 중략 …)
>
> 千年을
> 한가락 微笑로 풀어버리고
> 이슬 자욱한 풀밭으로
> 맨발로 다니는
> 그나라

---

78) 최문규 · 고규진 외, 『기억과 망각』, 책세상, 2003, 333~339면; 이경아, 「白石 詩 硏究 : '紀行'體驗의 詩的 展開樣相을 中心으로」, 인하대학교 대학원 석사학위논문, 2007, 13면.

79) 김준오, 앞의 책, 376~380면, 388~390면; 이경아, 앞의 논문, 12~13면 참조.

80) Gaston Bachelard, 『공간의 시학』, 곽광수 옮김, 동문선, 2003, 165~190면.

百姓. 고향사람들.

— 「사향가(思鄕歌)」(1959) 부분81)

따라서 시인의 고향의식과 현실인식은 당시 유행하던 모더니즘적 경향 가운데 이미지를 차용하는 것으로 나타난다. 박목월은 자신이 당면한 지난한 시대인식을 주로 생활시에 담아놓았는데, 이로 인하여 이때 지은 목월 시는 대부분 산문시적 경향을 띤다. 또한 시적 전개는 앞서 언급한 바 이야기조로 펼쳐지며, 거기 등장하는 이미지 및 생활이야기는 극도의 허무의식을 내포하고 있다. 특히 「시」는 시적 화자인 '나'와 시인의 창조물인 '시'를 동일시함으로써, 시인으로서 제대로 된 시 한 편 쓰기도 녹록치 않은 현실과 생활인으로서의 불편하고 거북한 심경을 "저울대", "추", "해와 달", "진폭" 등의 어휘에 담아놓았다.

<나>는
흔들리는 저울臺.
詩는
그것을 고누려는 錘.
겨우 均衡이 잡히는 位置에
한가락의 微笑.

— 「시(詩)」(1959) 부분82)

이로써, 시인은 지속되지 못하는 생활의 균형 및 끊임없이 와해되는

---

81) 박목월, 『난·기타』, 신구문화사, 1959, 14~16면; 박목월, 「난·기타」, 『박목월 시 전집』, 이남호 엮음, 민음사, 2003, 94~95면.
82) 박목월, 『난·기타』, 신구문화사, 1959, 52면; 박목월, 「난·기타」, 『박목월 시전집』, 이남호 엮음, 민음사, 2003, 123면.

과정에 놓인 지식인의 첨예한 고뇌를 시화화(詩畵化)해 놓은 것이다. 뿐만 아니라 「시」를 비롯한 이 시기의 시는, 일상에서 내면으로 흘러들어가는 시적 전개양상으로 인해 시적 화자가 겪고 있는 생활고와 정신적 고통이 유비적 관계임을 드러낸다. 첨예한 갈등과 균열을 겪으면서도 현실에 안주할 수도 도망칠 수도 없는 시인은 「난」을 빌어 창작의 어려움을 토로하고 있다. 이 시에 나타난 불균형한 일렁임과 아득한 데서 번져오는 진폭은, 앞서 거론한 「시」의 내용을 고려하며 볼 때 생활의 어려움에 다름아니다.

> 餘裕있는 下直은
> 얼마나 아름다우랴.
> 한포기 蘭을 기르듯
> 哀惜하게 버린 것에서
> 조용하게 살아가고,
> 가지를 뻗고,
> 그리고 그 섭섭한 뜻이
> 스스로 꽃망울을 이루어
> 아아
> 먼곳에서 그윽히 향기를
> 머금고 싶다.
>
> — 「난(蘭)」(1959) 부분[83]

「시」와 「난」에서 감지되는 생의 무게는 어쩌면 6·25를 전 인격적으로 겪는 과정을 통하여 목숨의 한계를 느끼고, 고생스러운 생활을 통한

---

83) 박목월, 『난·기타』, 신구문화사, 1959, 78~79면; 박목월, 「난·기타」, 『박목월 시전집』, 이남호 엮음, 민음사, 2003, 145면.

좌절을 경험한 데서 비롯되는 박목월의 신세한탄조 허무의식일는지 모른다. 그러나 그 허무는 이 작품 「난」의 말미에서 "꽃망울"과 "향기"에 내포된바, 현실적 삶의 무게를 초월하여 이상을 추구하는 정신으로 승화된다. 한편, 조지훈 시에서 현실인식 양상은 존재론적 탐구로 나타난다. 이는 시인의 상상력이 복잡하게 얽혀있는 문화적·사회적 관계망 안에서 작용하는 데서 비롯된다. 상상력은 본시 시인의 의식을 통과하여 시 안에 등장하는데, 그때 그 이미지는 이미 다의성을 획득하고 있게 마련이다. 왜냐하면, 역사적 현실과 문학작품의 주제의식은 어떤 측면에서 동전의 양면과 같으며, 이 둘은 한 시대의 사회적·문화적 변화를 따라가는 길과 같은 역할을 하기 때문이다.

이에 따라 이 시기 지훈 시의 경향은 실존적 인식과 현실참여 경향으로 드러난다. 시인으로서의 올곧은 정체성을 기반으로 한 창작의식은 어떻든 사회적 제도와 현실 세계를 작품에 반영하기 위해 힘쓴다. 그런데 이때의 시는 거기 동원된 언어에서부터 형식과 그 표현방법에 이르기까지 당대를 풍미했던 사회문화적 사조와 정황의 영향을 받게 마련이다. 이렇듯 문학작품은 그 사회 안에서 생성되고 전승된다. 그리고 생성되는 그 순간, 그 때 거기 있던 과거는 현재가 되어 지은이와 읽는 이와의 소통을 꾀한다. 그리고 어느 작품이든 그 안에 벌써 미래의 한쪽이 들어와 있게 마련이다. 따라서 시는 시공을 초월하여 독자를 향해 말을 건넨다.

> 스스로의 뉘우침에 흐느껴 우는 듯
> 길 옆에 쓰러진 傀儡軍 戰士
>
> 일찍이 한 하늘 아래 목숨 받아
> 움직이던 生靈들이 이제

싸늘한 가을 바람에 오히려
간 고등어 냄새로 썩고 있는 多富院
　　　　　　　　　　　　　－「多富院에서」(1950) 부분84)

　한 편의 시로 시신(屍身)이 되어 "간 고등어 냄새로 썩고 있는" 전쟁
희생자의 모습을 그려내고 그 분위기를 환기시키는 시「다부원에서」도
시인은 역사적 삶에 대한 인식을 시적 자아를 통해 그려낸다. 이러한 양
상은 해방공간에서 집필·정리된 조지훈의 문학이론 및 사상과 그 맥이
닿아있다. 지훈은 그토록 모질었던 일제치하에서 벗어나 1946년부터 이
어지는 5년의 해방공간에서, 해방에 대한 감격을 드러내기보다는 올곧
은 시정신 및 올바른 시창작의 길을 제시하고자 하는 의욕85)에 사로잡
혔으며, 이로 인해 다양한 방법을 통하여 시문학 및 창작의 원리를 제시
하고 가르치는 데 매진했기 때문이다. 당시, 새로운 시를 창작하기보다
문학의 원리와 올곧은 정신을 고양하고 교훈하며 남겨놓기 위해 노력했
던 지훈의 사상은 잘 정리되어, 1953년에 발표한 『시의 원리』86)를 통해

---

84) 조지훈,『역사 앞에서』, 신구문화사, 1959, 80~82면; 조지훈,「역사 앞에서」,『조
　　지훈 전집 1 : 詩』, 김인환 외 8인 編, 나남출판사, 1996, 171~172면. 신구문화사에
　　서 간행된『역사 앞에서』에는 이 시가 1950년 9월 26일 쓴 작품임을 밝히고 있다.

85) 이는 해방을 맞이한 한국의 정치·경제·사회·문화적 혼돈상태에 대응하여 한국
　　인 또는 한국문학의 정체성 확립에 대한 필요성 인식에 의한 것으로, 일제치하에서
　　불거진 민족주의자와 사회주의자 간의 격한 대립에 대응하기 위한 방법의 일환이
　　었다고 보인다. 왜냐하면, 해방 후의 문단은 친일파 근절에 앞서 이념적 대립에 관
　　한 문제를 우선 해결해야 했으며, 이 문제는 정치상황과 맞물려 있었기 때문이다
　　(조지훈,「해방시단의 과제」,『조지훈 전집 3 : 文學論』, 김인환 외 8인 編, 나남출
　　판사, 1996, 221~225면; 최원식,『문학의 귀환』, 창작과비평사, 2001, 351면; 서익
　　환,『조지훈의 시와 자아·자연의 심연』, 국학자료원, 2006, 71면; 한국문인협회
　　편,『해방문학 20년』, 정음사, 1966, 10~12면 참조.).

86) 조지훈,『시의 원리』, 산호장, 1953. 당시 조지훈은 시를 포함한 문학비평과 사회
　　활동에 매우 적극적으로 참여하였으며, 종군문인단 부단장(1951)으로 활약하면서

고스란히 후대에 전해지고 있다.

　　대자연은 사물의 근본적인 원형으로서 여러 가지 의미를 실현하
고 있다. 대자연의 일부인 사람은 그 자신 자연의 실현물(實現物)로
서만 존재하는 것이 아니라 창조적 자연을 저 안에 간직함으로써 다
시 자연을 만들 수 있는 기능을 가지는 것이다. 대자연은 자연 전체
의 위에 그 '본원상(本原相, Urphänomen)'을 실현하지만 반드시 개
개의 사물에 완전히 나타나는 것은 아니기 때문에 어느 의미에서 시
인은 자연이 능히 나타내지 못하는 아름다움을 시에서 창조함으로
써 한갓 자연의 모방에만 멈추지 않고 '자연의 연장(延長)'으로서 자
연의 뜻을 현현(顯現)하는 하나의 대자연일 수 있는 것이다. 바꿔 말
하면, 시는 시인이 자연을 소재로 하여 그 연장으로써 다시 완미(完
美)한 결정(結晶)을 이룬 '제2의 자연'이라고도 할 수 있다.87)

이 시기에 조지훈은 자신이 포착한 자연을 그 결정체로서의 '제2의 자
연'으로 환원하여 세상에 내놓는다. 이때 시인의 마음을 통과한 자연은
시인의 내면세계, 즉, 의식이 투영된 자연이며, 그가 섭렵한 서구문예사
조로부터 유입된 모방을 넘어서서 표현의 새 창조적 개념이 가미된 자
연이다. 이는 곧 조지훈의 사상과 논리에 의해 적정히 변형된 진실의 시
적 표현이자 지훈의 문학세계를 관류하는 종교적 상상력,88) 즉, 철학과

사람들에게 자유·민주·정의 등의 사상을 가르치고 그 수호의식과 반공의식을 고
양하였다. 1953년에는 문교부 국어심의위원과 종교단체심의위원을 지내기도 했다.
87) 조지훈, 「시의 우주」, 『조지훈 전집 2 : 詩의 원리』, 김인환 외 8인 編, 나남출판사,
1996, 20~21면.
88) 종교학 학자들은 종교적 상상력을 '신화적 상상력'이라 규정짓고 있는데, 본 연구
자가 볼 때, 종교학자들이 말하는 신화적 상상력은 영원과 유토피아에 대한 회구가
사회문화적 배경을 바탕으로 하여 일상에 간섭함으로써 텍스트 안에서 작용하는
것, 즉, 공통분모로서의 종교적 상상력을 주조로 한 규정이다(정진홍, 『종교학 서

시학의 수용과 저항으로 인한 세계관 확대와 형상화의 단면이라 할 수 있다.

> 죽지 않고 살았구나 모르던 사람들도
> 살아줘서 새삼 고마운데
>
> 손을 흔들며 목이 메여 불러주는
> 萬歲 소리에 고개를 숙인다 눈시울이 더워진다.
>
> 나의 祖國은 나의 良心.
> 내사 忠誠도 功勳도 하나 없이 돌아 왔다.
>
> 버리고 떠나갔던 城北洞 옛집에
> 避亂갔던 家族이 돌아와 풀을 뽑는다.
>
> ─「서울에 돌아와서」(1950) 부분[89]

동족상잔의 비극과 역사의식이 돋올하게 묻어나는 시 「서울에 돌아와서」는 조국애와 인간애가 강하게 드러난다. 이를 통해 조지훈의 시적 소재였던 자연으로서의 사람, 곧 인간이 조국에까지 미치고 있음을 알 수 있다. 앞서 거론한바 지훈 시의 대상이었던 자연은 한국에 뿌리박고 자라 서사성을 획득한 것들이거니와, 인간의 삶 역시 여기서 배제할 수 없기 때문이다. 따라서 지훈의 자연탐구는 인간탐구를 넘어서서 '조국'과 '자유'의 존재여부를 통찰하는, 즉, 존재론적 탐구로 심화·확대된다.

설』, 전망사, 1990, 101~105면; Mircea Eliade, 『성과 속』, 이은봉 옮김, 한길사, 1998, 43~45면.).

89) 조지훈, 『역사 앞에서』, 신구문화사, 1959, 90~95면; 조지훈, 「역사 앞에서」, 『조지훈 전집 1 : 詩』, 김인환 외 8인 編, 나남출판사, 1996, 177~180면.

이는 지훈의 글을 통해 볼 때 매우 확연히 드러난다.

　　시의 가치는 항상 자연(自然) 물질가치와 이상(理想) 정신가치 그
어느 하나만에 매이지 않는 바로 인간생활 가치 그대로이기 때문이
다. 더구나 오늘 우리가 짊어진 과제는 유독 우리 것만이 될 수 없는
세계의 공통된 과제요, 우리의 시도 세계의 현대시가 지닌 고민을
고민으로 하고 있다. 이미 이와 같은 부분이면서 전체인 문제, 보편
이면서 특수의 사명을 진 1955년의 한국시는 어떻게 밀고 나가야
하는가. 첫째, 질식(窒息) 하는 시정신을 탈환(奪還) 해야 한다. 둘째,
방황하는 시정신을 질서화(秩序化) 해야 한다.[90]

　　조지훈 시의 이러한 양상은 식민체험과 전쟁경험을 거치며 인생의 부
질없음과 나약함을 목도하고 인식한 데서 비롯된다. 이는 지훈이 자기
시의 존재론을 다룬 「시의 우주」를 통해 밝힌바, 자신이 자기 작품세계
에서 매우 중요하게 생각하는 생명과 우주의 본질에 대한 초월의식과 다
름없다. 그는 이 글을 통하여, 생명이란 자기를 형성해가는 조화로운 의
지이며, 그 생명은 곧 자라려고 하는 힘이요, 현재 존재하면서도 미래에
존재해야 하는 것들에 대한 꿈을 포함하는 것이라 규정하고 있다. 여기
서 지훈이 우주라 명명한 것은 텍스트로서의 시 한 편이요, 시인의 작품
이 지닌 서정적 진실, 곧 시의 힘이자 생명에 다름아니다. 따라서 지훈의
글, 「시의 우주」에서 우주를 형성하는 핵심(어)은 '생명'이다.

　　생명은 자라려고 하는 힘이다. 생명은 지금에 있을 뿐 아니라 장
차 있어야 할 것에 대한 꿈이 있다. 이 힘과 꿈이 하나의 사랑으로 통

---

90) 조지훈, 「1955년의 구상」, ≪동아일보≫, 1955. 1. 1; 조지훈, 「1955년의 구상」,
　　『조지훈 전집 3 : 文學論』, 김인환 외 8인 編, 나남출판사, 1996, 256면.

일되어 우주에 가득 차 있는 것이 우주의 생명이 아니겠는가. 우주
의 생명이 분화된 것이 개개의 생명이요, 이 개개의 생명의 총체가
우주의 생명이라고 볼 것이다.[91]

조지훈 시에서 이 생명은 전통과 직결된다. 전통은 한 민족이 어떤 지
역에서 축적해온 세월이자 문화적 공유를 바탕으로 하며, 아무 때나 버
리고 싶으면 버리고 취하고 싶으면 취할 수 있는 물건이 아닌 것으로서
의 생명력을 확보하고 있다. 따라서 이 전통은 근현대를 잇는 역사와 의
식이자 그것을 배경으로 하거나 반영한 결과물로 나타난 시적 내포와 외
연으로서의 진정한 생명력으로 드러난다. 그리고 이 생명력은 때를 막론
하고 서정적 자아를 담은 시의 펼침, 곧 진정성 있는 시적 전개를 통해
발현된다. 이를 통해 시는 독자를 유인하고, 독자로 하여금 대화의 장에
적극적으로 참여하도록 독려한다.
그런가하면, 휴전 후 박목월은 「모일」·「한 표의 존재」·「가정」·「영
탄조」·「적막한 식욕」 등의 시적 화자를 통해 자신의 사회적 무능을 노
정한다.

> <詩人>이라는 말은
> 내 姓名위에 늘 붙는 冠詞.
> 이 낡은 帽子를 쓰고
> 나는
> 비오는 거리로 헤매었다.
> 이것은 全身을 가리기에는
> 너무나 어줍잖은 것
> 또한 나만 쳐다보는

---

91) 조지훈, 「시의 우주」, 『조지훈 전집 2 : 시의 원리』, 나남출판사, 1996, 26면.

어린 것들을 덮기에도
너무나 어처구니 없는 것.

—「모일(某日)」(1959) 부분92)

「모일」에서 그것은, 시인이라는 미명하에 가사에 보탬이 되지도 못하면서 궁핍한 생활에 대한 고민과는 결별할 수 없는 현실적 어려움과 초라함으로 드러난다. 하지만, 시적 화자는 시를 통하여 삶의 무게를 수용하는 마음을 다지고 있다. 그럼에도, 사회적으로 공인된 전문인으로서 타인의 시선을 무시할 수 없는 일상과 남다르게 타고난 첨예한 직관과 폭넓은 통찰력이, 먹고사는 것에는 전혀 쓸모가 없는 현실이 안타깝기만 하다. 이로 인하여 시적 자아는 현실과 끊임없이 대립하는 관계를 유지한다. 그리고 「모일」에서 간파한바, 해소될 기미가 요원한 현실과의 불화는 「한 표의 존재」에서 더욱 극명해진다. 「한 표의 존재」에서 이 불화는 곧 시적 자아와 현실의 대립이자 거부할 수 없는 관계와의 길항이기 때문이다.

選擧날에는 목도장을 끄내
옷을 다려입고
<깨끗한 한票>의 權利를 行使하는.
國慶日에는 문전에
환한 國旗를 하늘같은 자랑으로 내거는.

아아 나는 누군가.
<百姓>이라는 이름의 한票의 存在,

---

92) 박목월, 『난・기타』, 신구문화사, 1959, 36~37면; 박목월, 「난・기타」, 『박목월 시전집』, 이남호 엮음, 민음사, 2003, 112면.

저녁밥이 끝나면 골목안에서

政治와 세상을 談論하는 그들의 兄弟.

—「한 표(票)의 존재(存在)」(1959) 부분[93]

한 사람의 국민으로서 또 생활인으로서 반드시 이행해야 하는 의무는 권리를 수반하는데, 「한 표의 존재」의 시적 화자에게 그 권리는 자신이 포기할 겨를도 없이 자신에게서 멀리 떨어져 있다. 그리고 시적 화자가 그나마 적극적으로 현실에 참여하여 권리를 행할 수 있는 기회는 바로 선거하는 날 투표하는 행위를 통해서이다. 그래서 시적 화자는 깨끗한 한 표를 행사하기 위해 옷을 다려 입고, 소중히 보관했던 목도장을 꺼내 가지고 나가지만, 정작 깨끗한 정치는 기대할 수 없는 현실이다. 이로 인해 시적 화자는 부여된 투표권에 괴리를 느낀다. 「한 표의 존재」에서, 시의 어조로 인해 한껏 가라앉은 시적 정서는 시적 화자가 실제적으로 또한 현실적으로 사람들로부터 격리되어 고립의 상태에 처해있음을 내포하고 있다. 뿐만 아니라, 투표권을 행사할 여느 사람들마저도 시대를 표랑하는 객이 되고 있는 암울한 현실을 대변한다.

이렇게 시인이 당면한 당혹스러운 현실은 시인으로 하여금 이상을 추구하게끔 기능한다. 하지만 이상적 삶에 대한 희구는 절절한 한숨과 처절한 원망, 그리고 외로움의 정서를 드러내고야 만다. 이는 시인이 무슨 일을 하든 그것을 통한 성취감을 느낄 수 없는 현실의 벽과 마주서게 되기 때문이다. 삶이 그러할수록 모든 인간은 그 가족과 가족이 있는 공간에 집착하게 마련이다. 그리고 자신의 이상을 향한 긴절한 바람이 절망으로 돌아오는 것을 초극할 수 있는 방법은 무엇에든 몰입하는 길뿐이다.

---

93) 박목월, 『난・기타』, 신구문화사, 1959, 42~45면; 박목월, 「난・기타」, 『박목월 시전집』, 이남호 엮음, 민음사, 2003, 116~118면.

너희 그 착하디 착한 마음을 짓밟는
不義한 權力에 抵抗하라.

사슴을 가리켜 말이라 하는 세상에
그것을 그런양 하려는

(…중략…)

먼저 너 自身의 더러운 마음에 抵抗하라
사특한 마음을 告發하라.

그리고 慟哭하라.

―「箴言」(1959) 부분94)

그런데, 조지훈 시「잠언」에는 그 통로가 "착한 마음을 짓밟는/불의한
권력"과 "자신의" "사특한 마음"에 저항하고, 또한 그것을 고발하는 강
력한 의지의 표현으로 나타난다. 생명·전통·시대의 탐구를 통한 진실
한 내포는 휴전 후 발표된「잠언」의 시적 표현과 정서를 통해 나타난다.
일체의 야합을 거부하는 강력한 의지를 표방하는 이 시는 진리와 비진리
가 한데 섞인 채 조화와 균형을 잃고 있는 휴전 후의 정황에 맞서 "저항
하라", "고발하라", "겨누라", "통곡하라"는 명령형 동사를 사용함으로써
강한 저항의지를 표현하고 있다. 하지만 이 강력한 의지는 끝내 묵살된
다. 그것은 이 외침이 작품의 시제(詩題)인 '잠언(箴言)'에 의하여 결국 사
회적 상황과 화해를 이루지 못하는 추악한 현실을 시적 자아의 내면을

---

94) 조지훈,『역사 앞에서』, 신구문화사, 1959, 129~130면; 조지훈,「역사 앞에서」,
『조지훈 전집 1 : 詩』, 김인환 외 8인 編, 나남출판사, 1996, 205면.

향하는 암묵적 외침의 의미로 변환하는 데 기인한다.

이로 인하여, 휴전 후 발표된 조지훈 시에서는 자연과 나라를 통한 자아탐구와 존재론적 통찰에서, 이제 만물의 근원과 영원에의 회귀로 나아가는 시의식의 변화를 발견할 수 있다. 한동안 이렇게 사회참여에 대응하는 내적 갈등을 그렸던 조지훈은 이제 그 모든 것을 덮어두고 초월로 나아가는 긍정적 사유세계를 표방하기에 이른다. 그것은 삶을 초월한 해탈의 시의식을 표출하는 듯이 보인다.

> 내 신발은
> 十九文半.
> 눈과 얼음의 길을 걸어
> 그들 옆에 벗으면
> 六文三의 코가 납작한
> 귀염둥아 귀염둥아
>
> (…중략…)
>
> 아홉 마리의 강아지야
> 강아지 같은 것들아.
> 屈辱과 굶주림과 추운 길을 걸어
> 내가 왔다.
> 아버지가 왔다.
> 아니 十九文半의 신발이 왔다.

　　　　　　　　　　　　　　　　　 —「가정(家庭)」(1964) 부분95)

---

95) 박목월, 『청담』, 일조각, 1964, 8~10면; 박목월, 「청담」, 『박목월 시전집』, 이남호 엮음, 민음사, 2003, 205~206면.

한편 1961년 1월, 박목월이 현대문학에 발표한 「三冬詩抄」라는 연작시 중 하나인 「가정」은 『난·기타』보다 한층 깊이 있는 생활시 면모를 보이는 『청담』에 독립적으로 수록된 작품이다. 아버지로서 가져야 할 덤덤함이 앞서 발표한 시에서 보인 허무를 대체하고 있는 시 「가정」은, 가장 고달프면서도 홀대받는 존재로서의 신발과 한 가정의 가장인 자신을 동일시함으로써 주변인의 소소한 삶을 담아낸다. 「가정」에서 발견되는 정겨운 인간애와 빠듯한 생활고는 "아홉 마리의 강아지"와 "굴욕과 굶주림과 추운 길"로 대치되며 극명히 대비되지만, 이 대비에 걸맞은 감정의 기복은 이 시에서 전혀 포착할 수 없다.

　「가정」에서, 시적 수사로 인한 시적 정서는 오래된 길처럼 평면적이고 덤덤하다. 날마다 고달프기 그지없으나 생활의 변화라고는 기대할 수 없는 가장의 삶, 이 시기에 시인은 그러한 삶을 통해 현실을 자각하고, 자신의 의지와는 상관없이 나이를 먹는 세월을 의식했던 것 같다. 이 의식은 「영탄조」와 그 맥이 닿아있는데, 그것은 「영탄조」에서 과거 어느 땐가는 성한 것이었을 "기운 내의"가 내포하는바, 내면적 진정성과 정체성을 모르쇠로 일관하고 타인의 눈을 의식하여 겉만 번드레하게 차리고 나가야 하는 자신의 현실인식과 다름없기 때문이다.

　　　나이 五十 가까우면
　　　기운 內衣는 안 입어야지.

　　　(…중략…)

　　　누더기 걸친 우리 內外
　　　보고 빙긋 마주 빙긋

겨울 三冬을 지내는구나.

—「영탄조(映嘆調)」(1964) 부분96)

　그런데 박목월은 이 시의 제목을 '영탄조'라 정함으로써 스스로 자기 정체성을 되묻는 한편, 상한 속내를 소리 없는 한탄으로만 표출할 뿐 그 생활을 청산할 수 있는 어떤 출구도 찾지 못한다.「영탄조」역시『청담』에 수록되었는데,『청담』에 수록된 시군은 그 표현방법이 앞선 시들보다 훨씬 직설적이다. 이로 인해 리얼리즘적 경향이 강하거니와, 이러한 장시가 대부분을 차지한다. 한편 시적 화자의 시선은 현실에서 이상으로, 안에서 밖으로 향하는데, 이는 가정과 사회라는 테두리 안에서 자신이 떠안고 있는 자리 또는 의무를 벗어나고자 하는 의식의 표출로서, 서정적 자아가 이상향(理想鄕)을 추구하는 데 기인한다.

　그럼에도, 시가 담고 있는 시적 자아의 현실인식 양상은 그 자리를 박차고 일어나는 것으로 귀결되지 않는다. 자신이 앉은 자리에서 당면한 모든 상황을 최선을 다해 견디어내는 견고한 정신세계와 그에 대비되는 평범한 생활을 조탁하고 있기 때문이다. 여기서 평범한 생활이 함의하는 바는 인간의 삶을 연명하기 위해 필요한 세 가지 요소, 곧 '의(衣)' · '식(食)' · '주(住)'에 다름아니다. 그리고「영탄조」의 "기운 내의"가 내포하는바 '의(衣)'는 이제「적막한 식욕」에서 "메밀묵"이 상징하는바, '식(食)'으로 대체된다.「적막한 식욕」에 등장하는 메밀묵은 재래시장에서 흔히 구할 수 있는 전통음식이자 고향음식이다. 묵은 저렴하고 흔한 음식이며 어디서나 마음먹으면 먹을 수 있는 음식이다.

　「적막한 식욕」의 시적 화자는 이러한 '묵'을 그것에 얽힌 전통과 문화

---

96) 박목월,『청담』, 일조각, 1964, 14~16면; 박목월,「청담」,『박목월 시전집』, 이남호 엮음, 민음사, 2003, 209~210면.

그리고 삶의 역사적 정황을 들추는가 하면,97) 소박한 밥상에 마주앉아 나누는 소담스러운 대화가 오가는 공간과 연결시킨다. 이로써 쓸쓸하게 고인 개인적 식욕은 온기를 지닌 특별한 시간과 공간으로 전환된다. 그리하여 일반적이고 사소한 "팔모상"과 "식욕", "음식", 그리고 "묵"조차 비범한 통찰과 직관을 담아 전하는 그릇, 즉 시적 매개물로 기능한다. 한편, 이 시는 박목월의 관심이 자연에서 일상생활의 영역으로 바뀌어졌음을 함의하고 있다. 또한, 「적막한 식욕」은 자신의 소소한 체험을 서정의 세계로 끌어들여 형상화하고 있다는 점에서 시인으로서의 실험적인 면모와 문학을 대하는 적극적 자세를 드러내고 있는 작품이라 하겠다.

이 작품은 한국의 먹거리를 소박한 삶과 거기 깃들인 따뜻한 인정미로 승화시키고 있다는 측면에서 「소찬(素饌)」과 상호텍스트성을 지닌다. 「소찬」역시 「적막한 식욕」과 마찬가지로 애처로운 삶의 모습과 소박한 정서를, 서사성을 내포한 한국의 전통음식에 대입하여 꾸밈없이 표현함으로써 소탈한 일상에 만족하는 소시민의 생활을 형상화하고 있기 때문이다. 「소찬」은 가난하지만 소소한 만족이 있는 삶이요 그 삶에 깃들인 따스한 인정미를 노래한 것으로, 목월의 인간애를 엿보게 한다.

> 오늘 나의 밥상에는
> 냉이국 한그릇.
> 풋나물무침에
> 新苔.
> 미나리김치.
> 투박한 보시기에 끓는 장찌개.
>
> —「소찬(素饌)」(1959) 부분98)

---

97) 음식은 문화이자 기호이며, 서사성 즉 전통을 내포한 사회적 산물이다(김열규, 『기호로 읽는 한국 문화』, 서강대학교출판부, 2008, 321~323면 참조.).

그런가하면, 박목월 시는 갈수록 존재에 관한 탐구와 실존에 대한 자의식이 첨예하게 드러난다. 이는 일종의 위기의식이라 볼 수 있는데, 그것은 일련의 조명(照明)과도 같은 구실을 하며 등장하는 체험, 인식, 또는 깨달음으로서, 전혀 예기치 못한, 급작스러운 도래에 의한 것이다. 여기서 급작스럽게 등장하는 조명과 같은 체험, 인식, 깨달음이란, '빛'이나 '기억' 또는 '돌'이나 '다리'에 의한 파장을 말하며, 이로 인해 급박하게 긴장하고 고조되는 자의식은 급작스럽고 당혹스럽게 번지는 실존적 인식이나 진배없다. 1968년 ≪예술원보≫에 게재한 「벽」은 앞서 발표한 목월 시와는 상이하다. 이는 흰색 벽지가 슬픔이 아니라 두려움을 자아내는 데 기인한다.

> 白紙로 도배한 壁의 寂寞
> 불이 켜지면
> 더욱 두렵다.
> 너는 무엇이냐. 炯炯한 눈을 부라리고
> 너는 무엇이냐, 밋밋한 얼굴로
> 白紙는 白紙, 四方이 도배된
>
> ─「벽(壁)」(1968) 부분[99]

「벽」의 시적 화자는 '벽'을 주목한다. "백지로 도배한 방"은 곧 "벽의 적막"이기 때문이다. 여기서 주목할 것은 '벽'이 세상과 자신의 공간을 규정하는 경계로 기능한다는 점이다. 그리고 그 경계 안으로는 아무나

---

98) 박목월, 『난·기타』, 신구문화사, 1959, 40~41면; 박목월, 「난·기타」, 『박목월 시전집』, 이남호 엮음, 민음사, 2003, 115면.
99) 박목월, 『경상도의 가랑잎』, 민중서관, 1968, 1~2면; 박목월, 「경상도의 가랑잎」, 『박목월 시전집』, 이남호 엮음, 민음사, 2003, 305면.

침입할 수 없다. 그럼에도 시적 화자는 두려움을 느낀다. 그 두려움은 자신의 내면적 상태가 더럽혀져 있다는 자각에서 비롯된다. 시적 화자의 이러한 자각은 스스로에게 실존에 대한 물음을 던진다. 「벽」에서 "너는 무엇이냐"고 반복하는 시적 화자의 질문은 스스로를 더 참담하게 한다. 왜냐하면, 이 시의 서정적 자아는 정신과 육체가 바로살았다고 장담할 수 없는 삶의 질곡에 휘둘렸기 때문이다. 이는 자신의 내적·외적 상태가 세파에 부서지고 현실에 찌들어버려 결코 "백지"와 나란히 있을 수 없다는 깨달음을 함의한다.

삶의 질곡에 허물어질 대로 허물어진 시적 화자의 의식은 방 안을 환히 비취는 "불빛"이 자신의 실존상태를 확연히 드러내고야말 것 같은 상황을 인식하게 된다. 이러한 시적 화자의 내면풍경은 시인으로 하여금 자성의 시간을 갖도록 유도하게 마련이다. 이에 따라 사소하고 평범한 일상에서 허무를 느끼고 그것을 시로 승화시켰던 박목월은, 이제 그 허무가 지닌 시간과 공간을 응시하게 된다. 목월은 그 시간과 공간의 기저가 근원임을 깨닫는다. 동시에, 자신을 둘러싼 허무는 근원에 대한 열망과 인간의 한계에 의해 형성된 커다란 간극에서 비롯됨을 인지한다. 이는 곧 자신의 '유'와 '무'를 규정하는 자의식의 발로요 심리적 현상에 다름아니다.

매슬로우(A. H. Maslow)는 『존재의 심리학』을 통해,[100] 허무는 인간의 열망과 한계 사이에 있는 '차이'에서 생겨난다고, 이 커다란 간극 곧 허무를 설명한바 있는데, 박목월의 이러한 심리적 일단은 그로 하여금 유신론적(有神論的) 세계관을 수용하게 하고, 그 세계관에 의해 삶의 가치를 새롭게 보는 안목을 획득하게 한 것으로 보인다. 이에 따라 그의 시

---

100) Abraham H. Maslow, 『존재의 심리학』, 이혜성 역, 이화여자대학교출판부, 1981, 40면.

는 허무와 체념을 떨쳐내고 숭고한 아름다움과 자신의 내면세계를 노래
하기에 이른다. 이러한 시들은 대부분 시인 자신을 둘러싸고 있는 사물
을 통해 자기 실존을 담고 있다. 하지만 『경상도의 가랑잎』에 등장하는
실존은 늘 나약하고 조그마하며, 견고하지 못하고 흔들리는 것이거니와,
소멸하는 빛처럼 유약하기만 하다. 이러한 유약함은 「가교」에서 '다리'
에 투사된다.

> 흔들리며 다리를
> 가누며 흔들리는 다리를
> 사람들은 건너가고 있다.
>
> ―「가교(假橋)」(1976) 부분[101]

「가교」에 등장하는 시어 '다리'는 한국어의 다의성에 의해 두 가지로
해석할 수 있다. 하나는 신체적 다리이고 다른 하나는 어느 공간을 잇는
길, 곧 물체로서의 다리이다. 즉, 이 시는 '다리'라는 어휘에 이 두 개념을
혼용하고 있다. 그것은 이 글의 시작이 1행의 "흔들리는 다리"와 2행의
"흔들리는 다리"가 서로 다른 것을 지칭하기 때문이다. 그럼에도 시인은
1행과 연결된 어휘 "가누며"를 분행하여 기록함으로써 '다리'의 두 개념
을 연결시킨다. 이 시의 시적 화자는, 무슨 까닭인지 적정한 안정성을 유
지하지 못하는 다리를 가누면서 걷는 "사람들"이 "흔들리는 다리", 즉,
고정되어 있긴 하지만 그 안전성은 보장할 수 없는 "다리"를 건너가는
모습을 보고 있다.
　시적 화자의 눈에 보이는 그 모습은 시적 화자의 의식 속에서 삶의

---

101) 박목월, 『무순』, 삼중당, 1976, 74~76면; 박목월, 「무순」, 『박목월 시전집』, 이남
　　호 엮음, 민음사, 2003, 498~499면.

'길'로 환치된다. 의지를 동원해 가누어야 하는 다리로 그 흔들리는 다리를 건너는 모습에 생활인으로서의 살이와 끝이 보이지 않는 생의 종착점을 투사한 것이다. 이로써 시인은 누구든 자신이 정한 목표(지점)에 도달하기를 원하지만 그것은 결코 쉽지 않은 일이라고 마침표를 찍는다. 이 시에 의하면, 인생은 현실에 부닥치며 살다보면 어느덧 "생소한 곳"에 도달해 있을지도 모를 길이요 상황이요 형국인 셈이다. 다시 말하면, 인생은 결코 완전할 수 없으며, 그 행보조차 마음먹는 대로 되지 않아서 언제나 긴장을 늦추지 않고 다리를 가누며 걸어야 한다. 이 "다리"는 "이승과 저승"을 잇는(「이별가」) 다리요, "흔들리는 다리"이다.

「가교」의 시적 화자는 이 다리 위를 걷는다. 이 다리는 「이별가」에 나타나는 "이승과 저승" 사이를 흐르는 강을 가로질러 놓여있기 때문이다. 그의 후기시에 드러나는 유신론적 세계관 즉 기독교세계관에 의하면, 이 강은 성경의 요단강이다. 죽은 자는 이 강을 건너서 먼저 죽은 자를 만난다. 이 강은 이생과 천국 사이에 가로놓여 있는 강이며, 어떤 면으로는 '부자와 나사로'[102]가 존재하는 공간 사이의 커다란 간극이다. 따라서 박목월은 이 작품을 통해 멋스럽게 자신의 종교를 떠벌린 것이 아니라, 종교인으로서의 자아성찰과 생활인으로서의 현실인식 사이에서 실존적 길항을 겪고 있다고 보인다. 이는 그가 모태에서부터 그리스도인이었으며, 청소년기를 거쳐 결혼 후, 또 죽을 때까지 기독교가정에서 살았다는 점을 고려할 때 쉽게 이해할 수 있다.

---

102) 『신약성경』, 「누가복음」 16:19~31 참조.

3. 종교의식 : 존재방식과 근원탐구

사회생활을 하면서 겪어야만 하는 일제의 억압과 일상의 피곤함은 박목월 시와 조지훈 시에 등장하는 시적 화자의 시선에 변화를 가져온다. 시간이 가면서 그것은 현실에서 이상으로, 안에서 밖으로 향하게 되는데, 이는 가정과 사회라는 테두리 안에서 자신이 떠안고 있는 자리 또는 의무를 벗어나고자 하는 의식의 표출로서, 서정적 자아가 이상향(理想鄕)을 추구하는 데 기인한다. 이로 인해 이들은 공히 종교적 세계관과 그 상상력에 충일한 시를 창작했다는 점에도 공통점을 지니고 있다. 이는 문학텍스트로서의 시가 시상(詩想)에 의한 것이며, 시상은 시인이 창작을 위해 떠올리는 일련의 기호체계라는 점을 기저로 한다. 따라서 시상은 기억을 매개로 하여 사회·문화적 관계망 안에서 작용한다.

시상은 시인의 상상력에 의하여 시인의 의식을 통과하면서 하나의 이미지에 투영된다. 이때 대상 이미지는 특정한 의미를 획득한다. 이로 인해 특정 시인의 작품군은 그 지향하는 바를 드러내게 되는데, 시가 상상력의 소산이라는 점을 고려할 때 그것을 파악하기는 그리 어렵지 않다. 왜냐하면 종교는 세계관과 자아관에 어떤 면으로든 작용하게 마련이고, 세계관과 자아관은 시인의 의식과 시적 상상력에 개입하여 시인이 쓴 전 작품에 투영되게 마련이며, 존재와 작품의 정체성을 규정하는, 즉, 인간의 생애와 통찰과 가치를 결정짓는 일련의 틀로 기능하기 때문이다. 따라서 시인의 인식 틀[frame 또는 angle]로 작용하는 종교는 반드시 살펴볼 필요가 있다.

박목월은 한시(漢詩)에 능(能)한 아버지 박준필(朴準弼)과 기독교신자인 어머니 박인재 사이에서 장남으로 태어났다. 목월은 일요일이면 어머니와 함께 교회에 나가 예배를 드렸고, 미션스쿨로 알려진 계성중학교에

다녔으며, 장성하여서는 독실한 기독교신자인 유익순과 결혼하여, 죽을 때까지 여의도 순복음교회에 출석하며 기독교신자로 또 기독교문인으로 활동하는 등 줄곧 독실한 신앙생활을 하였다. 이에 비해 조지훈은 전통과 학풍을 자랑하던 한양 조씨 가문에서 태어나 일찍부터 여러 사상과 학문을 섭렵하였으며, 일제의 억압을 피해 입산하여 절에서 살았던 학자요 논객이었다. 이러한 점을 고려할 때, 지훈 시에 불교적 상상력이 개입했다는 것은 자명하다. 반면, 목월 시에는 기독교적 상상력이 내포되어 있음이 당연하다.

박목월 시의 배경이 된 종교의식, 곧 기독교적 상상력은 갈수록 돌올해진다. 한편, 십자가가 기독교를 상징하고 예수의 고난을 내포하는 것처럼, 기독교세계관은 성경에 등장하는 상징이나 기호체계와 유사성 내지 연관성을 가지고 있다. 이는 종교가 세계관의 틀을 규정하는 사상체계로 기능하기 때문이다. 그럼에도, 목월 시에 나타나는 기독교적 상상력은 추상적이거나 막연한 상상을 가리키는 것은 아니다. 그것은 성경을 근간으로 한 상징, 교리, 사상 그리고 배경을 전제하고 있기 때문이다. 그런데 「회고 눈부신 천 한 자락이」처럼 신비한 종교적 체험을 근간으로 한 시도 있다.

희고도 눈부신
천 한 자락을 하늘나라에서
내게로 드리워주셨다.
물론 비몽사몽 간에

(…중략…)

표적을 보자.
나는 그 자리에서 타올라

재가 되었다.

— 「회고 눈부신 천 한 자락이」(1978) 부분[103]

「회고 눈부신 천 한 자락이」에는 "사도행전 10장 10절"이라는 부제가 달려있다. 부제를 고려하며 이 작품을 보면, 이 텍스트에서 제일 중요한 어휘는 "비몽사몽 간에"("황홀한 중에"와 동일 의미)이다. 이는 그 내용을 고려할 때, 사도행전 10장 11절의 내용과 긴밀히 연결되어 있다고 보는 것이 마땅하다. 왜냐하면, 신약성경의 사도행전 10장 11절은 "하늘이 열리며 한 그릇이 내려오는 것을 보니 큰 보자기 같고 네 귀를 매어 땅에 드리웠더라"이기 때문이다. 여기서 "보자기"는 「회고 눈부신 천 한 자락이」라는 이 작품의 시제(詩題)와 연결되는데, 이는 이방인이었던 백부장 '고넬료'를 신자로 받아들이는 과정에서 사도 베드로가 비몽사몽간에 체험한바, 하나님이 자기 메시지를 전달하기 위해 사용한 계시로서의 '환상'이었다.

"회고 눈부신" 경험은 곧 '빛'의 체험이다. '빛'의 속성은 어둠을 물리치고 모든 사물의 색과 모양을 드러나게 하는 것이다. 기독교세계관에 의하면, '빛'은 구약성경에서 하나님의 임재와 구원의 상징으로 사용되고(출 13:1; 시 27:1; 36:9; 사 2:5; 9:2; 58:8-10; 60:1-3; 60:19; 미 7:8), 신약성경에서는 '하나님의 말씀'[λόγος] 곧 '성자 예수'[Messiah, Jesus Christ]를 상징하며(요 8:12-59; 눅 11:33), 신자를 하나로 묶는 성령을 대변하기도 한다(요 14:16; 롬 15:30; 눅 1:35; 고전 12:11; 히 9:14). 이에 따라 목월의 또다른 작품, 「빛을 노래함」의 시적 화자는 우선 빛(의

---

103) 박목월, 『크고 부드러운 손』, 영산출판사, 1978, 110~113면; 박목월, 『크고 부드러운 손』, 민예원, 2003, 164~165면; 박목월, 「크고 부드러운 손」, 『박목월 시전집』, 이남호 엮음, 민음사, 2003, 656~657면.

속성)을 노래하고, 인간관계를 맺는 띠로서의 빛(성령의 기능)을 노래하는 한편, 하나님의 속성("사랑"과 "큰 빛으로서의 눈동자"로 임재함)과 자신을 죄에서 구원한 예수("말씀")의 '빛'을 노래한다.

> 나이 60에 겨우
> 꽃을 꽃으로 볼 수 있는
> 눈이 열렸다.
> 神이 지으신 오묘한
> 그것을 그것으로
> 볼 수 있는
> 흐리지 않는 눈
> 어설픈 나의 주관적인 감정으로
> 彩色하지 않고
> 있는 그대로의 꽃
> 불꽃을 불꽃으로 볼 수 있는
> 눈이 열렸다.
>
> 세상은
> 너무나 아름답고
> 충만하고 풍부하다.
> 神이 지으신
> 있는 그것을 그대로 볼 수 있는
> 至福한 눈
>
> ―「개안(開眼)」(1978) 부분104)

---

104) 박목월, 『크고 부드러운 손』, 영산출판사, 1978, 212~215면; 박목월, 『크고 부드러운 손』, 민예원, 2003, 13~14면; 박목월, 「크고 부드러운 손」, 『박목월 시전집』, 이남호 엮음, 민음사, 2003, 713~714면.

박목월은 이러한 영적 체험을 신약성경의 '실로암(Σιλωάμ) 사건'(요 9:1-11)[105]을 인유(引喻)한 「개안(開眼)」을 통해 고백한다. 이는 앞에서 밝힌바, 일련의 신비한 체험이 시인의 영혼(마음)의 눈을 열어 사물을 전혀 다른 시선으로 보게 했기 때문[106]이다. 이로 인하여 목월은 1959년에 발표한 「눈물의 Fairy」를 통해 사랑의 뜻이 바뀌었음을 이미 시사한바 있거니와, 「개안(開眼)」을 통해 모든 것을 보는 안목이 바뀌고 그로 인해 존재하는 것들의 의미가 사뭇 달라졌음을 이전보다 명확히 고백하고 있다. 따라서, 「개안」은 비로소 존재하는 모든 것을 있는 그대로 보는 눈, 즉, 자신의 고정관념이나 선입견으로 "彩色하지 않고" 보는 눈을 갖게 되었음을 시사한다. 이는 그의 삶을 관류하는 기독교세계관에 의한 상상력의 발현으로서 실로 충일한 신앙의 고백이라 아니할 수 없다.

「개안」은 「믿음의 흙」·「눈물의 Fairy」와 상호텍스트성을 이루며 유비적으로 작용한다. 그리고 그 내용이 「눈물의 Fairy」·「빛을 노래함」과 상보적 관계에 있음을 인하여 기독교세계관 및 그 상상력이 이전의 시보다 확연히 드러난다. 그런가하면 「월요일 아침에도」는 흔히 관념적으로 흐를 수밖에 없는 신앙의 실체를 형상화하고 있다. 시적 화자는 기독교에서 주일(主日)이라고 부르는 일요일에 모든 신자가 부름 받은 장소로

---

105) '실로암(Σιλωάμ)'은 기혼 샘을 근원으로 한 연못 이름이다. 신약시대에 이곳의 물은 두 가지 일에 사용되었다고 전해지는데, 첫 번째는 성전을 정결케 하기 위한 예전적인 일에 사용되었으며, 두 번째로는 육체적으로 병든 자를 치료하기 위해 사용되었다. 실로암 연못은 "보냄을 받았다"(요 9:7)는 뜻을 함의하고 있으며, 부정한 것을 소멸시키고 인간의 질병을 치유하는 능력을 지닌 것으로 전해져왔다. 이로 인해 신약시대의 이스라엘 백성은 이 물을 성전에 부음으로써 성전을 정결케 하고자 했으며, 육체적으로 병든 자를 이 물로 씻게 하기도 했다. 박목월은 이 시의 부제인양 제목 아래 '요한복음 9장 1-11절'이라 써놓았는데, 성경의 이 부분은 날 때부터 소경인 자가 예수를 만나 눈을 뜨게 되는 과정을 서술한 부분이다.

106) Mircea Eliade, 앞의 책, 128~129면 참조.

서의 교회에 모여 하나님을 예배하는 신앙의 내용을 평일 평범한 실제생활에까지 적용하기를 바란다. 그 대상은 자기 자신과 타자로서의 신앙공동체이다. 여기서 신앙공동체란 예수를 믿음으로 신자가 된 모든 사람을 가리키는데, 시적 화자는 이러한 자신의 마음을 청유형 서술어를 사용하여 표현함으로써, '권려'하는 태도를 나타낸다. 그러나 그 내용은 "증명하자"는 어휘로 인해 '강권'에 가깝다.

> 우리의 信仰을
> 손이 증명하자.
> 信仰을
> 발이 증명하자.
> 참 信仰을
> 코가 증명하자.
>
> (… 중략 …)
>
> 그리고 主日이 아닌 月曜日 아침에도
> 金曜日 밤에도 증명하자.
> ─「월요일(月曜日) 아침에도」(1978) 부분107)

그럼에도 이 작품은, 시적 화자의 나이와 사회적 지위를 고려할 때, 타

---

107) 박목월, 『크고 부드러운 손』, 영산출판사, 1978, 138~141면; 박목월, 『크고 부드러운 손』, 민예원, 2003, 59~60면; 박목월, 「크고 부드러운 손」, 『박목월 시전집』, 이남호 엮음, 민음사, 2003, 672~674면. 1978년 영산출판사에서 간행된 책을 보면, 시집 목차에서는 이 시의 제목을 '月曜日 아침에도'라 표기해 놓고, 본문에서는 그 제목을 '日曜日 아침에도'라 인쇄해 놓았는데, 내용을 고려할 때 이 시의 제목은 '월요일 아침에도'가 맞다고 판단된다.

자에게 자신의 나이와 지위를 내세우지 않고 그저 요청하는 겸허한 자세를 드러낸다는 점에서 박목월의 신앙적 면모(성화(聖化)하는 삶의 좌표)를 재고하게 한다. 그것은 "서로 사랑하라"108)는 예수의 가르침(요 13:34-35)을 실천하기 위한 신자의 자세로, 인간을 위해 성육신109)한 예수를 좇아 낮아지는 삶(빌 2:5-11), 즉, 겸손한 자세를 대변하기 때문이다. 성경에 의하면 신자의 겸손함은 공동체 생활에 임하는 태도로 드러나게 마련이다. 따라서 박목월의 시는 한데 어울려 사는 공동체로서의 "「우리」들의 생활"을 노래하기에 이른다. 그것은 「이 후끈한 세상에」에서, "사람과 사람 사이에서" 빚어진 "「人間」"의 모습으로 그려지고 있으며, "인간"이 사는 바람직한 모습을 대변하는 "오늘의 보람찬 삶"은 "남과 더불어 짜는/그물코"로 형상화된다.

참으로 남을 돕는 일이
저를 위하는
그 너르고도 후끈한
「우리」들의 생활 속에
찬란하게 빛나는 태양
사람과 사람 사이에서
「人間」이 빚어지고

---

108) "서로 사랑하라"는 예수가 제자들에게 명한 '새 계명(New Commandment)'으로 예수가 자신이 제자들을 사랑한 것 같이 제자들도 서로 사랑하라고 한 명령(요 13:34-35)이며, 이는 이미 구약의 내용(레 19:18)과 신약의 말씀(마 19:19)에 나타난바, "네가 대접받고 싶은 그대로 남에게 행하라"와 "네 이웃을 네 몸과 같이 사랑하라"는 말의 의미와 동일하고, 오늘날 예수를 믿는 모든 기독교신자에게도 동일하게 적용되는 계명이다.

109) 『신약성경』, 「요한복음」 1:1-14; 「갈라디아서」 4:4-5; 「골로새서」 1:13-20; 「히브리서」 1장. 특히 「빌립보서」 2:5-11 참조.

남과 더불어 짜는
그물코에
오늘의 보람찬 삶
세상에는
完全他人이란 있을 수 없다.

—「이 후끈한 세상에」(1978) 부분110)

    그리하여, 「이 후끈한 세상에」의 시적 자아는 결국 "세상에는/完全他人이란 있을 수 없다"는 결론에 이른다. 이는 인간이란 결국 자신이 속한 사회문화적 관계망 안에서 어떤 모양으로든 서로 연결되어 살아갈 수밖에 없는 존재라는 인식의 결과이다. 여기서 인간의 무리로 통칭되는 "우리"는 가깝게는 기독교신자를 의미하고, 나아가서는 글자 그대로 우리를 가리킨다. 여기서 '우리'는 곧 모든 한국인이다. 말년으로 접어들면서, 깊이를 더해가는 시적 정서는 그의 시 「내리막길의 기도」에서 한층 깊어진 신앙의 일면을 보인다. 그것은 죽음으로 향하는 삶의 하강곡선을 형상화한바, 힘에 겨운 "내리막길"에서 겪어야 하는 내면적 고독에 의한 추위("겨울로 기우는 날씨")를 이길 수 있는 "평온"함을 구하며, "힘에 겨울수록/한 자욱마다/전력(全力)을 다하"게 해달라고 하는 간곡한 기도문으로 나타난다. 이러한 진술은 시적 자아의 신앙고백이자 신의 섭리에 순종하고자 하는 신자의 마음을 노정하는 것이거니와, 그 이면은 인간의 한계를 인정하고 세상을 주관하는 주체로서의 신을 무한긍정하며 죽음을 수용하는 기독교적 상상력의 발현이라 아니할 수 없다.

---

110) 박목월, 『크고 부드러운 손』, 영산출판사, 1978, 216~217면; 박목월, 『크고 부드러운 손』, 민예원, 2003, 15~16면; 박목월, 「크고 부드러운 손」, 『박목월 시전집』, 이남호 엮음, 민음사, 2003, 715~716면.

오르막길의
기도를 들어주시 듯
내리막길의 기도도
들어 주옵소서.

(…중략…)

내리막길이
힘에 겨울수록
한 자욱마다
전력(全力)을 다하는 그것이
되게 하옵소서.
　　　　　　　　　－「내리막길의 기도」(1978) 부분111)

　지금까지 살펴본바, 기독교적 상상력에 의한 시상의 발현으로 나타난
박목월의 시는 곧 근원 및 영원을 향한 의지의 결과인바, "빌수록/차게
하"는 신의 섭리(「내리막길의 기도」)를 형상화하고 있다. 이를 시적 정
서에 비추어보면 채움 또는 생성의 미학이다.
　이에 비해 조지훈 시에는 불교적 상상력이 투영되어 있다. 이는 지훈
의 작품들 속에 등장하는 '스님'[僧], '춤사위'[舞], '옷'[古風衣裳], 그리고
'새'[鳳凰]를 통해 알 수 있는데, 이로 인하여 지훈은 이미 이때부터 불교
에 심취해있었다는 사실을 충분히 드러내고 있다. 이러한 지훈의 불교적
상상력은 세간의 주목을 받던 그의 등단작을 비롯하여 그의 전 작품을
관류하고 있다. 우선 꽃무늬 적삼을 즐긴다는 의미의 제호를 가진 「완화

---

111) 박목월,『크고 부드러운 손』, 영산출판사, 1978, 168-171면; 박목월,『크고 부드
　　러운 손』, 민예원, 2003, 86-87면; 박목월,「크고 부드러운 손」,『박목월 시전집』,
　　이남호 엮음, 민음사, 2003, 690-692면.

삼」을 살펴보기로 하자.

　　　차운 산 바위 우에
　　　하늘은 멀어
　　　산새가 구슬피
　　　우름 운다.

　　　구름 흘러가는
　　　물길은 七百里

　　　(… 중략 …)

　　　다정하고 한 많음도
　　　병인양하여
　　　달빛 아래 고요히
　　　흔들리며 가노니……

　　　　　　　　　　　　　　　　—「玩花衫」(1942) 부분112)

　「완화삼」에서 세월은 흘러가는 "구름"[天]과 "물길"[地]로 형상화되어 때가 이르면 지는 "꽃"[地]과 "달빛"[天]으로 마무리된다. 이 이미지를 잇고 있는 것은 구슬피 우는 "산새"[間]소리이다. 곧 땅과 하늘을 연결시키며 그 공간[天地間]을 가득 채우는[遍滿] '소리' 이미지로 고요함을 한껏 부각시키고 있는 것이다. 여기서 주목할 것은 이 고요함인데, 그것은 이 고요함이 흔들리며 간다는 점에 기인한다. 시적 수사를 고려하

112) 조지훈, 『청록집』, 을유문화사, 1946, 56~57면; 조지훈, 『조지훈시선』, 정음사, 1958, 124~125면; 조지훈, 「청록집」, 『조지훈 전집 1 : 詩』, 김인환 외 8인 編, 나남출판사, 1996, 34면.

면, 여기서 흔들리며 가는 것은 결국 "다정"함과 "한"인바, 인연을 향하여 인간의 내면을 채우고 있는 감정이자 열망이다. 그런데, "병"과 같은 이 "다정"함과 "한"은 보란 듯이 당차게 사라지는 것이 아니다. 미련이 있는 듯이 흔들리면서 간다.

시인은 이러한 정서를 고무하기 위해 이 작품을 말줄임표[……]로 끝맺는다. 이는 아직도 할 말이 있으나 형언하기에는 뭔가 적정하지 않은 심사를 표현한 시적 장치나 다름없다. 이러한 흔들림과 여운은 지극히 현세적인 감정으로서 찰나(刹那)를 채우는 무수한 갈등이자 애욕이다. 그런데 이 작품이 환기시키는 시적 정서는 담담하기 그지없다. 이는 「완화삼」의 서정적 자아가 취한 분행과 어조에 의해 확보된 것이기 때문이다. 무엇보다도 이 시에서 놓치지 말아야 할 것은, 시제(詩題)가 내포한 '적삼'의 의미이다. 적삼은 치장하지 않은 홑저고리이기 때문이다. 그럼에도 시적 화자는 "완화삼"이라 하여, 아직은 '꽃무늬가 있는' 홑저고리를 즐거워하고 있는 자신을 드러내고 있다.

따라서 「완화삼」은 조지훈이 완연한 가을 달밤이 주는 산과 물[山水]의 정취를 꽃무늬 저고리로 시화화했다는 점을 여실히 드러내는 시제(詩題)에 다름아니다. 이 시는 앞서 거론한바 박목월에게 보낸 시이다. 차후 목월은 이 시 「완화삼」에 대한 화답으로서 시 「나그네」를 발표하였다. 박목월의 시 「나그네」의 시제와 시어, 그리고 시적 정서를 고려하면, 목월은 「완화삼」을 읽으며 문우 조지훈의 내면을 제대로 파악했다고 보인다. 이로써, 문학텍스트에 녹아있는 종교적 상상력이 시인의 종교와 삶의 내력을 뛰어넘은 실체로서, 세계 안에서 어떻게 소통하는가, 아울러 텍스트와 콘텍스트로서 어떻게 기능하는가[113]를 잘 드러내고 있다 하겠

---

113) Mircea Eliade, 앞의 책, 103~107면 참조.

다. 그런데, 「완화삼」에서 빈 공간을 가득 채우고 있는 산새의 울음소리는 「앵음설법(鶯吟設法)」에서 꾀꼬리 소리로 대체된다.

벽에 기대 한나절 조을다 깨면 열어제친 窓으로 흰구름 바라기가 무척 좋아라

老首座는 오늘도 바위에 앉아 두눈을 감은채로 念珠만 센다

스스로 寂滅하는 宇宙 가운데 몬지 앉은 經이야 펴기 싫어라

篆煙이 어리는 골 아지랑이 피노니 떨기낭ㄱ에 우짖는 꾀꼬리 소리

이 골안 꾀꼬리 고운 사투린 梵唄소리처럼 琅琅하고나

벽에 기대 한나절 조을다 깨면 지나는 바람결에 속잎 피는 古木이 무척 좋아라

—「鶯吟說法」(1952) 전문114)

「앵음설법」에 등장하는 소리는 평상시 꾀꼬리 우는 소리가 아니라 "고운 사투리"처럼 "랑랑"한 소리이다. 그래서 스스로 "적멸"하는 "우주 가운데"서 공부가 하기 싫어진 시적 화자는 "흰구름"과 "바람"과 "고목"을 그린다. 그것은 "두눈을 감은채로 염주만" 세는 노승과는 달리, "열어제친 창으로" 들어오는 풍경이다. 여기서 열어젖힌 것이 물리적 '창문'인지 시적 화자의 '눈'인지는 명확하지 않다. 이 시에서 주목할 것은 "적멸

114) 조지훈, 『풀잎단장』, 창조사, 1952; 조지훈, 『조지훈시선』, 정음사, 1958, 106~107면; 조지훈, 「청록집」, 『조지훈 전집 1 : 詩』, 김인환 외 8인 編, 나남출판사, 1996, 62면.

하는 우주"이다. 불교적 세계관에 의하면, '적멸'은 일체의 번뇌에서 벗어난 '불생불멸(不生不滅)'의 지극히 높은 경지로서 '해탈'과 동일시된다. 즉, '열반(涅槃)'을 의미한다. 열반은 불교에서 자기를 비워 무(無)로 만들었을 때 찾아오는 경지로, 속세를 향한 모든 욕망을 끊어낸 후에 맛볼 수 있는 경지이다.

> 무르익은 果實이
> 가지에서 절로 떨어지듯이 종소리는
> 虛空에서 떨어진다. 떨어진 그 자리에서
> 종소리는 터져서 빛이 되고 향기가 되고
> 다시 엉기고 맴돌아
> 귓가에 가슴 속에 메아리치며 종소리는
> 웅 웅 웅 웅 웅 ……
> 三十三天을 날아오른다 아득한 것.
> 종소리 우에 꽃방석을
> 깔고 앉아 웃음짓는 사람아
> 죽은 者가 깨어서 말하는 時間
> 산 者는 죽음의 神秘에 젖은
> 이 텡하니 비인 새벽의
> 空間을
> 조용히 흔드는
> 종소리
> 너 향기로운
> 果實이여!
>
> —「梵鐘」(1964) 전문[115]

---

115) 조지훈, 『여운』, 일조각, 1964, 18~19면; 조지훈, 「여운」, 『조지훈 전집 1 : 詩』, 김인환 외 8인 編, 나남출판사, 1996, 219면.

「앵음설법」의 시적 화자는 그 열반의 지경을 온갖 풍상을 다 겪은 고목의 모습을 통해 깨닫고 있다. 이는 오래되어 생명력이라곤 찾아 볼 수 없는 나무에서도 속잎이 새롭게 피어나는 이치를 통해 해탈의 경지를 엿보고 있는 시적 통찰로 말미암는다. 이러한 사유와 통찰로 인해 조지훈은 이제 "범종(梵鐘)"의 소리에서 과육(果肉)의 맛과 향기를 느낄 수 있다. 익은 과일이 달려있던 나뭇가지에서 떨어지는 우주의 법칙을, 종소리가 퍼져 나아가는 것과 연결시키는 「범종(梵鐘)」은, 찰나에서 영원을 읽을 줄 아는 조지훈의 통찰력을 드러낸다. 이제 시인의 통찰은 시공을 초월하고 물질과 소리의 경계를 넘나들 뿐 아니라, 삼라만상(森羅萬象)에 생명을 불어넣으며 시간과 공간을 오고 간다.

「범종」에서 시공을 가득 채운 것은 물론 새벽공기이다. 시인은 이 공기를 매개로 종소리를 증폭시켜 죽은 자와 산 자를 연결시키면서, 텅 빈 시간과 공간을 채워나간다. 여기 나타나는 종소리는 또한 그의 시「대금」에 나타난 소리 이미지의 원형이기도 한데, 이는 곧 불가에서 중생을 일깨우는 소리이다. 이로써, 시적 정서는 우주의 신비적 관계를 환기시키며 불교의 핵심인 '화엄사상'[116]을 부각시킨다. 화엄사상은 곧 '공(空) 사상'이요 '무소유 사상'이다. 조지훈의 시관(詩觀)[117]과 직결되는 그의

---

116) 이경수, 「조지훈 시의 불교적 상상력과 禪味의 세계」, 『우리어문연구』 제33집, 우리어문학회, 2009, 327~356면; 김윤식, 「심정의 폐쇄와 확산의 파탄」, 『趙芝薰研究』, 고려대학교출판부, 1978, 148~150면; 남경희, 「불교적 연기 개념의 재해석 : 마음에서 말로」, 『언어의 연기와 마음의 사회성』, 이화여자대학교출판부, 2012, 319~332면; 고영섭, 『연기와 자비의 생태학』, 연기사, 2001, 71면; 김종욱, 『하이데거와 형이상학 그리고 불교』, 철학과현실사, 2003, 83면; 김종욱, 「하이데거와 불교생태철학」, 『불교생태철학』, 동국대학교출판부, 2004, 309~366면 참조. 『화엄경』에서는 중생의 범주에 무생물을 포함하고 있거니와, 속세의 모든 중생을 성불시키는 진리는 '공(空) 사상'이다. '공(空)'의 최고 경지는 일체의 분별심이 제거된 마음의 상태, 즉, 무아(無我)의 경지를 가리킨다.

우주관 즉 불교적 상상력은 「병에게」와 「풀잎단장 2」으로 이어지며 그 깊이를 더해가는 양상을 보인다. 창작시기를 알 수 없는 시 「풀잎단장 2」는 그 내용을 고려할 때 「병에게」를 쓴 시기에서 작고하기 직전의 기간에 창작된 것으로 추정된다.

> 나의 영혼에 蓮하는
> 모든 生命이
>
> 久遠한 刹那에
> 明滅하노라.
>
> ―「풀잎斷章 2」(1968?) 부분[118]

「풀잎단장 2」는 모든 생명적 존재가 근원을 향하는 일관된 원리를 고수한다는 그의 불교적 사유체계를 드러내며, 인생의 부질없음과 그 존재 의미를 불교의 연기론에 연결하여 구체화하고 있다. 이는 세상만물의 근원이 모두 연결되어 있다는 불교이론에 기반을 둔 것으로 "구원한 찰나에/명멸하"는 생명의 근본적인 역사에 대한 수사로 인해 자신이 죽음에 임박했음을 시사한다. 이러한 점을 고려한 결과인지, 김윤식[119]은 조지훈이 작고하기 전에 간행된 시집 『餘韻』이 지훈 시의 본질을 내포한다고 보았다. 『여운』의 이러한 내포는 말년의 작품이 이전의 시들에 비해

---

117) 조지훈, 「시의 우주」, 『조지훈 전집 2 : 詩의 원리』, 나남출판사, 1996, 17면. "모든 시관(詩觀)은 그 시인의 우주관에서 비롯된다. 그러나, 시인의 우주관은 이론의 기초 위에 구조(構造)되는 것이 아니라 생명의 직관(直觀) 속에 체험되는 것이다."

118) 조지훈, 「풀잎단장 2」, ≪사상계≫, 1968. 1 ; 조지훈, 「바위송」, 『조지훈 전집 1 : 詩』, 김인환 외 8인 編, 나남출판사, 1996, 289~290면.

119) 김윤식, 앞의 논문, 152면.

비교적 안정적이고 성숙한 시적 성취를 이루고 있으며, 앙가주망의 영역을 벗어나서 우주의 자연현상에 대한 관조와 시인으로서 겪어야 하는 고독의 정서를 승화시키고 있다는 점, 그로 인하여 폭넓은 인생의 깊이와 여유를 담고 있다는 점에서 비롯된다.

이에 비해 박목월 시에는 기독교세계관이 갈수록 선명히 드러난다. 이는 인생의 말년에 접어들면서 그의 신앙이 보다 깊어지는 데 기인한다.

> 빈 것은
> 빈 것으로 정결한 컵.
>
> (… 중략 …)
>
> 나의 창조의 손이
> 장미를 꽂는다.
> 로오즈 리스트에서
> 가장 매혹적인 죠세피느 불르느스를.
> 투명한 유리컵의
> 중심에.
>
> ─「빈컵」(1976) 부분120)

박목월 시는 후기로 갈수록 그 작품 안에 기독교세계관에 의해 조명을 받은 객관적 상관물이 등장한다. 시인은 물질을 통하여 종교와 실존에 관한 길항관계를 그려낸다. 즉, 목월의 후기시에 등장하는 사물엔 모두 유일신 하나님이 담겨 있다. 이로 인해 자의식은 점차 사라지는 양상

---

120) 박목월,『무순』, 삼중당, 1976, 12~13면; 박목월,「무순」,『박목월 시전집』, 이남호 엮음, 민음사, 2003, 452면.

을 보이고, 보다 높고 넓은 신앙의 경지를 향해 나아가는 시인을 만나게 된다. 따라서 여기 드러나는 시적 자아는 자신을 치장하는 수준이 아니다. 예컨대, 「빈컵」에 나타나는 시적 자아는 비어있음 혹은 비움을 통하여 채워짐을 경험하게 되는 '컵'을 제시한다. 이 컵은 비어있어 "투명한 유리컵"이다. 시적 자아는 이 컵에다 장미의 종류 가운데 가장 아름다운 것으로 꼽히는 "죠세피느 불르느스"를 꽂음으로써 그 컵을 채운다.

이때 시적 자아의 손은 "창조의 손", 이른바 신의 손이다. 마찬가지로 세상을 향한 뜨거운 열망을 "서늘한 체념"으로 버리고 나면, 무형의 체념으로 채워진 그곳, 자의식의 깊은 곳을 채우는 손이 있다. 그 손은 무에서 유를 창조한 손, 곧 조물주의 손이다. 그 손은 신앙의 샘물로 그의 의식을 채운다. 여기서 "빈컵"은 물체로서의 의미와 상징으로서의 의미를 내포하고 있는데, 이때 주목할 것은, "빈컵" 또는 "빈 것"을 채우는 "샘물"이 솟아나는 것이라는 점이다. 따라서 마음을 채우는 "신앙의 샘물"은 하나님을 믿음으로 말미암아 투명한 영혼을 지닌 사람의 마음에서 생성된다(솟아난다). 밖에서 얻을 수 있는 것이 아니다.

> 예술(詩)이면 어떻고 종교(기도)면 어떠랴, 사람에 대한 깊은 信賴
> 와 共感을 이 작품에서 나눠 받을 수 있으면 내게도 흡족하다. 그것
> 이 나 자신의 근대적인 생리인지 모를 일이지만[121]

이러한 신앙시적 면모로 인하여, 박목월은 김현승의 시를 통해 "사람에 대한 깊은 신뢰와 공감을" 느낀다고 말한바 있다. 주지하는바, 김현승 시는 종교와 실존 사이의 갈등을 주로 다루며 그로 인한 인간의 '절대고독'을 노래한 것이 많다. 따라서 목월의 「사담록(私談錄)」은 그야말로

---

121) 박목월, 「私談錄」, ≪사상계≫, 1958. 6, 364면.

'사담'으로서 신앙고백적 경향을 강하게 노출한 기록이다. 이러한 박목월의 시의식은 목월 사후에 발간된 마지막 시집 『크고 부드러운 손』에 매우 두드러지게 나타난다. 목월의 유고시집 『크고 부드러운 손』의 표제가 된 시 「크고 부드러운 손」은 신의 '손'을 노래한다. 이 '손'은 앞서 언급한 「빈컵」에서, 세상을 향한 뜨거운 열망을 "서늘한 체념"으로 버리는 시적 자아의 마음을, 즉, 형태 없는 체념으로 채워진 그 깊은 곳[心臟]을 전혀 새로운 것으로 채우는 신의 손이다.

> 인생의 종말이
> 이처럼 충만한 것임을
> 나는 미처 몰랐다.
> 허무의 저편에서
> 살아나는 팔.
> 치렁치렁한
> 星座가 빛난다.
> 멀끔한
> 목 언저리쯤
> 가슴 언저리쯤
> 손가락 마디마디마다
> 그것은 翡翠
> 그것은
> 눈짓의 信號
> 그것은 부활의 조짐

－「크고 부드러운 손」(1976) 부분[122]

---

122) 박목월, 『무순』, 삼중당, 1976, 194~196면; 박목월, 『크고 부드러운 손』, 영산출판사, 1978, 270~273면; 박목월, 『크고 부드러운 손』, 민예원, 2003, 46~47면; 박목월, 「무순」, 『박목월 시전집』, 이남호 엮음, 민음사, 2003, 574~575면.

「크고 부드러운 손」에서 그 손은 모든 것을 새롭게 하는 '손'이며, 텅 빈 곳을 채우고 새로 창조하는 힘이다. 이때 그 공간을 채우는 형질은 '물'이다. 이 시에서 시인이 차용한 이 '물' 이미지는 어느 공간이든 속속들이 스며들고 채우는 물의 속성을 고려한 듯하지만, 한편으로는 성경을 차용한 듯하다. 성경에서 물은 영원의 상징(symbol)이기 때문이다. 이 시의 시적 자아는 "인생의 종말"에 서 있다. 그곳에서 시적 자아는 "크고도 부드러운 손"을 만난다. 그 손은 "다섯 손가락을 활짝 펴" 시적 화자에게 "바다"를 밀어 보낸다. 그 바다(물)로 인해 시적 화자의 마음은 충만함을 경험한다.

주목할 것은 이 시의 시어 "충만한"이다. 이는 '충만하다'는 말이 어떤 기운이 가득 차서 넘치고 있는 상태를 내포하는 어휘이기 때문이다. 따라서 시적 자아는 그 가득 차서 넘치는 모양새를 "비취"에, 그리고 그 찬란한 빛의 형상을 "치렁치렁한 성좌"에 비유하여 표현한다. 여기서 "치렁치렁한 성좌"란 그야말로 별무더기요 빛의 무리 곧 크나큰 '빛덩어리'[123]라 아니할 수 없다. 시적 화자는 이 빛에 휘감기는 듯한 체험을 "부활의 조짐"[124]이라 고백하고 있다. 이 빛은 지훈 시 「빛」과 대비되는 양

---

123) '빛'은 구약성경에서 하나님의 임재와 구원의 상징으로 사용되고(출 13:1; 시 27:1; 36:9; 사 2:5; 9:2; 58:8-10; 60:1-3; 60:19; 미 7:8), 신약성경의 요한복음에는 주로 예수님 자신 곧 하나님 말씀과 동일시되어 나타나는데(요 8:12), 이는 구약성경의 내용을 전제로 하여 성취된 하나님의 약속, 곧 하나님 나라의 도래로서 '하나님의 아들 예수 그리스도'(요 8:12-59; 눅 11:33)의 오심을 상징한다. 또한, 신자를 하나로 묶는 성령을 대변하기도 한다(눅 1:35; 요 14:16; 롬 15:30; 고전 12:11; 히9:14). 기독교에서 빛은 어둠을 몰아내고 죄를 깨달아 회개하게 하며, 이를 통하여 진리(복음)를 받아들여 믿으며, 나아가 영생의 소망을 갖고 살게 기능하는 존재이다. 여기서 복음이란 하나님 말씀["λόγος"], 곧 예수 그리스도를 가리킨다.

124) 성경에 의하면, 구약시대의 이스라엘 백성들은 현세적 삶에 대한 하나님의 개입하심을 믿었다. 그들은 사람이 죽으면 흙으로 돌아간다고 믿었지만 영혼까지 소멸된다고는 믿지 않았다. 신약시대에 와서 부활은 예수의 삶과 밀접한 관련이 있

상을 보인다.

> 네거리 한복판에
> 넋을 잃고 서 있었습니다.
> 눈을 뜨고 잃어버린 東西南北을
> 혼자서 울고 있었습니다.
>
> 바로 그때였습니다. 조용히
> 어깨를 흔드는 사람이 있었어요.
> "이 딱한 사람아 눈을
> 도루 감게나 그려……"
>
> ─「빛」(1959) 부분125)

조지훈 시 「빛」에서 '빛'은 시청각적 상상력을 통해 자연 및 시대를 관조하며 형상화하는 시적 표현으로 등장한다. 여기, 「빛」에서 "눈을 감아

다. 왜냐하면 성자 예수는 인간의 죄를 대신해서 죽기 위해 이 땅에 왔으며, 아무 죄도 없이 십자가에 달려 죽음으로써, 성부 하나님께 다시 살림[부활]을 받았기 때문이다. 이로 인하여 기독교에서는 신약성경의 전제로서 구약성경에 나타나는 하나님의 약속대로 온 자 곧 예수 그리스도를 믿는 자들은 모두 부활(RESURRECTION) 한다고 믿는다. 부활은 믿는 이들이 종말을 통해서, 즉, 이 세상에서의 삶을 다 살고 죽음으로써 성취되는 것으로 하늘나라 곧 천국(天國)에 가서 영화로운 삶을 살게 된다는 기독교 교리로, 오직 예수 그리스도를 주로 믿는 자만이 그렇게 될 수 있다(G. R. Osbome, 「부활」, 『예수 복음서 사전』, 권종선 외 4인 역, 요단출판사, 2003, 440~464면; Donald Guthrie, 『신약신학』, 정원태·김근수 역, 기독교문서선교회, 1999, 924~948면; G. K. Beale, 『신약성경신학』, 김귀탁 옮김, 부흥과개혁사, 2013, 941~947면, 955~958면; 임창일, 『신구약성경 길라잡이』, 도서출판 지민, 2013, 746~747면 참조.).

125) 조지훈, 「빛」, ≪사상계(思想界)≫, 1959. 6; 조지훈, 『여운』, 일조각, 1964, 24~27면; 조지훈, 「여운」, 『조지훈 전집 1 : 詩』, 김인환 외 8인 編, 나남출판사, 1996, 222~223면.

야 보이는 세상"은 꿈의 세상이다. 그곳에는 "영혼의 속삭임"이 있다. 시적 자아는 그 "소리 안에서 빛과 모습"을 본다. 그런데 그 빛과 모습은 어느 날 홀연히 사라지고 만다. 이로 인하여 시적 자아는 "넋을 잃고" "네거리 한복판에"서 "혼자서/울고 있"다. 그리고 그와 때를 같이하여, 어떤 인식을 하게 된다. 그것은 "거리"에서 당면하는 모든 현실에서 돌아서는 것, 즉, 어떤 상황에 직면한(상황을 보고 있는) 눈을 감기만 하면 된다는 자각에 다름아니다. 그런데 「거리에서」를 보면 목월은, 지훈이 "눈을 감아야 보이는" 꿈의 세상을 노래한 "거리에서" "걸으면서" "마음 속으로" 기도를 한다.

> 진실로
> 당신이 뉘심을
> 전신(全身)으로 깨닫게 하여 주시고
> 오로지
> 순간마다
> 당신을 확인하는 생활이 되게
> 믿음의 밧줄로
> 구속하여 주십시오.
>
> —「거리에서」(1978) 부분[126]

기실, 이런 경향의 신앙시는 제대로 주목받지 못해왔다. 아직 그 문학성을 인정받지 못했기 때문이다. 이는 일련의 신앙시들이 문학사적·시대적 흐름을 배제하고 있다는 점은 차치하더라도, 너무 주관적·추상적

---

126) 박목월, 『크고 부드러운 손』, 영산출판사, 1978, 10~13면; 박목월, 『크고 부드러운 손』, 민예원, 2003, 111~112면; 박목월, 「크고 부드러운 손」, 『박목월 시전집』, 이남호 엮음, 민음사, 2003, 601~602면.

이어서 미적 거리를 확보하고 있지 못하다는 데 그 요인이 있다. 그런데, 「크고 부드러운 손」에서 어떤 손에 의해 자신의 결핍 내지 허무를 채운 시적 자아는 그 때 자신이 본 빛의 모양을 잊지 못한다. 그리하여 결국은 그 실체를 "전신으로 깨닫게" 해 주기를 '거리에서', 즉, 길을 "걸으면서" 까지 전심으로 기도하고 있다. 「거리에서」에 나타나는바, 시적 자아가 기도하는 내용은 절대자에 대한 확인이자 매순간 자신이 만났던(체험했던) 그 충만한 상태를 유지하는 생활의 지속이다.

그러나, 시적 자아는 자신이 경험했던 그 충만하고 신비스러운 그 상태를 유지하는 생활의 지속은 인간의 의지로는 불가능한 일임을 고백한다. 그리고는 "주기도문", 즉, 주를 향한 기도로서 절대자 하나님의 도우심을 바라고 있다. 여기서 주목할 것은 "믿음의 밧줄"이다. 일반적으로 생의 실타래는 절대자에게 맡기면서도 믿음은 신앙인 개인의 몫이라고 생각하는 그리스도인이 많은데, 박목월은 이때 벌써 인간의 믿음조차 하나님의 손에 달려 있음을 고백하고 있기 때문이다. 이 고백은 이 시의 말미에서 "나의 걸음이/사람을 향한 것만이 아니고/당신에게로 나아가는 길이 되게 하시고/한강교(漢江橋)를 건너가듯/당신의 나라로 가게 하여 주십시오."에 동원된 객관적 상관물로서의 "한강교"에 의해 상당한 진정성과 호소력을 획득하고 있다.

> 안다는 그것으로
> 눈이 멀고
> 보인다는 그것으로
> 보지 못하는
> 오만과 아집 속에서
> 진흙을 이겨
> 눈에 바르게 하라.

진흙이 무엇을
뜻하는 것인지도 모르고
제비는 둥우리를 마련하여
알을 까는 믿음.
진흙을 이겨
눈에 바르고
보냄을 받은 실로암의
연못에서
눈을 씻자.

　　　　　　　　　　　　　—「믿음의 흙」(1978) 부분[127]

　기독교세계관에 의하면, 이생과 사후세계를 잇는 '가교'의 의미를 내
포한 "한강교"를 건너는 것은 성령을 통하여 그리스도와 연합한 자(중생
한 자)가 점진적 성화를 거치면서 새 창조로서의 부활(하늘나라[天國]에
서의 영화로운 삶)[128]을 갈망하게 되는 그리스도인의 참된 신앙의 경지
이자 기독교의 구속사적 성취이다. 그러나 땅(흙)에 두 다리를 딛고 살던
인간이 인생의 종말을 맞으며 이러한 신앙의 지경에 도달하는 것은 결코
쉬운 일이 아니다. 그래서인지, 「믿음의 흙」에 나타난 시적 자아는 인생
의 터전인 흙과 하늘을 연결시킨다. 그것은 근본적으로 연결되어 있으나
그동안 자기 "심령의 눈"이 멀어 보지 못하고, 자신의 지식과 편견으로
인한 "오만과 아집" 곧 어둠에 갇혀있어 알 수 없었기 때문이다.
　따라서 시적 화자는 "실로암의 연못"[129]을 도입한다. 성경의 그곳은

127) 박목월,『크고 부드러운 손』, 영산출판사, 1978, 36~39면; 박목월,『크고 부드러운
　　손』, 민예원, 2003, 125~126면; 박목월,「크고 부드러운 손」,『박목월 시전집』, 이
　　남호 엮음, 민음사, 2003, 615~616면.
128) 졸고 97~98면, 각주 124) 참조.
129) '실로암(Σιλωάμ)'.『신약성경』,「요한복음」9:1~11; 졸고 83면, 각주 105) 참조.

예수가 "소경"의 눈에 진흙을 바른 뒤 가서 씻으라고 명했던 '물', 즉, 날 때부터 시각장애를 지니고 있어서 아무것도 보지 못하며 살던 사람을 어둠에서 구원한 '물'이다. 그러면 이 물로 영혼의 눈을 뜨게 하는 방법은 무엇인가. 이 시의 시적 화자는 그것을 "둥우리를 마련하여/알을 까는 믿음"이라 규정하고 있다. 즉, 이 땅에서의 여일한 일상에 성실히 임하는 자세, 곧 자기 자리(본분, 정체성)에 충실한 삶의 행위와 모습이다.

> 주여
> 저에게
> 이름을 주옵소서.
> 당신의
> 부르심을 입어
> 저도 무엇이 되고 싶습니다.
> ―「부활절 아침의 기도」(1978) 부분130)

언뜻 보기에 김춘수의 「꽃」을 연상하게 하는 「부활절 아침의 기도」는 충일한 신앙에 젖어 있다. 박목월은 이 시에 창작의 기교를 배제한 채, 새롭게 되고픈 열망을 가득 담고 있다. 여기서 만나는 시적 자아는 더 이상 "나"라는 자신의 존재에 갇혀있지 않다. 심지어, 자신의 모든 것을 타인에게 보이고 싶어한다. 그가 보이고 싶은 것은 "신앙의 신선한/열매"이다. 이 열매는 자신이 가꾼 것이 아니라 "주"께서 시적 화자의 입에 물려주는 것이다. 이러한 결과는 물론 그가 가는 곳에서 그가 입을 열 때마다 신앙의 맛과 향기를 느끼게끔 할 것이다. 따라서 사람들이 만나는 그것이 글(책)

---

130) 박목월, 『크고 부드러운 손』, 영산출판사, 1978, 72~75면; 박목월, 『크고 부드러운 손』, 민예원, 2003, 144~145면; 박목월, 「크고 부드러운 손」, 『박목월 시전집』, 이남호 엮음, 민음사, 2003, 634~635면.

이든 말(사람)이든, 그를 만나는 사람들은 그 열매를 맛보지 않을 수 없다.

부활절 아침에 절대자의 도구가 되고 싶다고 기도한 박목월은 이제 '승천'을 생각한다. 기독교세계관에 의하면, 승천은 부활과 직결된다. "눈"과 "백병원"의 흰색 이미지로 인해 순결 이미지를 강하게 내포하는 「승천」은 천상병의 「귀천」을 연상시킨다. 또한, "하늘로 돌아가"야 할 것은 돌아가고 땅에 남아야 할 것은 "땅에 남는"다는 수사로 인해 인생이 나그네 여로임을 드러내고 있다. 그것은 곧 "신의 섭리"이다. "땅"과 "하늘"을 잇는 "눈"은 이전에 거론한 시에서 '다리'로 도입된 매개물인 바, 병상에서 창을 통해 바라보는 인생의 질곡과 종국에 대한 깨달음이 눈[雪]처럼 보이게 또는 보이지 않게 파닥거리며 하늘을 향한다.

> 앓고 있는 밤 사이에 눈이 내린
> 눈부신 아침이었다.
> 보이는 것이
> 혹은 보이지 않는 것이
> 昇天하고 있었다.
> 白病院 뜰에도
> 달리는 버스 위에서도
> 교회지붕 위에서도
> 하늘의 것은
> 하늘로 돌아가고
> 땅의 것은 땅에 남는
> 그 현란한 回歸.
>
> ―「승천(昇天)」(1978) 부분[131]

---

131) 박목월, 『크고 부드러운 손』, 영산출판사, 1978, 180~183면; 박목월, 『크고 부드러운 손』, 민예원, 2003, 92~93면; 박목월, 「크고 부드러운 손」, 『박목월 시전집』, 이남호 엮음, 민음사, 2003, 560~561면.

하염없이 하늘로 향하는 시적 의식은 급기야 천사의 날갯짓으로 인하여 "그림자 저편으로/반사되는 빛의 함성"을 듣는다. 이 빛은 「크고 부드러운 손」에서 본 "치렁치렁한 빛"[132]이 분명하다. 시적 자아가 서 있는 병원 창가에 "빛의 함성"이 도달한다. 그 함성은 시적 자아 안에서 파닥거리면서도 소리 없이 반사된다. 일제히 내는 큰 소리, 그것은 "아기들이 달려"오거나 돌아가는 소리이다. 「승천」에 등장하는 아기 이미지는 아직 자범죄[133]를 모르는 나약한 영혼으로서, 순백의 눈처럼 땅과 하늘을 오고 간다. 이를 통해 시적 화자는 자신의 종말을 인지한다. 그 종말은 끝이 아니라 이생과는 전혀 다른 세계에서의 삶, 곧 천국에서의 영화로운 삶[134]의 출발점이다. 한편, 목월 시 「승천」에 등장한 "눈"과 "빛의 함성"은 지훈 시 「설조(雪朝)」와 「소리」에서도 발견할 수 있다.

千山에
눈이 내린 줄을
창 열지 않곤
모를 건가.

水仙花
고운 뿌리가
제 먼저
아는 것을――

(…중략…)

---

132) 졸고 97면, 각주123) 참조.
132) 졸고 97면, 각주123) 참조.
133) Donald Guthrie, 앞의 책, 207~243면 참조.
134) 임창일, 앞의 책, 738~739면; 졸고 97~98면, 각주 124) 참조.

무슨 光明과
音樂과도 같은 感觸에
눈뜨는
이 아침

　　　　　　　　　　　—「雪朝」(1964) 부분135)

　「설조」의 소재는 '눈'과 '아침'이다. 눈은 본시 세상의 더러움을 하얗게 덮어주고 온갖 출현의 아우성과 극명한 대비를 이루는 소리 없는 출현을 상징하기도 한다. 시적 화자는 "꿈 속에" 이 눈을 맞으며 "아득한 벌판을" 홀로 걷다가 "무슨 광명과/음악과도 같은 감촉"을 느끼며 잠에서 깨어 현실로 돌아온다. 그런데, 시적 화자가 현실적으로 맞닥뜨린 전쟁 후의 궁핍한 실상과 그 시대적 정황은 결코 긍정적으로 볼 수 없는 상태임이 분명하다. 그럼에도 그것은 이 작품의 후미에 나오는 "모든 것을 긍정하고픈 마음"과 연결되어 용서와 해탈의 정신을 대변하고 있다. 이로 인해 이 작품의 시적 정서 및 "무슨 광명과/음악과도 같은 감촉"이라는 수사가 대변하는 바는 이 작품 발표 전인 1959년 6월에 ≪사상계(思想界)≫를 통해 발표한 그의 시「빛」과도 연결된다.

　　눈을 뜨면 아무 소리도 없고
　　귀를 감으면 아무 빛도 안 보인다.
　　앙상히 마른 나뭇가지와 얼어붙은 흙뿐이다.

　　그러나 봄은 겨울 속에 있다.
　　풀과 꽃과 열매는

---

135) 조지훈, 『餘韻』, 일조각, 1964, 10~13면; 조지훈, 「餘韻」, 『조지훈 전집 1 : 詩』, 김인환 외 8인 編, 나남출판사, 1996, 215~216면.

얼음 밑에 감추여 있다.

그리고 꿈은 언제나 생시보다는
한철을 다가서 온다.

햇살 바른 곳에 눈을 꼬옥 감고 서 있으면
화안한 새 세상이 보인다.

—「소리」(1964) 부분136)

이제 「소리」를 보자. 「소리」에는 「빛」과 「설조」에 이은 시청각적 상
상력의 발현이 나타난다. 여기, "햇살 바른 곳"은 내밀한 생명력이 약동
하고 표현되는 삶의 현장이다. 이 현장이 품고 있는 빛은 환한 소리를 머
금고 있다. 하지만 시적 자아가 마주한 현실에서 그 소리는 모두 얼어붙
어 있다. 그런데 이는 죽음이 아니라 생명의 소생을 의미한다. 그것은
"봄은 겨울 속에 있다/풀과 꽃과 열매는/얼음 밑에 감추여 있다"는 수사
로 말미암는다. 따라서 이 작품의 시적 내포는 자연을 통한 인생세간의
근원적 생명을 고무하면서 인생을 달관한 사유의 경지를 드러낸다. 그러
나 「소리」의 이면에는 민족이 역사적으로 경험한 모든 일들이 더 이상
되풀이 되지 않기를 바라는 고독한 정서를 환기시키고 있다.

조지훈은 이런 민족의식을 자연관조를 통한 불교적 상상력으로 승화
시켜 허무 또는 텅 빈 어떤 것에 대응하는 초연한 사유를 구체화하고,137)

---

136) 조지훈, 『여운』, 일조각, 1964, 62~65면; 조지훈, 「여운」, 『조지훈 전집 1 : 詩』,
　　　김인환 외 8인 編, 나남출판사, 1996, 242~243면.
137) 불교적 세계관은 언어의 실체성을 부정한다. 이것이 이른바 '공(空)' 사상이다. '공
　　　(空)' 사상은 언어와 사물의 배후에 아무것도 없으므로 실체화할 필요가 없다는
　　　사상인데, 조지훈 시는 마음 저편에 있는 어떤 실체를 그 표현수단인 기호(언어)
　　　를 사용하여 사물과 사유를 '상(相)'화하고 있다는 점에서 불교의 연기론(緣起論)

이를 통해 인생의 깊이와 자성적 통찰을 담은 문인적·지사적 의식을 드러낸다. 따라서 지훈의 후기시는 이전 작품들과는 구별되며 보다 안정적이고 성숙한 면모를 엿볼 수 있게 한다. 이러한 지훈의 면모는「병에게」를 통하여 형상화되어 있다. 죽음을 준비하는 이의 해탈의 심경이 반영되어 있는「병에게」는 시난고난 앓던 지훈의 병치레가 그 삶의 후반기에 자주 진행되며 심해졌음을 암시한다. 이 작품은 1968년 1월에 간행된 ≪思想界≫를 통해 발표된 것으로, 특별하다고 보이는 언어적 장치와 조탁보다는 진정성 있는 산문체를 택하고 있어서 조지훈 말년의 시의식과 창작실험정신이 돌올하다.

어딜 가서 까맣게 소식을 끊고 지내다가도
내가 오래 시달리던 일손을 떼고 마악 안도의 숨을 돌리려고 할
때면
그때 자네는 어김없이 나를 찾아오네.

자네는 언제나 우울한 방문객
어두운 音階를 밟으며 불길한 그림자를 이끌고 오지만
자네는 나의 오랜 친구이기에 나는 자네를
잊어버리고 있었던 그 동안을 뉘우치게 되네

이 구체화된다. 불교에서 연기(緣起)론은 만물의 기원이나 유래가 인연을 근원으로 한다는 설이며, 철학 또는 서사기호학적으로는 언어와 마음의 주요 특색을 집약하는 원리를 말하는 연기성과 관련되거니와, '상(相)'이란 사물의 일의적이고 객관적 모습이라 할 수 있으며, 그것을 사물의 근원을 파악하는 올바른 언어의 사용이라 해석하는 견해도 있다. 불교적 세계관은 '연기─공─자비' 사상으로 요약할 수 있으며, 범우주적 윤리학이라고 할 수 있거니와, 이는 만물(事)에 신비적 원리(理)가 내재한다고 보는 이사론(理事論)과 직결된다(남경희, 앞의 글, 319~332면; 고영섭, 앞의 책, 71면; 김종욱, 앞의 책, 83면; 김윤식, 앞의 논문, 148~150면 참조.).

자네는 나에게 휴식을 권하고 生의 畏敬을 가르치네
－「病에게」(1968) 부분138)

  뿐만 아니라 「병에게」는 시의 구조적 측면에서도 행과 연의 내포적
밀도와 아이러니적 수사의 면모를 드러내며 시적 자아의 초극한 생명의
식을 보여준다. 이로 인해 김종길139) 또한 이 시가 내포하고 있는 달관
과 역설이 지훈의 오랜 투병생활이 가져다 준 지혜를 엿보게 한다고 말
하고, 그것이 조지훈 시를 평하는 데 있어서 단순한 논의로 일관할 수 없
는 요인으로 작용한다는 점을 밝히며, 이 시를 빌어 지훈 시의 시적 성취
에 대해 호평하면서, 지훈 시의 시적 진정성과 우수성을 높이 사고 있다.
그런데 간과하지 말아야 할 것은, 조지훈의 시론집『시의 원리』140)는 인
간을 대자연의 일부로 보는 지훈의 세계관을 드러낸다는 점이다. 이는
유가사상을 기반으로 한 선사상으로 본시 인간과 자연을 동일하다고 보
는 관점에 다름아니다.
  유가적 세계관은 인간과 자연을 동일본질이라 여기거니와, 이 본질의
기저는 우주만물의 근원인 태극이라 여기는 사상이다. 이 사상에 의하
면, 자연의 본질인 도(道)는 사물과 인간에게 공히 존재하는데, 그 도는
사물 위주로 보면 객관적 원칙에 따라 운동하고 인간 위주로 보면 주관
성의 원칙에 따라 움직인다. 여기서 유가적 세계관에 따른 도의 주체적
면모141)는 인간이 자신 속에 있는 도(道)를 실현시켜 나아가는 것, 즉 인

---

138) 조지훈, 「병에게」, ≪사상계≫, 1968. 1; 조지훈, 「바위頌」, 『조지훈 전집 1 : 詩』,
    김인환 외 8인 編, 나남출판사, 1996, 284~285면.
139) 김종길, 「조지훈론」, 『조지훈연구』, 고려대학교출판부, 1978, 17~18면.
140) 조지훈, 『시의 원리』, 산호장, 1953.
141) 최승호, 「조지훈 시학의 형이상학론적 관점」, 『조지훈』, 새미, 2003, 123~148면
    참조.

108 | 채움과 비움의 시학

(仁)과 성(誠)을 실천하는 인간의 행위[142]로 말미암아 나타나고, 도(道)의 객체적 측면은 천지간에 존재하는 만물 속에서 구현되는 도[143]를 통해 드러나게 마련이다. 따라서 '도'는 인간의지의 반영물이요 결과물이며, 그 광대함[大]과 협소함[小]은 주관적 차이, 즉 의지의 확충과 실행에 의해 나타나게 된다. 이는 『論語』의 「衛靈公」편에 나타나는 공자의 말[人能弘道, 非道弘人.][144]로 확인된다.

그런데 이러한 조지훈의 세계관은 한편으로 대승불교의 법계론을 수용한 형이상학적 시학의 발현이라 볼 수 있다. 송학의 이기론(理氣論)은 대승불교 곧 화엄불교에서 이사론(理事論)과 그 맥을 같이하기 때문[145]이다. 이는 한국의 유가적 세계관과도 긴밀히 연결된다. 한국의 유가적 세계관은 성리학적 사유구조와 유기적으로 결합되어 있기 때문이다.[146]

---

142) 유가사상에 의하면, '인(仁)'은 자연으로부터 부여받은 인간의 본질이다. 따라서 '인(仁)'은 인간 내심의 도덕적 활동을 의미하는 한정적 개념이 아니라, 성리학적 세계관을 내포한 '이(理)'의 관념을 함의한다. 이는 『중용(中庸)』이 규정한바, 인간과 자연의 본성 곧 '성(誠)'과 직결되며, 성은 사물의 처음이자 끝이니 성이 없으면 아무것도 없는 것이고, 이를 아는 군자는 성을 귀하게 여기며, 사물 곧 모든 자연에 내재된 도를 창조적으로 실천하는 것이 도를 추구하는 인간의 도리라는 내용[誠者, 物之終始, 不誠無物.]으로 "마음이 거기에 없으면 보아도 보이지 않고 들어도 들리지 않는다"는 『대학(大學)』의 내용 및 "사람의 마음에서 사사롭고 부패하여 열매를 맺지 못하는 욕심을 제거하는 데 성공하는 사람은 모든 일을 이룰 수 있는 자"라는 『논어(論語)』「팔일(八佾)」편의 내용과 연결되어 상호텍스트성을 지니고 있다(이기석, 「중용(中庸)」제25장, 『大學·中庸』, 이기석·한용우 역해, 홍신문화사, 1983, 297~298면 참조.).

143) 李宗三, 『中國哲學의 特質』, 송항룡 역, 동화출판사, 1983, 70면 참조.

144) 김학주 편, 「衛靈公」, 『대학고전총서 5 : 論語』, 서울대학교출판부, 1985, 367~368면.

145) 이용주, 「유교의 역사」, 『세계종교사입문』, 청년사, 1996, 293~300면; 김상일, 『화이트헤드와 동양철학』, 서광사, 1993, 138면; 김용옥, 『나는 불교를 이렇게 본다』, 통나무, 2002, 33면 참조.

146) 혹자는 유교와 불교를 전혀 다른 것으로 보고 있으나(강중기, 「조선 전기 경세론

이는 사사로운 것을 비워내야 도를 취할 수 있다는 관점에서 그러하다. 여기서 비워내는 것은 마음에서 번뇌를 끊어내고 무아(無我)의 지경에 들어가는 과정을 내포하고 있다는 점에서 선(禪) 사상과 직결된다.

그러므로 조지훈 시는 유·불·선 사상을 토대로 한다. 한국전통문화에서 이러한 사상은 불교로 통합되는 양상을 보인다. 이를 고려할 때, 지훈 시는 결국 자연에서 시작해 자연으로 돌아가는 불교적 심상을 담고 있다고 할 수 있다. 이는 지훈이 자신의 시에 자연을 매개로 하여 주관적 정서를 환기하면서도, 시를 창작하는 자신의 내면을 통해 그 자연의 아름다움을 새롭게 창조하는 것에 그치는 것이 아니라, 그것을 절제된 언어를 통해 밖으로 흘려보내는 등 서양문예사조적 시학구조의 수용과 그 한국적 변용양상에 기인한다. 이때 잊지 말아야 할 것은, 지훈의 시창작이 식민지 시대를 살며 어떤 모양으로든 그 모든 상황을 겪어내야만 했던 그가 일제에 의해 사라져가는 전통·문화·한국 곧 한국성을 붙들어 놓기 위한 저항과 전망의 일환이었다는 점이다.

하지만 조지훈이 찬불이나 예불에 참여했다는 기록은 찾을 수 없다. 주목할 것은, 지훈이 오대산 월정사에 들어간 것도 일제의 억압을 피하기 위해서였을 뿐 불교에 귀의하기 위해 들어간 것은 아니라는 점이다.147) 이는 지훈 시를 분석할 때 필히 고려해야 할 중요사항이라 사료

과 불교 비판」, 서울대학교 철학사상연구소, 2004 참조), 본 연구자는 이 두 종교가 무아의 지경으로 들어가는 선적 수행을 거쳐 도를 터득하게 된다는 점에서 선(禪) 사상을 바탕으로 하여 서로 연관되어 있다고 생각하며, 그것이 한국전통문화(유·불·선 사상)를 관류하는 사상이라는 점에서 불교의식(佛敎意識)으로 통합된다고 파악하는 바이다.

147) 조지훈문학관(주실마을 소재)의 자료영상 "지조론" 참조. "지훈은 일제 때 조선어학회사건에 연루되어 심문을 받고 풀려난 후 강원도 오대산 월정사에 비승비속의 신분으로 숨어 지냈다. 그는 비록 총을 들고 항일투쟁을 하지는 않았지만 비굴하게 일제하에서 자신의 신념을 굽히는 일은 결코 하지 않았다."

된다. 즉, 조지훈 시에 등장하는 종교의식은 분명 불교세계관이요 불교적 상상력이다. 그러나 그것만으로 지훈이 부처님을 신봉하는 불교신자였다고 단언해서는 안 된다. 반면 박목월은 독실한 기독교신자였다. 그는 유년시절부터 어머니를 따라 교회에 출석하여 하나님을 예배하고 또 성장하여서도 꾸준히 신앙생활을 하였으며, 하나님을 찬송하고 기도생활을 하였다. 이로 인해 목월 시에 등장하는 종교의식은 기독교세계관이요 기독교적 상상력이거니와, 그것은 지훈 시의 불교처럼 소재로서의 종교 내지 전통적으로 몸에 베인 문화적 요소가 아니라 신앙의 산물이라는 점에서 현저한 차이가 있다.

지금까지 살펴본바 박목월 시와 조지훈 시의 차이점은 각 시인의 종교적 상상력으로 인해 매우 큰 변별성을 확보하게 된다. 우선 목월 시는 기독교세계관에 입각한 상상력의 소산을 통해 영원을 향한 의지와 갈망을 그려낸다. 이때 목월 시가 드러내는 것은 비어있는 곳을 채우는[充滿] 하나님의 은총(恩寵)으로 완성되는 인생[人生世間]의 종국이다. 이는 곧 채움 또는 생성의 미학이다. 이에 비해 지훈 시는 불교세계관에 기초한 상상력을 통해 근원을 향한 탐구와 회귀의식을 표현하고 있다. 이로 인해 지훈 시가 나타내는 바는 가득 차 있는 것[有]을 덜어내 버림으로써 혹은 모든 욕망을 놓아버림으로써 가벼워지는[無] 지경[解脫]에 이를 수 있는 도[道]의 궁극이다. 이것은 비움 혹은 소멸의 미학에 다름아니다.

Ⅲ. 시세계의 공통점과 차이점

1. 시의 소재 : 어조와 대상

일찍이 유종호는 시어를 통한 울림을 특정 문맥에 숨어있는 '보이지 않는 인용부호'[148]라 말한바 있다. 이는 문학이 본시 말과 글이 지닌 요소들의 상호연관 속에서 성립되며, 그 말 또는 글의 의미는 그러한 유비적 관계를 세밀히 파악함으로써 보다 정확한 이해가 가능하다는 점에서 연유한다. 따라서 문맥 역시 문학을 이루는 언어(시를 이루는 시어) 곧 어조와 대상의 상호관련성에 의해 이루어진다. 그 형태가 주관적이든 객관적이든 간에 특정 내용을 담아내는 어조는 고백조, 분개조, 농담조, 조롱조, 영탄조 등이 있을 수 있고, 심각하거나 우회적이거나 단도직입적일 수도 있다. 이것을 분별하여 창작의도를 분석하고 평가하는 것은 모두 독자의 몫이다.

박목월 시와 조지훈 시는 자연을 시의 소재로 삼았다는 점에서 공통점이 있다. 이들 시에 드러나는 이 자연은 물질적 자연으로서의 의미를

---

148) 유종호, 『다시 읽는 한국시인』, 문학동네, 2002, 122면.

함의할 뿐 아니라, 시인의 내면세계와 공명(共鳴)하는 과정을 통하여 전혀 새로운 의미와 상징을 담고 있다. 그런데, 자연을 소재로 삼았음에도 불구하고, 목월과 지훈의 시에 나타나는 시어 및 어조와 시적 대상인 소재로 차용된 자연에는 분명한 차이를 보인다. 주지하는바, 박목월은 등단 전인 1933년부터 박영종(朴泳鐘)이란 이름으로 동시를 발표하였으며, 이때부터 그는 동요에 어울리는 의성어 및 의태어를 사용함으로써 동시의 리듬감을 획득하였는데, 이러한 경향은 그의 초기시에 전적으로 수용·변용되었다. 초기부터 자연을 주 대상으로 삼아 시를 창작해온 박목월은 「시를 쓰는 마음」을 통해 자신이 자연을 대하는 자세를 피력한 바 있다.

시(詩)를 동경하고 시를 쓰는 마음은 수목과 같은 것이다. 수목이 밝은 햇빛과 푸른 하늘에 그의 동경의 손을 뻗고, 또한 자연의 맑은 정기를 모아 그 스스로가 정결하듯, 시를 쓰는 마음이야말로 이 정결한 동경과 무한한 아름다움과 영원한 생명의 애절한 꿈을 사모하는 일이기 때문이다. 또한 수목은 그 자체가 자연의 부분을 이루어 아름답듯, 시를 쓰는 마음은 스스로 완전한 아름다움을 이루려는 심정일 것이다.[149]

이 글에 의하면, 자신이 시를 대하는 마음은 나무가 밝은 햇빛과 푸른 하늘에 그의 동경의 손을 뻗고 있는 모습과 동일하다. 그러므로 박목월의 시는 나무 한 그루와 같다. 왜냐하면, 한 그루의 나무가 자연의 일부가 되어 그 본연의 아름다움을 발산하는 것처럼, 자신의 시 한 편은 무한한 아름다움과 영원한 생명을 향한 아름다운 꿈을 담고 있으며, 그것이

---

149) 박목월, 「시를 쓰는 마음」, 『달빛에 木船가듯』, 어문각, 1988, 23면.

모여 무한과 영원 그 자체인 완전한 아름다움을 드러내게 될 것이기 때문이다. 따라서 목월이 선택한 시어는 아름다움 내지 아름다움에 대한 동경을 그리는 씨줄과 날줄이요, 아름다움을 채색하는 색깔이기도 하다. 목월은 이러한 시심(詩心)을 소박하고 일상적인 시어를 선별하여 사용하여 조탁하고 있거니와, 소리글자인 시어가 지닌 담백함과 잦은 분행을 통해 명징한 어조로 시화(詩畵)하고 있다.

박목월 시에 나타나는 이러한 시적 방법은 「운복령」을 통해서 더욱 분명히 나타난다. 「운복령」은 소재가 동일한 조지훈 시 「산방」과 극명히 대비되는데, 이러한 현상은 어조와 대상이 환기하는 시적 정서로 말미암는다. 예컨대, 「운복령」은 깊은 산의 고사리, 즉 자연을 소재로 하면서도 그는 그저 평범한 고사리를 소재로 삼지 않았다. "바람에 도르르 말리는", "꽃고사리"가 「운복령」의 주된 소재이다.

深山고사리, 바람에 도르르 말리는 꽃고사리.

고사리 순에사 산짐승 내음새, 암수컷 다소곳이 밤을 새운 꽃 고
사리.
도롯이 숨이 죽은 고사리밭에, 바람에 말리는 구름길 八十里.
— 「운복령(雲伏嶺)」(1955) 전문150)

그런데 「운복령」에서 이렇게 "도르르 말리는" 고사리들이 "도롯이" "숨이 죽은" 깊은 산 속 고사리밭에서는 "구름"도 "바람에 말"릴 수밖에 없다. 그래서 "팔십리"나 되는 "구름길"도 "바람"을 따라 "도르르 말리는

150) 박목월, 『산도화』, 영웅출판사, 1955; 박목월, 「산도화」, 『박목월 시전집』, 이남
호 엮음, 민음사, 2003, 88면.

꽃고사리"와 함께 "도르르" 말린다. 1연에서 "바람에 도르르" 말려 오므라드는 고사리꽃의 움직임을 형상화한 시어와 어조는, 연을 구분함으로써 그 움직임을 극대화한다. 나아가 2연에서는 그 파동을 다시 "구름길 팔십리"가 "고사리밭"에 와 닿아 "바람에 말리는" 모양으로 연결함으로써 거리를 나타내는 명사 "팔십리"로 끝맺는 시어와 어조를 통해 명징한 시어의 확장으로 인한 거리감각을 시 안으로 끌어들이며 파장을 불러일으키는데, 시인은 이 울림을 다시 오므라들어 "도롯이 숨이 죽은" "꽃고사리"에 연결하여 묶어둠으로써 시적 정서를 정적으로 환기하고 있다.

이러한 박목월 시의 면모는 시어나 어조 및 시적 대상이라는 측면에서 조지훈 시와 공통점을 지니고 있다. 그러나 미시적인 측면에서는 민족적이며 전통적인 자연을 뜻글자에 담아 시화한 지훈의 시와 분명한 차이를 보이고 있다. 그럼에도 여기서 주목할 것은, 시어 "꽃고사리"와 "도르르" 그리고 "고사리 순"이다. 이는 일찍이 『청록집』(1946)을 통해 발표했던 지훈의 시 「산방(山房)」의 마지막 연 두 행에 나타나는바, "고사리 새순이/도르르 말린다"라는 시구와 연결되며 상호텍스트성을 이루고 있기 때문이다. 그런데 지훈 시 「산방」은 "도르르 말린다"가 내포하는 바가 동사형으로 마무리됨으로 인해 그 시적 정서가 박목월의 「운복령」과는 구별된다.

　　　　닫힌 사립에
　　　　꽃잎이 떨리노니

　　　　구름에 싸인 집이
　　　　물소리도 스미노라.

　　　　단비 맞고 난초 잎은

새삼 치운데

별바른 미닫이를
꿀벌이 스쳐간다.

바위는 제 자리에
옴찍 않노니

푸른 이끼 입음이
자랑스러라.

아스럼 흔들리는
소소리바람

고사리 새순이
도르르 말린다.

─「산방(山房)」(1946)전문151)

다시 말하면, 박목월의 「운복령」은 깊은 산에 부는 바람을 형상화하고, 그 바람이 불어오는 거리를 "구름길 八十里"로 표현함으로써 바람의 형태를 공감각적으로 표현했거니와, 그것을 "도르르 말리는 꽃고사리"와 동일시하며, 말려들어가는(움직이는) "꽃고사리" 안에 담아(가두어) 놓음으로써 명징한 시적 정서를 환기하며 시를 마무리했다. 그런가하면, 조지훈의 「산방」은 "사립"문과 "꽃잎"의 떨림, 흘러가는 "구름"에 싸인

---

151) 조지훈, 『청록집』, 을유문화사, 1946, 61~63면; 조지훈, 『조지훈시선』, 정음사, 1958, 104~105면; 조지훈, 「청록집」, 『조지훈 전집 1 : 詩』, 김인환 외 8인 編, 나남출판사, 1996, 37~38면.

"집"과 거기 스며드는 "물소리", 별이 비치는 "미닫이" 문을 스쳐가는 "꿀벌", 미동도 없는 "바위"에서 나고 자라는 "이끼" 그리고 바람에 말리는 "고사리 새순"의 생태적 운동성을 대비적으로 묘사함으로써, 정지와 운동의 교차를 통해 그 풍경 안에 내재하는 운동성(움직임)이 확산되는 시적 정서를 창출해내며 시를 끝맺고 있다는 점에서 목월 시에 대비된다.

「운복령」에서 박목월 시에 나타나는 시·공간의 승화양상은 이미 언급한바, 한 그루 나무(식물)가 자연과의 합일을 통해 드러내는 아름다움의 세계이자 한 편의 시가 서정적 자아와 완전히 융합하여 나타내는 아름다움이요 그 아름다운 심연(深淵)의 경지이다. 한편, 조지훈의 「시의 우주」에 의하면,152) 시어는 시의 생명을 표현·획득하는 수단이다. 따라서 텍스트로서의 시(詩)는 우주의 생명이 깃들어 있는 시어로 말미암아 자연의 혈통을 받아 독립성을 획득한 장(場)이다. 그러므로 시는 곧 생명을 지닌 언어로서 시인의 마음속에서 잉태되고, 그 시어는 시의 소재로 등장하여 독자의 인격에 호소함으로써 독자로 하여금 텍스트 안으로 들어오도록 기능한다. 그러므로 시어는 시에 도입된 단어가 지닌 의미153) 이기도 하다.

> 나는 시의 태반(胎盤)에 앉은 생명의 최초 형태를, 언제나 요약되고 함축 있고 순수한 생명이 율동하는 몇 마디의 언어라고 믿는다. 이러한 언어는 대개 창조적 무의식 속에서 나타나지만 이것이 완전한 시가 되기까지에는 구성을 요하게 된다. 나의 체험에 의하면 이러한 최초의 근간이 되는 언어는 대개 타동적(他動的) 자연으로 생

---

152) 조지훈, 「시의 원리」, 『조지훈 전집 2 : 시의 원리』, 나남출판사, 1998, 18~63면 참조.

153) C. C. Colwell, 『문학개론』, 이재호·이명섭 역, 을유문화사, 1973, 305~306면; 조지훈, 앞의 책, 44~50면 참조.

성되는데 이를 그 시의 뇌중추(腦中樞)라 하든지 골격이라든지 초점
이라 하든지 아무렇게 불러도 무방한 것이다. 이 순수지속(純粹持
續)하는 언어를 우리는 영감(靈感)이라 부를 수 있고 이 영감적 언어
를 중심하여 상하 전후에 윤색(潤色)하고 화성(和聲)하는 언어를 배
열함으로써 비로소 그 전체의 유기적 구성 속에 한편의 시가 탄생하
는 것이다.154)

텍스트로서의 시에서 시어는 그것이 내포하는 의미와 외연적으로 드
러나는 메시지로 구별된다. 그리고 소리로 나타나는 물리적 소리 그 자
체와 텍스트의 문맥 속에서 생성되는 심리적 반향으로 드러난다. 그런데
조지훈의 시어는 「시의 원리」155)를 통해 그가 밝힌바, 세상만물에 이미
존재하는 기운 또는 본질에 시인 자신만의 독특한 인식체계를 토대로 선
택된 어휘로서의 적확성을 지닌다. 이는 그의 시적 소재가 자연이라는
점에 기인하거니와, 대상으로서의 그 자연이, 목월 시 소재는 향토적이
며 개인적인 자연인 데 비해 지훈 시 소재는 민족의 역사와 고유의 전통
을 고스란히 지닌 문화재적 가치를 지닌, 즉, 역사성을 지닌 자연이라는
데서 차이점을 발견할 수 있다.

조지훈의 시적 소재는 전통적·민족적 자연으로서 유구한 역사와 전
통을 함의하는, 즉, 서사성을 지닌 매개물이다. 그리고 지훈이 선별하여
사용하는 시어는 주로 고풍스러운 뜻글자이다. 이로 인해 그의 시적 어
조는 한시적·한학적 운율(韻律)을 지니고 있다. 이는 그가 한시의 율조
와 시어를 중시하며 고전시가의 형식과 정신을 자신의 작품에 계승하여
적용함으로써 민족의식을 구현하고 고무시키려고 시도한 데서 연유한

---

154) 조지훈, 앞의 책, 58면.
155) 위의 책, 18~63면.

다. 그런데 이후 발표하는 지훈의 시는 그 시어의 변화와 그에 따른 시적 어조의 변모로 인하여, 수사 역시 크게 변하는 양상을 보인다. 따라서 차후 지훈 시에서 그것은 호소형(청유형) 서술을 거쳐 감탄형이 대거 출현하는 수사적 양상으로 나타난다.

이에 따라 조지훈 시의 전통적 율격과 어조는 후기시로 갈수록 그 빈도수가 적게 나타나는 면면을 보이는데, 이는 그의 시적 수사가 종국에는 근원을 향한 종교적 상상력으로 귀결된다는 점에 그 요인이 있다. 시인은 상상력을 통해 시를 낳기 때문이다. 아울러 지훈 시의 이러한 변모는 「시화(詩話)」를 통해 지훈이 말한바, 시 쓰기의 시작부터 나중까지를 위해 시 쓰기 이전에 꼭 필요한 세 가지 공부[訓練, 鍊磨]와도 긴밀히 연결되어 있다.

> 먼저 시 쓰는 마음바탕으로 경이(驚異)를 곧 놀라움을 느낄 줄 아는 심안(心眼)을 가져야겠습니다. 아침에 일어나 세수하고 밥 먹고 전차 타고 나가는 생활, 날마다 뜨고 지는 해와 달과 별에 대한 성찰(省察), 이런 것에서부터 시작되어 마침내 모든 것에 미치는 창조적 발견으로서 경이(驚異)가 없이는 시는 포착되지 않는다 해도 과언이 아닐 것입니다. 평범한 사실의 비범화(非凡化), 이것은 결국 그 인생의 수련에서 오는 경이의 체계에 연유하는 것이기 때문입니다. (… 중략 …) 그리고, 우리는 유한(有限)을 무한화(無限化) 하는 기법을 닦아야겠습니다. 망망한 누리, 덧없는 세월 위에 일어나고 사라지는 찰나의 움직임의 미묘한 바를 보고 듣고 느낌으로써 그것을 핍진(逼眞)하게 사생(寫生)하고 그리하여 무한한 뜻이 그 속에 녹아들도록 구성할 때 비로소 작자가 느낀 그 때 그곳 그 움직임의 정확하고 순미(純美)한 감성적(感性的) 전달이 성취되는 것이 아니겠습니까. 그럼으로써, 한 작품이 시공(時空)을 초월하여 공명(共鳴)될 것이 아닙니까.156)

한편, 상당히 복잡한 내면정서를 함의하고 있는 카랑카랑한 경상도 방언 "뭐락카노"157)로 시작하는 박목월의 시, 「이별가(離別歌)」는 민족적 정서를 내포하고 있다. 그것은 곧 한(恨)의 정서이다. 이는 강을 경계로 나누어지는 "이승 아니믄 저승"으로 대변되는데, 이 구절은 썩어서 삭아내리는 "동아밧줄"과 연결되면서 인연의 죽음이라 할 수 있는 이별을 담담히 수용하는 종국의 태도를 예고하고 있다. 따라서 이 작품에서의 "인연"은 "바람에 날려서" 이승과 저승을 잇는 음성 곧 "나의 목소리"와 동일시된다. 이로써, 이 작품은 죽음을 수용하면서 이승과 저승의 인연을 믿어 의심하지 않는 사투리의 울림이 시공을 초월하여 공명하는, 죽음을 통한 인생의 화해를 나타내기도 한다.

뭐락카노, 저 편 강기슭에서
니 뭐락카노, 바람에 불려서

이승 아니믄 저승으로 떠나는 뱃머리에서
나의 목소리도 바람에 날려서

뭐락카노 뭐락카노
썩어서 동아밧줄은 삭아내리는데

하직을 말자 하직 말자

---

156) 조지훈, 「또 하나의 시론 : 詩話」, 『조지훈 전집 2 : 시의 원리』, 나남출판사, 1998, 258~259면.

157) 권영민, 『한국현대문학사 2』, 민음사, 2002, 155~156면. "뭐락카노"는 어떤 면으로는 당위적인 사항에 대한 반문이기도 하고, 또 어떤 면으로는 강한 부정을 나타낼 때 사용되기도 하며, 더러는 자기 스스로에 대한 확인을 의미하기도 하는 의문형 사투리로, 매우 복잡한 성격을 띤 경상도 방언이다.

인연은 갈밭을 건너는 바람

뭐락카노 뭐락카노 뭐락카노
니 흰 옷자라기만 펄럭거리고……

오냐. 오냐. 오냐.
이승 아니믄 저승에서라도……

이승 아니믄 저승에서라도
인연은 갈밭을 건너는 바람
— 「이별가(離別歌)」(1968) 부분[158]

　박목월은 「이별가」와 「연륜」을 비롯하여, 「치모(致母)」("길쑴한", "또
왜 왔노", "아재요", "놀아가믄 일도 해야지 않는기요") · 「눌담(訥談)」
("앉히는기라", "묵을지로다", "어메와 아베", "섬기는기라", "머하노",
"배우는기라") · 「피지(皮紙)」("아베요", "어메요") · 「귓밥」("형님요", "우
얏기요", "뭐 있노", "누님이요", "우얏꼬", "무너지는구레", "뭣하노",
"살았심더", "어떡카노", "살믄", "뭣하는기요") · 「노래」("고모요", "우능
기요", "살믄", "별난기요", "그렁", "저렁", "컸잖는기요", "보이소", "굵
은기요") 등의 시에 일상어이자 구어체이며 다소 감각적이면서도 질박
한 경상도 사투리를 자신의 시어(詩語)로 도입하였다.
　이는 조지훈이 주로 표준어 가운데서도 품격이 느껴지는 문어체를 자
신의 시어로 선별하여 사용하였다는 점을 고려할 때, 지훈의 시어와 극
명한 대비를 이룬다.

---

158) 박목월, 『경상도의 가랑잎』, 민중서관, 1968, 177~180면; 박목월, 「경상도의 가
　　랑잎」, 『박목월 시전집』, 이남호 엮음, 민음사, 2003, 403~405면.

슬픔의 씨를 뿌려놓고 가버린 가시내는 영영 오지를 않고…… 한 해 한해 해가 저물어 質고은 나무에는 가느른 피빛 年輪이 감기었다.
(가시내사 가시내사 가시내사)

목이 가는 少年은 늘 말이 없이 새까아만 눈만 초롱초롱 크고…… 귀에 쟁쟁쟁 울리듯 차마 못잊는 애달픈 웃녘 사투리 年輪은 더욱 새빨개졌다
(가시내사 가시내사 가시내사)

이제 少年은 자랐다 구비구비 흐르는 은하수에 꿈도 슬픔도 세월 도 흘렀건만…… 먼 수풀 質고은 나무에는 상기 가느른 가느른 피빛 年輪이 감긴다
(가시내사 가시내사 가시내사)

— 「연륜(年輪)」(1946) 전문159)

또한, 어휘가 내포한 이미지에도 차이가 있다. 대표적으로 여성상의 차이를 보자. 예컨대, 박목월의 「연륜」은 유년시절에 만난 여성을 그리 워한 세월을 반영한 시이다. 이 시에 나타난 여성상은 "웃녘 사투리"를 사용하던 여인의 쟁쟁한 목소리로 등장하는바, 방언을 쓰는 평범한 여성 이다. 그리고 이 시에는 앞에 열거한 시들에 등장하는 방언과 다를 바 없 는 "가시내"라는 시어가 이 여성의 모든 것을 내포하는 명칭으로 등장한 다. 이에 비해 조지훈 시에 등장하는 그리움속의 여성상은 매우 다르다. 이를테면, 지훈의 「민들레꽃」을 보자. 이 작품은 과거에 만난 여인에 대 한 그리움을 담은 대표적인 시로 꼽을 수 있기 때문이다. 그런데, 지훈이

159) 박목월, 『청록집』, 을유문화사, 1946, 26~27면; 박목월, 「청록집」, 『박목월 시전 집』, 이남호 엮음, 민음사, 2003, 43면.

「민들레꽃」을 통해 '민들레꽃'과 동일시한 여성은 그리 평범하고 가벼운 여성이 아니다.

> 까닭 없이 마음 외로울 때는
> 노오란 민들레꽃 한 송이도
> 애처럽게 그리워지는데
>
> 아 얼마나한 위로이랴
> 소리쳐 부를 수도 없는 이 아득한 距離에
> 그대 조용히 나를 찾아 오느니
>
> 사랑한다는 말 이 한마디는
> 내 이 세상 온전히 떠난 뒤에 남을것
>
> 잊어버린다. 못 잊어 차라리 병이 되어도
> 아 얼마나한 위로이랴
> 그대 맑은 눈을 들어 나를 보느니
>
> —「민들레꽃」(1949) 전문[160]

「민들레꽃」에 등장하는 여성상은 시적 자아가 "사랑한다"는 말 한 마디조차 하지 못한 사랑의 대상이다. 즉, 그 여성은 시적 자아가 살아있는 동안에는 도저히 할 수 없었던 그 말("사랑한다")을 하고 싶은 그리움의 대상이다. 그리고 그 말은 시적 자아가 죽은 뒤에도 온전히 남아있을 정도로 절절한 마음을 담고 있다. 하지만, 그 여성은 면전에서 사랑한다고 말할 수 있는 그런 여성이 아니다. 그래서 고백하지 못하는 시적 자아는

---

160) 조지훈, 『조지훈시선』, 정음사, 1958, 36~37면; 조지훈, 「조지훈시선」, 『조지훈 전집 1 : 詩』, 김인환 외 8인 編, 나남출판사, 1996, 90면.

너무 괴롭다. 괴로운 나머지 의지를 동원해 "잊어버린다." 그러나 잊으면 병이 되고야 말 그런 여성이다. 하지만 이 시적 자아는 차라리 잊어서 병이 드는 것이 "얼마나한 위로이랴"고 한탄하고 있다. 왜냐하면 그 여성은 마음먹은 대로 쉽게 잊어버릴 수 있는 여성이 아니기 때문이다. 자신에게 눈길 한 번 제대로 준 적이 없지만 자신은 절절히 사랑할 수밖에 없는 여성이기 때문이다.

시적 자아가 느끼는 이 '거리'는 그 간절함과 반비례하여 너무 멀게만 느껴진다. 이 거리감이 그 여성의 도도함에 의한 것인지 수줍음에 의한 것인지는 파악하기가 쉽지 않다. 하지만 이 시의 시적 정서를 고려하면 그 여성은 상당히 여성스러우면서도 결코 범상히 여길 수 없는 여성임이 자명하다. 이로 인해 시적 자아는 차라리 자신이 병이 들어서라도 그 여성의 눈길 한번 받을 수 있기를 절절히 원하고 있다. 그리고 어느 날 마음이 헛헛해지면 노랗게 피어 있는 민들레꽃을 자신도 모르게 그리워한다. 이는 그 꽃이 지천에 널려 피는 강인한 생명력을 지닌 꽃이거니와, 꽃이 지는 때에도 그 씨가 사방으로 흩어지며 날아가 어디든지 이르는 민들레홀씨의 특성과도 긴밀히 연결된다. 이에 따라 이 시는 과거에 시적 자아가 만난 그 여성이 지닌 여성성을 극대화하면서, 꼭 그만큼, 그리움의 시적 정서를 환기해내고 있다.

달빛에 젖은 塔이여!

온 몸에 흐르는 윤기는
상긋한 풀내음새라

검푸른 숲 그림자가 흔들릴 때마다
머리채는 부드러운 어깨 위에 출렁인다.

희디흰 얼굴이 그리워서
조용히 옆으로 다가서면
수지움에 놀란 그는
흠칫 돌아서서 먼뎃산을 본다.

재빨리 구름을 빠져나온
달이 그 얼굴을 엿보았을까
어디서 보아도 돌아선 모습일 뿐

永遠히 얼굴은 보이지 않는
塔이여!

(…중략…)

한 층
두 층
발돋움하며 나는

걸어가는 女人의 그 검푸른
머리칼 너머로
기우는 보름달을
보고 있었다.

아련한 몸매에는 바람 소리가
잔잔한 물살처럼
감기고 있었다.

—「餘韻」(1964) 부분[161]

161) 조지훈, 『여운』, 일조각, 1964, 14~17면; 조지훈, 「여운」, 『조지훈 전집 1 : 詩』,

이러한 양상은 「여운」에서도 볼 수 있다. 이로 인해 여성성과 그리움에 대한 조지훈의 시어와 그 내포는 박목월의 그것과 뚜렷하게 구별된다. 이는 시어에 관한 의식의 차이에서 연유한다. 목월의 시어는 그가 자전적인 책 『보라빛 소묘』를 통해 밝힌바,[162] 상상 속에 존재하는 '마음의 지도'를 근간으로 하여 선별한 아름다운 어휘와 사투리 및 구어체의 조합으로 이루어져 있다. 이에 비해, 지훈의 시어는 전통과 역사를 내포하고 있는, 실재하는 자연(사물)을 바탕으로 하여 선택한 정신문화의 표상언어요 표준어와 문어체의 조합으로 이루어져 있다는 점에서 그러하다. 이러한 대비는 시어에 관한 의식의 차이에서 비롯된다.

박목월이 『문학개론』[163]을 통해 논한 바에 의하면, 시어는 입으로 말하는 것처럼 직접적이며 자연스러워야 하거니와, 시인의 감정과 사고를 정확하게 반영하는 언어여야 하고, 본질적으로는 매우 엄밀한 언어이며, 다의성을 지닌 시어라고 해서 그 의미가 막연하거나 모호해서는 안 되는 언어이다. 이 장[164]을 빌어 목월은 지훈의 「승무」를 문어자유시(文語自由詩)의 대표적인 예라고 설명한바 있다. 박목월의 이론에 의하면, 시인은 자기가 쓰는 시세계의 분위기나 효과를 고려하면서 시어를 선별하거니와, 그것이 문어이든 구어이든 마음대로 골라 구사할 수 있다. 이는 목월이 또다른 문학이론서인 『문학개론』[165]에서 정의한바, 시가 언어로 조탁되는, 즉, 만들어지는 창작물이라는 목월의 의식을 반영한다.

　　　김인환 외 8인 編, 나남출판사, 1996, 217~218면.

162) 박목월, 『보라빛 소묘』, 신흥출판사, 1958, 83면; 박철희 · 김시태, 「朴木月論」, 『작가 · 작품론 Ⅰ : 시』, 문학과비평사, 1990, 350~351면.

163) 박목월 외 2인, 「시의 방법」, 『文學槪論』, 藝文舘, 1973, 46~48면.

164) 박목월 외 2인, 앞의 책, 48면.

165) 박목월 외 3인, 「시」, 『文學槪論 : 새 理論과 作法의 入門』, 文明社, 1969, 53면.

이에 비해 조지훈은 『시의 원리』166)에서 시어를 세 가지로 구분하여 논하고 있다. 그의 이론에 의하면 시어는 시의 질료이자 형식이거니와, 시는 시정신이 존재하는 우주요 장(場)이다. 때문에 시어와 산문어는 그 어휘와 사용방법에 현저한 차이가 있게 마련이고, 이로 말미암아 시는 산문보다 언어를 적게 사용하면서도 큰 사상을 담고 있게 마련이다. 이를 고려하면, 지훈은 시어를 아껴 사용하였으며, 가급적 적은 언어에 크나큰 정신을 담은 시를 창작하기 위해 노력했음이 자명하다. 이러한 노력은 그의 시적 수사가 고적(孤寂)한 것을 생동태(生動態)로 묘사하는 방법을 주로 사용한다는 점과도 맥이 통하는데, 이는 지훈이 시를 그저 아름다운 창작물이 아니라 정신을 담는 그릇이라 생각한 그의 사유를 기저로 하기 때문이라 사료된다.

꽃이 지기로소니
바람을 탓하랴

주렴 밖에 성긴 별이
하나 둘 스러지고

귀촉도 울음 뒤에
머언 산이 닥아서다.

촛불을 꺼야하리
꽃이 지는데

꽃 지는 그림자

---

166) 조지훈, 「시의 우주」, 『조지훈 전집 2 : 시의 원리』, 나남출판사, 1998, 44~63면.

뜰에 어리어

하이얀 미닫이가
우런 붉어라.

묻혀서 사는 이의
고운 마음을

아는 이 있을까
저허하노니

꽃이 지는 아침은
울고 싶어라.

—「落花」(1946) 전문167)

　「낙화」를 보자. 조지훈의 「낙화」는 1946년 발간한 『청록집』에 수록
된 시로, 주지하는바 일제의 억압을 피해 오대산 월정사에서 외전강사로
지낼 때인 1941년 4월부터 낙향하여 고향인 경북 영양에서 생활한 1943
년 9월 사이에 지은 시이다. 극도로 절제된 감정과 언어를 사용하여 산
중의 전아한 분위기를 한시적 가락에 맞추어 노래하고 있는 「낙화」는,
꽃이 지는 것을 안타까워하면서도 그것을 자연의 섭리로 받아들이고자
하는 시적 자아의 정신세계를 드러낸다. 「낙화」에 나타나는 극도의 절
제와 그로 인하여 잘 정돈된 시적 전개양상은 영원히 내것으로 할 수 없

---

167) 조지훈, 『청록집』, 을유문화사, 1946, 46~48면; 조지훈, 『조지훈시선』, 정음사,
　　1958, 112~114면; 조지훈, 「청록집」, 『조지훈 전집 1 : 詩』, 김인환 외 8인 編, 나
　　남출판사, 1996, 28~29면. 1958년 간행된 『조지훈시선』에는 시제가 '落花 1'로
　　표기되어 있다.

는 유한한 아름다움과 그 유한함으로 인한 서글픔을, 감탄형 어미를 사용하면서도 담담한 어조로 형상화한다.

박호영168)은 이 시가 담고 있는 '유한성'을 '이기철학(理氣哲學)'과 연결하여 설명한바 있다. 이는 「낙화」에서 "꽃이 지"는 현상이 바람 때문이 아니라, 꽃이 피기 전에 이미 가지고 있던 생명의 원리이자 생명의 유한함에 깃들어 있는 존재의 원리인 조락(凋落)의 현상을 내포하고 있기 때문이라는 점을 근간으로 한다. 박호영이 말한바 이러한 세계관은, 때가 되면 나뭇잎이나 꽃잎이 시들어 떨어지는 현상[凋落]이 상징하는바 그 존재의 생성과 소멸을 반영하며, 시인은 이를 통해 생성에 의해 이미 예정되어있는 소멸, 곧 생명의 원칙에 따라 쇠락하는 어떤 현상에 연연하지 않는 시적 자아의 초탈한 의식을 보여준다는 점에서는 맥이 통한다고 볼 수 있다. 하지만 조지훈 시의 비유가 사물의 생성 및 특성을 간파하여 고적(孤寂)한 것을 생동태(生動態)로 파악·묘사하는 제유(提喩)적 성향을 띠고 있다는 점을 고려하면, 이 시를 군이 '이기철학'과 연결해서 설명했어야만 하는지는 생각해 볼 여지가 있다.

즉, 「낙화」는 생명의 생성에 이미 내재된 소멸을 담담히 묘사하고 있다. 이로 인해 이 시는 같은 주제, 곧 꽃이 지는 모습인 낙화를 형상화한 김영랑의 「모란이 피기까지는」과 대비되면서 상호텍스트성을 이루고,169) 시적 자아의 실존에 대한 심상을 차분히 담아내고 있다는 점에서 주목할 만하다.

---

168) 박호영, 「조지훈 문학연구」, 서울대학교 대학원 박사학위논문, 1988, 84면.

169) 김영랑의 시 「모란이 피기까지는」에는 꽃이 지는 모습, 즉, '낙화'를 보며 느끼는 시적 자아의 슬픔이 담겨있는데, 거기 나타나는 심상은 감정의 절제가 없이 무척 격정적이라는 측면에서 조지훈의 「낙화」와는 극한 대조를 이루거니와, 이러한 면모는 조지훈이 천명한 '시의 원리'와 직결되면서 그가 추구하고 도달한 해탈의 지경을 드러낸다.

야위면 야윌수록
살찌는 魂

별과 달이 부서진
샘물을 마신다.

젊음이 내게 준
서릿발 칼을 맞고

創痍를 어루만지며
내 홀로 쫓겨 왔으나

세상에 남은 보람이
오히려 크기에

풀을 뜯으며
나는 우노라.

꿈이여 오늘도
曠野를 달리거라

깊은 산골에
잎이 진다.

—「岩穴의 노래」(1947) 전문[170]

---

170) 조지훈, 『역사 앞에서』, 신구문화사, 1959, 14~15면; 조지훈, 『풀잎단장』, 창조
사, 1952; 조지훈, 「풀잎단장」, 『조지훈 전집 1 : 詩』, 김인환 외 8인 編, 나남출판
사, 1996, 55면.

「암혈의 노래」역시 이와 비슷한 시적 정서를 띤다. 이 작품은 조지훈이 밝힌바,[171] "벗이라곤 술밖에 없는" 산중 생활 중에 지은 시로 생활과 인정을 주조로 한 작품이다. 「암혈의 노래」에 등장하는 시적 주체 '나'는 그 시제(詩題)가 명명하는바, "암혈(岩穴)"이다. 암혈은 커다랗고 단단한 사물이자 험준한 서사를 지닌 '바위'에 뚫린 '구멍'을 의미한다. 여기서 주목할 것은, '혈(穴)'이 전통적 혹은 민속적으로 볼 때 정기가 모이는 지점으로 풀이된다는 점이다. 따라서 이 작품에 등장하는 바위는 뚫린 구멍으로 인하여 점점 야위어갈 뿐만 아니라 그 구멍에 정기를 모으느라 야위고 있음을 내포한다. 즉, 구멍이 커지면 커질수록 바위는 야위어가는 것이다. 그런데, 구멍의 사전적 의미는 뚫어진 것, 비어있는 영역이라는 점이다.

이러한 구멍의 의미는 이 시 「암혈의 노래」 도입부에 나타난 시적 주체의 진술을 통하여 보다 확연해진다. 1연에서 시적 주체는 돌 곧 바위가 "야위면 야윌수록/살찌는 혼"이라 규정하며, 구멍이 상징하는 것이 "혼" 즉 '마음'임을 드러내고 있기 때문이다. 시기적으로 볼 때 이 작품의 시적 경향은, 비록 빼앗긴 나라에서 나랏말도 못쓰고 일제치하에 살고 있지만 어떤 모양으로든 일제의 억압에 굴복하지는 않겠다는 의지의 표현[172]이라 할 수 있으며, 한편으로는 문인으로서의 정체성을 근간으로

---

171) 조지훈, 「해방 전후의 추억」, 『조지훈 전집 3 : 文學論』, 김인환 외 8인 編, 나남출판사, 1996, 211~212면.

172) 조지훈은 끝까지 한국어를 놓지 않았으며, '내선일체'라는 허울 좋은 명목 하에 민족문화말살정책을 감행하는 일제의 억압에 굴복하지 않았다. 그럼에도, 그의 시와 삶이 일제에 적극적으로 대항하지 않았다는 측면에서 논의되는 부분도 없지 않다. 하지만 조지훈은 자신의 글 「지조론(志操論)」을 통하여 밝힌바, 지식인으로서의 정체성과 시인으로서의 통찰을 놓아버린 적이 없는 문인이요 사상가이다 (조지훈, 「지조론」, 《새벽》 제7권 제3호, 새벽사, 1960년 3월호, 24~29면; 조지훈, 『돌의 미학』, 나남출판사, 2010, 45~55면 참조.).

한 시적 표출이요, 그로 인해 확장되고 전이된 시상(詩想, inspiration)의 발현이라 할 수도 있다. 그런가하면 이 시는, 험한 바위를 "괴로운 짐승"인 시적 주체 '나'와 동일시하며 '돌'[岩]과 '구멍'[穴]을 대비시키는 언어의 조탁에 기대어 조지훈의 의식이 현실을 초월하여 점차 해탈의 세계로 나아가고 있음을 시사한다.

내 오늘밤 한오리 갈댓잎에 몸을 실어 이 아득한 바다 속 蒼茫한 물구비에 씻기는 한점 바위에 누웠나니

生은 갈사록 고달프고 나의 몸둘 곳은 아무데도 없다 파도는 몰려와 몸부림치며 바위를 물어뜯고 넘쳐나는데 내 귀가 듣는것은 마즈막 물결소리 먼 海溢에 젖어 오는 그 목소리뿐

아픈 가슴을 어쩌란 말이냐 虛空에 던져진것은 나만이 아닌데 하늘에 달이 그렇거니 수많은 별들이 다 그렇거니 이 廣大無邊한 宇宙의 한알 모래인 地球의 둘레를 찰랑이는 접시물 아아 바다여 너 또한 그렇거니

내 오늘 바다 속 한점 바위에 누워 하늘을 덮는 나의 思念이 이다지도 작음을 비로소 깨닫는다

—「渺茫」(1949) 전문[173]

「암혈의 노래」에서 보인 시의식의 확대양상은 「묘망」을 통해 더욱 극명하게 드러난다. 「묘망」은 시적 자아의 현실인식이 현실을 초월해 우주로 확대되는 양상을 보인다. 이는 사유의 폭이 넓어진 시적 자아의 인

173) 조지훈, 『조지훈시선』, 정음사, 1958, 74~75면; 조지훈, 「풀잎斷章」, 『조지훈 전집 1 : 詩』, 김인환 외 8인 編, 나남출판사, 1996, 46면.

식체계인바, 조지훈은 그것을 형상화한 이 작품의 제목을 '묘망'이라 규정함으로써 자신이 그 크기와 깊이를 짐작할 수 없는 우주의 묘망, 즉, 우주의 천억 분의 일에 불과한 존재임을 스스로 깨닫는 경지에 이르렀음을 시사한다. 시적 화자는 그러한 자신의 몸을 흔들리며 연약한 생래적 특성을 지닌 "갈댓잎"에 실었다고 표현하는 데서 그치지 않고 그것이 "아득한 바다 속 창망한 물구비에 씻기는 한점 바위"에 닿은 불안정한 상태임을 드러낸다.

주목할 것은 이러한 시적 자아의 현실초월의식이 시의 전개에 따라 당면하는 대립의 심화로 나타나는데, 결국은 그러한 대립 가운데 놓인 자신을 "달", "별", "지구", "바다"와 동일시하며 점차 우주로 확대하는 시상을 보인다는 점이다. 시상은 크게 전통적 이미지와 창조적 이미지로 구분할 수 있다. 이때, 전통적 이미지가 한 시대와 사회의 역사적 상황에서 비롯되었다면, 창조적 이미지는 대개 그 역사를 뒤집거나 뒤흔드는 개인적 상상의 소산물이다. 이 두 가지는 변증법적 관계를 이루는데, 개인적 상징과 대중적 상징도 마찬가지로 작용한다. 시는 시의 창작에 차용된 이미지가 창조적 이미지인가 전통적 이미지인가에 따라 그 분위기를 달리하기 때문이다.

여기서 이미지는 사회·문화적으로 약속된 기호라 할 수 있는데, 이러한 이미지와 시적 정서 간의 영향 안에서 작용하는 힘이 바로 시인의 상상력이다. 앞서 언급한바, 조지훈의 시는 자연을 매개로 하여 주관적 정서를 환기하면서도, 시를 창작하는 자신의 내면을 통해 그 자연의 아름다움을 새롭게 창조한다. 이로 인하여 지훈 시의 내포 역시 그 주제와 내용면으로 유·불·선 사상을 함의하거니와, 그것을 서양문예사조적 시학구조를 수용하여 한국적으로 변용한 언어의 절제와 이미지에 대한 묘사를 통해 동적인 시적 정서를 환기하면서 자연의 아름다움을 재창출해내는 시가 많다.

2. 시의 형태 : 운율과 울림

시의 언어는 시의 형태를 결정하는 요소로 작용한다. 이는 시어가 상상력을 내포하고 있기 때문이다. 따라서 시의 언어와 형태는 긴밀히 연결되어 있는 유기적 관계이다. 이때 시어가 내포하는 상상력이란 김윤식이 정의한바, "죽을 수밖에 없는 운명을 타고난 인간이 할 수 있는 마지막 몸부림 같은 것"[174]이다. 박목월과 조지훈의 시는 목월과 지훈의 상상력을 담고 있다는 점과 시의 형태적 측면에서 간결하고 유려한 리듬을 지녔다는 데 그 공통점을 발견할 수 있다. 여기서 시의 형태적 측면이란, 앞에 거론한 시어와 어조 및 그 대상에 의해 미적 성취를 이루는 시의 구성요소를 말한다. 시는 형태(형식)적으로 시를 시답게 하는 분행을 통해 조직된다.

분행은 일찍이 러시아 형식주의자들이 주창한 '낯설게 하기(defamiliar-ization)'를 유도하는 시적 장치이다. '낯설게 하기'는 독자로 하여금 보다 능동적인 태도로 텍스트에 몰입 · 집중하게끔 유도하기 때문에 문학의 사회성과 역사성을 고려할 때에도 필수적인 시적 장치라 할 수 있다. 이는 독자가 익숙한 사고를 통해 미루어 짐작할 수 있는 상황을 예측할 수 없게 만들어버림으로써 문학적 효과를 거둘 수 있기 때문이다. '낯설게 하기'로서의 분행 즉 행갈이는 전통성을 파괴함으로써 독자에게 충격을 주는, 시의 형식적 원리이다. 시의 형식적 원리로써 '낯설게 하기'는 산문에 대해 시적 변별성을 지니게 한다.

문학의 여러 장르에 대해 확보하는 시적 변별성은 시의 분행, 즉 행갈이를 통해 독자의 주의를 환기시키는 데서 시적 성취를 이룬다. 이러한 시적 효과는 시적 장치로서의 분행이 독자의 의식체계에 완전히 각인되기 전에 즉각적으로 경험하게 하는 사건의 형태로 출현하는 데 그 요인

---

174) 김윤식, 『농경사회 상상력과 유랑민의 상상력』, 문학동네, 1999, 6면.

이 있다. 바로 이 점에 주목하여 그레마스(Algirdas J. Greimas; 1917~1992)[175]는, 외적인 사건(경험)을 통해 어떤 사실을 인식(통찰)한다는 측면에서 감각을 삶 자체의 원리와 동일하다고 파악하고, 즉각적 경험을 통해 문학작품이 낯설어지도록 만드는 분행이 생명의 영도(零度)[176]를 포착하는 일과 같다고 논한바 있다. 왜냐하면 그것은 어떤 존재를 덮어싸고 있는 막을 형성하고 있는 '존재'의 최소한의 '외양'을 포착하는 것과 다름없기 때문이다.

텍스트는 이렇게 포착한 최소한의 외양, 곧 삶의 무늬를 기호 곧 문자로 돌을새김한 것이다. 시는 이 무늬를 통해 미적 성취를 이루게 마련이다. 박목월 시의 미적 효과는 앞서 간단히 언급했듯이, 잦은 분행을 통한 시의 율격화로 성취된다. 이는 분행을 통해 나타나는 목월 시의 특성인바, 등단 이전에 발표했던 동시에서 발견됐던 주된 요소로서의 리듬감과 다름없다. 목월은 자신이 1933년부터 발표해온 동시의 한 요소인 분행을 초기시에 차용함으로써 자기 시의 독특함을 형성해냈다. 그것은 전통 민요의 특질로 분류되는 7·5조의 시적 수용과 변용양상이며, 의성어 및 의태어의 사용과 후렴구의 구현을 통하여서도, 목월 시의 동요적 성향을 부조시킨다.

江나루 건너서   <6[7]>
밀밭 길을   <4[5]>

구름에 달 가듯이   <7>

---

175) A. J. Greimas & J. Fontanille, 『정념의 기호학』, 유기환·최용호·신정아 옮김, 도서출판 강, 2014, 56~57면.
176) Anne Hénault, 『서사, 일반기호학』, 홍정표 옮김, 문학과지성사, 2003, 177~181면.

가는 나그네   <5>

길은 외줄기   <5[7]> **어조에 의해 확장→─**
南道 三百里   <5>

술 익는 마을마다   <7>
타는 저녁 놀   <5>

구름에 달 가듯이   <7>
가는 나그네   <5> / **명사 마무리.**

　　　　　　　　　　　　　　　　　　　　　　　－「나그네」(1946) 전문177)

　이러한 어조는 한국 민요에서 볼 수 있는 음보(3음보와 4음보격)178)를
바탕으로 한 수용과 변용양상을 보이며, 그 율격은 「나그네」와 같이 7·

---

177) 박목월, 『청록집』, 을유문화사, 1946, 16~17면; 박목월, 「청록집」, 『박목월 시전
　　집』, 이남호 엮음, 민음사, 2003, 38면.

178) 한국시의 운율이나 음보에 대해서는 여러 견해가 있으므로 그것의 전승·변화·
　　발전에 관해 단언하기는 쉽지 않다. 그러나 시(詩)가 본시 노래(音樂)였음을 고려
　　할 때, 시에는 음악에 합당한 정형성과 율격이 있었으며 또 있어야 함을 부인할
　　수는 없다. 이로 인해 릴케(Rainer Maria Rilke)는 시 「음악에게(An die Musik)」를
　　통하여 음악을 "조상(彫像)들의 호흡"이요 "형상(形象)들의 침묵"이며 "언어들이
　　끝나는 곳의 언어"이자 "사멸을 향해 가는 심장의 길 위에 수직으로 서 있는 시
　　간"이라 규정하고 있다. 시적·음악적 요소로서 일제강점기에 창작·발표된 한국
　　시에 나타나는 7·5조는 일본발 운율의 수용이라고 보는 견해와 창가→신체시→
　　자유시로의 확장과 전이로 보는 견해가 있다. 이러한 견해는 한국시의 율격을 '만
　　들어진 전통'으로서의 '운율의 탄생'이라 파악하는 데서 연유한다. 현재 한국시
　　율격은 한국시의 리듬과 역사성을 총합하는 시적 정체성과 연속성이라는 개념으
　　로 그 가치가 확립되어 있는데, 여기서 '만들어진 전통'으로서의 운율은 3음보와
　　4음보격을 가리킨다(장경렬, 「시와 음악」, 『즐거운 시 읽기』, 문학수첩, 2014,
　　51~58면; 최현식, 「한국 근대시와 리듬의 문제」, 『한국학연구』 제30집, 인하대
　　학교 한국학연구소, 2013, 387~411면 참조.).

5조를 기본으로 한 작품이 많다. 길이 내포한 나그네 정서를 환기하는 「나그네」를 비롯하여, 목월의 초기시는 물론 자연을 그 대상으로 하거니와, 소박하고 향토적이며 개인적인 자연이 주된 소재로 등장한다. 이로 인해 박목월의 초기시는 '자연의 재발견'이라는 말로 요약되면서 청록파 시의 특성으로 분류되어 왔으며, 조지훈・박두진과 함께 전원(田園) 심상을 주 형질로 삼고 있다는 평가[179]를 받아왔다. 이에 해당하는 대표적인 작품으로는 「청노루」를 꼽을 수 있겠다. 「청노루」역시 7・5조를 기본으로 한 시로, 노루의 눈동자에 비친 "구름"을 형상화한 시이다.

머언 산 靑雲寺	a <6[7]>
낡은 기와집	a' <5>
山은 紫霞山	b <5[7]>
봄눈 녹으면	b' <5>
느릅나무	c <(4)>
속ㅅ잎 피어가는 열두 구비를	c' <[7], 8[5]> **어조에 의해 확장 →**
靑노루	d <(3)>
맑은 눈에	d' <(+4)=[7]>
도는	e <(2)>
구름	e' <(+2)=4[5]> / **명사 마무리.**

— 「청(靑)노루」(1946) 전문[180]

---

179) 김재홍, 『韓國現代詩人硏究』, 일지사, 1986, 347면.

180) 박목월, 『청록집』, 을유문화사, 1946, 12~13면; 박목월, 「청록집」, 『박목월 시전집』, 이남호 엮음, 민음사, 2003, 36면.

「청노루」는 마치 카메라의 렌즈를 이용하여 그 대상을 먼 데서부터 가까운 데로 옮기는 듯한 시적 전개를 통해, 그리고 마지막에는 노루의 눈동자 속에서 도는 구름을 클로즈업하는 듯한 시적 전개를 통해, 또 보색관계인 청색과 자색의 대비를 통해, 그 고요하고 맑은 정취를 한껏 고조시키고 있다. 이러한 경향의 시는 대개 어떤 시간의 사물 이미지와 거리[時・空間] 그리고 색[感覺] 등의 공감각적 이미지를 혼용하여, 어떤 시간과 공간을 시 속에 묶어놓은 양상을 보인다. 이로써, 박목월 시에서 한층 심화・확대되는 심상으로 나타나는 전원 심상은 주로 이미지와 거리감을 통한 묘사로 획득하는 시적 정서라 할 수 있는데, 목월 시에 등장하는 소재로서의 이미지는 주로 움직이는 것의 한 순간을 포착한 것으로, 그 수사는 앞서 설명한바 카메라의 렌즈를 사용하는 것과 같은 원근법을 사용한다.

박목월의 이러한 시적 방법은 그 텍스트 안에 있는 풍경을 고정시키면서 시적 정취를 맑게 환기시킨다. 이때 시적 정서는 그 맑음으로 인해 그 끝이 보이지 않는 깊이를 확보하면서 서정적 자아와 자연이 하나가 되는 공간의 승화를 이루어낸다. 이러한 시적 성취는 분행을 통한 시어의 울림으로 가능하다. 기실, 이러한 시는 하나의 연을 한행으로 묶어 연 가름 없이 표기[a+a'/b+b'/c+c'/d+d'/e+e']해도 되는 내용이다. 그러나 박목월은 의도적으로 행을 나눔으로써, 그 행간에 어휘의 울림이 일도록 함으로써 시의 효과를 확장해나가고 있다. 그리고 종국에는 그 울림과 아울러 그렇게 "머언 산"에서부터 "열두 구비"를 돌고 돌아서 온 계절(시간)과 구름의 발자취(공간)를 "靑노루/맑은 눈"동자 속에 가두어버림으로써, 즉, 생동하는 것을 정지태(靜止態)로 잡아두면서 시를 마무리함으로써 매우 효과적인 시적 성취를 이루고 있다.

芳草峰 한나절   <6[7]>
고운 암노루   <5>

아래ㅅ마을 골작에   <7>
홀로 와서   <4[5]>

흐르는 내ㅅ물에   <7>
목을 추기고   <5>

흐르는 구름에   <6[7]>
눈을 씻고   <4[5]>

열 두 고개 넘어 가는   <8[7]>
타는 아지랑이   <6[5]> / **명사 마무리.**
                    ―「삼월(三月)」(1946) 전문[181]

　전통시가의 3음보격[182]을 주축으로 하며 시각·촉각·미각 등의 공감
각적 이미지를 혼용하고 있는 「삼월」 또한, 분행을 통해 7·5조를 변용
함으로써 정형시의 틀을 깨면서도 그 율격은 그대로 유지하는 양상을 보
인다. 이로 인해 리듬감을 획득한 이 작품은 시적 소재인 자연, 즉, 노루
의 행동양상과 "흐르는 냇물", "흐르는 구름"을 연결하여, 그것을 다시
"열 두 고개 넘어 가는" "타는 아지랑이"와 연결시킴으로 말미암아 따스
하고 조용하며 맑은 시적 정서를 환기하고 있다. 이는 곧 3월의 청아(清
雅)한 공기를 나타내는바, 시어는 시인의 눈에 이미 감수된 전체의 이미

---

181) 박목월, 『청록집』, 을유문화사, 1946, 10~11면; 박목월, 「청록집」, 『박목월 시전
　　집』, 이남호 엮음, 민음사, 2003, 35면.
182) 졸고 136면, 각주 178) 참조.

지에 시인의 의식이 비치는 스포트라이트를 받아서 선택된 것이며, 시는 제 스스로 살아 움직이는 언어가 시인의 예정조화에 의하여 조합·분리됨으로써 가능해지는 생명의 외현작용(外現作用)이라는 조지훈의 말[183]과도 그 맥이 통한다.

> 山은
> 九江山
> 보랏빛 石山
>
> 山桃花
> 두어송이
> 송이 버는데
>
> 봄눈 녹아 흐르는
> 옥같은
> 물에
>
> 사슴은
> 암사슴
> 발을 씻는다.
>
> —「산도화(山桃花) 1」(1955) 전문[184]

그런데 「산도화」에서 볼 수 있듯이, 박목월 시의 소재인 자연은 그가 『보라빛 소묘』를 통해 밝힌바 "마음의 자연"이요 "마음의 지도"를 근간

---

183) 조지훈, 「시의 인식」, 『조지훈 전집 2 : 시의 원리』, 나남출판사, 1996, 103면.
184) 박목월, 『산도화』, 영웅출판사, 1955; 박목월, 「청록집」, 『박목월 시전집』, 이남호 엮음, 민음사, 2003, 56면.

으로 한다. 이는 일제강점기를 살고 있는 시적 자아가 현실에 대응하는 하나의 방편으로써, 아름다운 자연을 통한 마음의 정돈을 꾀하고 있었기 때문이다. 즉, 목월 시에 등장하는 자연("구강산", "자하산", "보랏빛 석산", "타는 아지랑이", "암사슴", "암노루" 등)은 암울한 일제치하의 삶에서 분리되어 자신의 마음을 은신하게 하고 싶은 이상향으로서의 "어수룩한 천지"이다. 이는 창세기에 등장하는 인류의 근원 '에덴'이자 삶의 질곡과 오염이 없는 완전한 땅을 상징한다. 따라서 목월 시에 나타나는 "어수룩한 천지"는 곧 형언할 수 없는 절대적 아름다움을 담은 지경이 아닐 수 없다.

> 나는 그 무렵에 나대로의 지도(地圖)를 가졌다. 그 어둡고 불안한 세대에서 다만 푸군히 은신하고 싶은 <어수룩한 천지>가 그리웠다. 그러나, 한국의 천지에는 어디에나 일본치하의 불안하고 바라진 땅이었다. 강원도를, 혹은 태백산을 백두산을 생각해 보았다. 그러나 그 어느 곳에도 우리가 은신할 한치의 땅이 있는 것 같지 않았다. 그래서 나혼자의 깊숙한 산과 냇물과 호수와 봉우리와 절이 있는 <마음의 자연>――지도를 간직했던 것이다. <마음의 지도> 중에서 가장 높은 산이 太母山·太態山 그 줄기아래 九江山·紫霞山이 있고 紫霞山 골짜기를 흘러내려와 잔잔한 호수를 이룬 것이 洛山湖·永郞湖·영낭호 맑은 물에 그림자를 잠근 봉우리가 芳草峰. 방초봉에서 아득히 바라뵈는 紫霞山의 보라빛 아지랑이 속에 아른거리는 낡은 기와집이 靑雲寺다.[185]

그럼에도 박목월 시는 후기로 갈수록 그 심상을 달리 한다. 이러한 변

---

185) 박목월, 『보라빛 소묘』, 신흥출판사, 1958, 83면; 박철희·김시태, 「朴木月論」, 『작가·작품론 Ⅰ : 시』, 문학과비평사, 1990, 350~351면.

화는 시 속 이미지가 내포한 의미와 특질과 관련하여 나타난다. 분행을 통한 이미지의 전환이 시적 정서의 파동 내지 파장을 일으키면서 심화·확대되는 양상을 보이고, 이러한 시적 성취로 말미암아 시적 자아의 고요한 내면을 형상화하면서 미적 거리를 확보하는 시적 전개양상은「불국사」에서 극대화된 면모를 보인다. 극도로 절제된 시어와 분행 및 분절을 통하여 민족의 사원 불국사의 밤, 그 인적 없는 고즈넉한 정취를 한껏 고양한 시「불국사」처럼, 후기에 발표한 시들은 자연에 대한 동경을 내포한 작품이라 하더라도 차갑고 쓸쓸한 시적 정서를 환기시키는 작품이 많다. 이로 인해「불국사」와 같이 자연을 소재로 한 목월의 후기시는 그의 초기시에 대해 변별성을 획득하고 있다.

흰달빛
紫霞門

달안개
물소리

大雄殿
큰보살

바람소리
솔소리

泛影樓
뜬그림자

흐는히

젖는데

흰달빛
紫霞門

바람소리
물소리.

—「불국사(佛國寺)」(1955) 전문186)

「불국사」는 국보인 불국사의 모습[空間]과 그에 어우러지는 자연의
정취[時間]를 형상화함으로써 불국사에 생명력을 불어넣고 있다는 점에
서 주목할 만하다. 이는 이 작품을 이루는 연이 6연만 제외하고 모두 어
떤 것을 지칭하는 '이름씨꼴' 즉 명사로 이루어져 있음으로 가능하다. 언
뜻 보기에는 매우 정적으로 느껴지는 이 작품 속 이미지는 1연부터 5연
까지 나열한 모든 명사를 받는 6연, 즉 "흐는히/젖는데"와 연결된다는 점
을 고려할 때에야 비로소 동적 이미지임을 알게 된다. 그리고 「불국사」
를 비롯하여 그의 시에 나타나는 잦은 분행은 흔히 행과 행을 결합하여
하나의 연으로 바꾸어도 아무런 변화가 없을 것 같은 구조를 취하고 있
다. 그러나 그렇게 변화를 줄 경우, 이 시의 시적 정서는 다소 희석되고
야 만다. 따라서 명사를 주로 사용하고 명사로 끝내는 대부분의 박목월
시는 고요한 풍경을 담고 있다. 이때 고요한 공기 즉 시적 정서는 무척
선명하고 맑게 환기된다.

　그런가하면, 사회생활을 반영하여 창작한 시에는 생활의 질곡을, 부
성(父性)을 상징하는 시어와 어조에 담아 표현함으로써 희망을 함의한

---

186) 박목월, 『산도화』, 영웅출판사, 1955; 박목월, 「산도화」, 『박목월 시전집』, 이남
　　호 엮음, 민음사, 2003, 62~63면.

분위기로 환기시키는 시적 정서의 변모가 나타나고, 종교적 상상력의 발현에 의한 시에는 모성(母性)의 표상으로 비롯되는 본향탐구, 즉 인간의 근원탐구로 충만한 서정과 신앙을 드러내는 세계관의 형상화로 드러난다. 이러한 경향의 시들은 대부분 장시 내지 산문시의 형태로 변모하며, 자기진술체와 상황묘사를 혼용하는 양상으로 드러난다. 이러한 변모는 「사람에의 기원」에 모성 이미지로 나타난다. 이때 모성 이미지는 목월의 후기시에서 향수의 근원이자 신앙인의 표본으로 기능한다.

아스팔트 길이 길이 아니듯
人間이라 불리우는 것에
사람이 없었다.
적당하게 길들인
人間의 수풀 속에서
사람이 아쉬울 때,
도로포장 공사장 구석에서
한 여인은
그 든든한 젖무덤을 내놓고
아기에게 젖을 물리고 있었다.
일그러진 얼굴에
미소를 머금은 그녀의 눈매.
그녀의 포옹
어머니로서의 자애.
환하게 불을 밝히고 있었다.
　　　　　　　—「사람에의 기원(祈願)」(1978) 전문[187]

---

187) 박목월, 『크고 부드러운 손』, 영산출판, 1978, 222~223면; 박목월, 『크고 부드러운 손』, 민예원, 2003, 20면; 박목월, 「크고 부드러운 손」, 『박목월 시전집』, 이남호 엮음, 민음사, 2003, 719면.

『경상도의 가랑잎』에 수록된 「천수답」에서 『어머니』에 실린 「어머니의 손을 잡고」·「갈릴리 바다 물빛을」·「어머니의 미소」·「어머니의 언더라인」, 그리고 『크고 부드러운 손』에 실린 「신춘음」·「어머니의 성경」·「사람에의 기원」 등에 이르기까지, 모성에 관련한 작품들은 아직도 세상을 충만하게 채우고 있는 사랑의 반영이자 훈훈한 정서로, 점차 살벌해지고 메말라가는 세상 사람들의 정서와 대비되고 있다. 이러한 모성성은 일찍이 그것을 시화한 서정적 자아와 성자 예수 그리스도를 매개한 가교로 기능하였으며, 사람에게서 희망을 거두지 않게 하는 인간애의 발원지이기도 하다. 이러한 목월 시의 의식세계와 전개양상의 변모에도 불구하고, 그의 시를 관류하는 시적 정서는 담백한 고요함과 충만한 맑음[靜]이라 아니할 수 없다.

그런가하면, 조지훈의 시는 한시적·한학적 운율을 통하여 곡선과 여백의 울림을 통한[動] 우아미를 느끼게 한다는 점에 그 변별적 요소가 있다. 지훈 시의 이러한 울림은 앞서 거론한 '공(空)' 사상188)에서 비롯된다. 대표적인 작품으로는 「정야 1」을 들 수 있다.

> 별 빛 받으며
> 발 자취 소리 죽이고
> 조심스리 쓸어 논 맑은 뜰에
> 소리 없이 떨어지는
> 은행 잎
> 하나.
>
> ―「靜夜 1」(1940) 전문189)

---

188) 졸고 106~107면, 각주 137) 참조.
189) 조지훈, 『조지훈시선』, 정음사, 1958, 117면; 조지훈, 「조지훈시선」, 『조지훈 전집 1 : 詩』, 김인환 외 8인 編, 나남출판사, 1996, 104면.

「정야 1」은 맑고 그윽한 밤의 정취를 "소리 없이 떨어지는/은행 잎/하나"로 형상화한 시이다. 이 시의 시적 자아는 고요한 밤[時間]과 조응하는 사물들[空間]의 그윽하고 깊은 움직임을 절제된 시어로 표현하거니와, 고요하고 그윽한 풍경의 움직임을 포착하여 형상화함으로써 고즈넉한 시적 정취를 환기시킨다. 이 시에서 보듯이, 조지훈 시는 주로 이렇게 사물의 정교한 움직임을 정갈하게 묘사하고 있는데, 이때 극도의 감정절제와 시어절제를 병행함으로써 시의 울림과 반향을 극대화하는 시적 성취를 보이는 작품이 많다. 이러한 작품은 앞서 거론한바, 지훈 시가 고풍스러운 뜻글자를 주로 사용하며 한시적·한학적 어조를 주조로 하고 있다는 점에서 비롯된다.

한시의 율조와 시어를 중시한 조지훈은, 고전시가의 형식과 정신을 자신의 작품에 계승하여 적용함으로써 민족의식을 구현하고 고무시키려 시도하였다. 여기서 한시의 율조190)란 한시에서 주로 볼 수 있는 리듬(rhythm; rhyme & meter)으로, 지훈이 「완화삼」과 「봉황수」를 비롯한 초기시에 주로 사용하였는데, 그것은 자연을 소재로 하여 전통을 탐구하고, 자연관조와 설화수용을 통하여 전통을 재창조한 시가 많다는 사실과 맥을 같이한다.

차운 산 바위 우에	<<u>7</u>>
하늘은 멀어	<<u>5</u>>
산새가 구슬피	<6[<u>7</u>]>
우름 운다	<4[<u>5</u>]>

---

190) 김준오, 「기억의 형상학」, 『시론』, 삼지원, 1982, 134~148면; 졸고 136면, 각주 178) 참조.

구름 흘러가는   <6[7]>
물길은 七百里   <6[5]>

나그네 긴 소매   <6[7]>
꽃잎에 젖어   <5>
술 익는 강마을의   <7>
저녁 노을이여   <6[5]>

이 밤 자면 저 마을에   <8[7]>
꽃은 지리라   <5>

다정하고 한 많음도   <8[7]>
병인양하여   <5>
달빛 아래 고요히   <7>
흔들리며 가노니……   <7[5]> / 동사 마무리.
                        ―「玩花衫」(1942) 전문191)

벌레 먹은 두리기둥 빛 낡은 丹靑 풍경소리 날러간 추녀 끝에는
    <8[7]>   <5>   <7>   <5>

산새도 비들기도 둥주리를 마구 쳤다.   (…중략…)
    <7>   <8[5]>

눈물이 속된줄을 모르량이면 봉황새야 九天에 呼哭하리라.
    <7>   <5>   <7>   <5> / 동사 마무리.
                        ―「鳳凰愁」(1940) 부분192)

---

191) 조지훈, 『청록집』, 을유문화사, 1946, 56~57면; 조지훈, 『조지훈시선』, 정음사, 1958, 124~125면; 조지훈, 「청록집」, 『조지훈 전집 1 : 詩』, 김인환 외 8인 編, 나남출판사, 1996, 34면.

「완화삼」과「봉황수」등을 통해 볼 수 있듯이, 전통미학에 바탕을 둔 조지훈 시의 운율은 그의 시적 소재로 인해 확연히 드러난다. 그의 시적 소재는 전통적·민족적 자연으로서 유구한 역사와 전통을 함의하는, 즉 서사성을 지닌 매개물이기 때문이다. 이는 박목월 시와는 대비되는 양상으로, 그 변별성은 조지훈 시에서 볼 수 있는 전통 율조, 곧 7·5조이고, 음수율과 음보 역시 전통 음보인 3음보·4음보와 병용되고 있다. 이때의 수사법은 주로 평서형이 많이 나타나는데, 이러한 양상은 후기시로 가면서 자연을 소재로 함과 동시에 관념적·자각적 시어와 사람의 인체를 가리키는 용어 및 사물의 속성을 근간으로 한 시어가 대폭 증가하는 추이[193]를 보인다.

어디서 오는가
그 맑은 소리

처음도 없고
끝도 없는데

샘물이 꽃잎에
어리우듯이

촛불이 바람에
흔들리누나

192) 조지훈, 「봉황수」, ≪문장≫, 1940. 2; 조지훈, 『청록집』, 을유문화사, 1946, 38~39면; 조지훈, 『조지훈시선』, 정음사, 1958, 144~145면; 조지훈, 「청록집」, 『조지훈 전집 1 : 詩』, 김인환 외 8인 編, 나남출판사, 1996, 25면.

193) 최병준, 「조지훈 시 연구」, 국민대학교 대학원 박사학위논문, 1992, 96~142면; 정근옥, 「趙芝薰 詩 硏究」, 중앙대학교 대학원 박사학위논문, 2004, 172~199면 참조.

永遠은 귀로 듣고
刹那는 눈 앞에 진다

雲霄에 문득
기러기 울음

사랑도 없고
悔恨도 없는데

無始에서 비롯하여
虛無에로 스러지는

울리어 오라
이 슬픈 소리

－「大笒」(1956) 전문194)

「대금」을 보자. 「대금」은 조지훈 시의 울림과 반향을 가장 잘 드러내
고 있는 작품이다. 이 작품은 동양의 전통악기인 '대금'을 형상화한 시로,
대금의 속이 비어있다는 것을 전제한다. 기실 속이 비어있지 않은 대금
은 대금이 아니다. 대금의 깊고 그윽한 소리는 비어있는 내부를 울리어
나오는 울림이기 때문이다. 그런데 그 울림은 행간을 통하여 "처음도 없
고/끝도 없"이 공명한다. 그 소리는 "영원"의 소리이다. 「대금」의 시적
자아는 그 "영원"의 소리를 "귀로 듣고/찰나는 눈 앞에"서 지는 모습을
본다. 분행을 통해서 그 모습은 이미 진 찰나인 "꽃잎"이자 그 "꽃잎에/

194) 조지훈, 『조지훈시선』, 정음사, 1958, 167~169면; 조지훈, 「조지훈시선」, 『조지
훈 전집 1 : 詩』, 김인환 외 8인 編, 나남출판사, 1996, 118~119면.

어리우"는 "샘물"의 흐름이요, "바람에/흔들리"며 언제 꺼질지 모를 "촛불"의 흔들림이다. 이러한 흐름과 흔들림은 분행을 통하여 파동과 파장을 이룬다.

시적 자아는 이 모습을 일순 "하늘과 구름"[雲霄]에 흐르는 "기러기 울음"과 동일시한다. 그 울음소리는 "無始에서 비롯하여", 즉, 시작이 없는 것[空]에서 비롯하여 "虛無에로 스러지는", 즉, 텅 비고 부질없는 것[虛無]처럼 사라지는 슬픈 소리이다. 시적 화자는 이렇게 속세에서의 삶을 찰나, 곧 허무의 세계와 동일시함으로써, 자신에게 세상에 대한 "사랑"도 "회한"도 남아있지 않음을 드러낸다. 하지만 시적 화자는 세상과 결별하지는 않는다. 그것은 "울리어 오라"는 시어의 울림으로 말미암는다. 이로써, 이 작품의 시적 화자는 이미 세상에 대한 애욕을 버린 상태요 그로 인해 해탈에 이른 대자대비의 연민에 이른 상태, 즉, 정토(淨土)의 미(美)를 이룬 '사랑'[悲]의 상태[195]에 있음을 나타낸다.

이처럼, 휴전 후에 발표된 조지훈의 시는 자연과 나라를 통한 자아탐구와 존재론적 통찰에서, 이제 만물의 근원과 영원에의 회귀로 나아가는 시의식의 변화를 발견할 수 있다. 이는 한동안 사회참여에 대응하는 내적 갈등을 그렸던 지훈이 비로소 그 모든 것을 덮어두고 초월로 나아가는 긍정적 사유세계를 표방하기 시작했기 때문이다. 따라서 이 시기에

---

195) 조지훈, 「또 하나의 시론 : 시선일미(詩禪一味)」, 『조지훈 전집 2 : 시의 원리』, 나남출판사, 1996, 202~203면. "시(詩)와 선(禪). 시(詩)가 마침내 선(禪)과 자리를 같이한다. 시도 또한 선이다. (… 중략 …) 상대적인 언어로 절대의 경지의 편린(片鱗)을 보일 수가 있다. 어쩌면 더 효과적이 될 수 있을까. 시인의 근로와 고충(苦衷)과 천분(天分)이 여기서 발휘된다. 말할 수 없는 것은 시적 감흥이나, 말하지 않을 수 없게 하는 것도 시적 감흥이다. 하늘로 피어오르는 수증기가 이슬로 내려온다. 여기서 시(詩)와 선(禪)이 잠시 자리를 달리한다. 그러나, 선(禪)도 마침내 대자연의 구극(究極)을 체득하고 다시 상대의 세계에서 유유자적(悠悠自適) 한다. 그것이 곧 절대의 세계니까…."

지은 지훈의 시는 삶을 초월한 해탈의 시의식을 표출하는 듯이 보인다. 하지만 시의 내용이 현실을 초월하여 불교적 세계관의 정점을 향할수록 절절한 고독의 맛과 멋은 시적 정서로 극대화된다.

> 우아한 시는 어떠한 것인가. '우아'란 문자 그대로 부드럽고 아담한 소박한 아름다움이다. 그리고, 이 '우아미'(優雅美)가 좁은 의미의 정통미(正統美)가 된다. 그러면, 이 우아미는 어떠한 특질, 바꿔 말하면 성격을 가지는 것인가. 우아미는 한 말로 풀이한다면 조화의 미, 일치의 미라고 할 것이다. 칸트는 이것을 "오성(悟性)과 상상력의 자연한 일치"라고 설명했다. (…중략…) 이 우아미는 동양적 정신미의 한 최고 경지라고 하겠다. 가령, 석가나 노자(老子)의 구극이 미소하는 법열(法悅)의 세계라면 이것이 곧 우아미의 경지라고 하겠다.196)

한편, 조지훈은 위에 인용한 「시의 인식」에 이어서 박목월의 「나그네」를 예시로 제시하고는, 이 작품을 고요하고 부드럽고 아려(雅麗)하고 맛있는 시라 평하고 있다.197) 그리고 지훈은 목월 시의 이러한 울림이 "외로움도 슬픔도 모두 자연 속에 감춰 놓고 밝고 부드러운 언어"를 사용한 데서 비롯되는 것이며, 이러한 목월 시의 반향을 "사람을 흥분시키지는 않지만 얼마나 우아하고 다정하고 소박하고 자연한 향기를 풍기는 것인가."라고 논하며 감탄하고 있다. 그리고 그는 이 장을 통해 목월 시의 동적 소재가 일으키는 반향을 '맛'에 대한 '멋'이라 표현하면서 우리 시조 (時調)의 멋과 연결하고 있다. 이러한 목월의 시적 면모는 다시 지훈의 「가야금」과 연결된다.

---

196) 조지훈, 「시의 인식」, 『조지훈 전집 2 : 시의 원리』, 나남출판사, 1996, 87~88면.
197) 조지훈, 앞의 글, 89~90면 참조.

2

조각배 노 젓듯이 가얏고를 앞에 놓고 열두줄 고른 다음 벽에 기대 말이 없다.

눈 스르르 감고나니 흥이 먼저 앞서노라 춤추는 열손가락 제대로 맡길랐다.

구름끝 드높은 길 외기러기 울고 가네 銀河 맑은 물에 뭇별이 잠기다니.

내 무슨 恨이 있어 興亡도 꿈속으로 잊은듯 되살아서 임 이름 부르는고.

3

風流 가얏고에 이른 꿈이 가이 없다 열두줄 다 끊어도 울리고 말이 心思라.

줄줄이 고로 눌러 맺힌 시름 풀이랏다 머리를 끄덕이고 손을 잠간 슬적들어

뚱 뚱 뚱 두두 뚱뚱 홍홍 웅 두두 뚱 뚱 調格을 다 잊으니 손 끝에 피맺힌다.

구름은 왜 안가고 달빛은 무삼일 저리 휜고 높아가는 물소리에 靑山이 무너진다.

— 「伽倻琴」(1952) 부분[198]

---

198) 조지훈, 『조지훈시선』, 정음사, 1958, 170~173면; 조지훈, 「풀잎斷章」, 『조지훈
    전집 1 : 詩』, 김인환 외 8인 編, 나남출판사, 1996, 72~73면.

조지훈에 의하면,199) 시의 멋은 시인이 자기가 살고 있는 세계와 완전한 조화를 이룰 때 나타나는 것이다. 따라서 시의 '멋'은 고의로 멋을 부리려고 해서 얻어지는 것이 아니라, 시인이 생활에 푹 젖어들어 생활과 상상력이 조화를 이룬 경지에서 쓴 시라야 비로소 가능해진다. 지훈은 이렇게 세상에서의 삶에 젖어들어 완전한 조화를 이루는 글이 참된 멋과 맛을 지니게 된다고 주장하면서, 거기서 비롯되는 삶과 사유의 융합을 강조하였다. 그런데 여기서의 생활과 삶은 물질적·경제적인 인간 활동의 일면을 이야기하는 것이 아니라, "이상정신가치 추구"200)를 포함한 인간의 활동을 말한다.

그런가하면, 조지훈과 박목월은 어느 시기에 이르러 점차 시적 정형성을 깨고 산문조의 시를 발표하기 시작하는데, 이때 목월은 일상어인 소리글자를 사용하여 소박하고 서민적인 생활상을 드러내는 내용을 주로 하는 시를 발표한 데 비해, 지훈은 뜻글자를 사용하여 현실인식을 통해 존재의지를 표출하고 시대적인 정황에 대해 서술 또는 고발하는 등의 내용을 골자로 한 시를 발표하였다.201) 이는 목월과 지훈이 각기 직면한

---

199) 조지훈, 「시의 인식」, 『조지훈 전집 2 : 시의 원리』, 나남출판사, 1996, 86~100면.

200) 조지훈, 「시의 가치」, 『조지훈 전집 2 : 시의 원리』, 나남출판사, 1996, 126면.

201) 최병준과 정근옥은 각기 자신의 박사논문을 통하여 조지훈 시의 변모양상에 관해 구체적인 분석을 시도하였는데, 특히 시어와 어조 그리고 품사별 변모양상과 분행 및 분절에 대해 집중적으로 다루며 도표화 해놓았거니와, 박목월의 전체 시를 대상으로 하여 이러한 변모양상에 관해 천착한 논문은 아직 발견하지 못하였다. 이는 박목월이 다량의 작품을 남긴 데 기인한다고 사료된다. 현시점에서 박목월 시와 조지훈 시의 형태적 특성과 수사적 양상에 집중하여 분석·고찰한 연구성과물로는 이상호의 학술논문이 주목할 만하다. 하지만 이 논문 역시 그 연구대상을 『청록집』 수록작품으로 한정짓고 있다는 점을 고려할 때, 박목월 시의 형태적 변모양상을 심화·확대하여 천착한 논문의 필요성과 중요성은 더 이상 강조하거나 재론할 여지가 없으리라 판단된다(최병준, 「조지훈 시 연구」, 국민대학교 대학원 박사학위논문, 1992, 96~142면; 정근옥, 「趙芝薰 詩 硏究」, 중앙대학교 대학원

현실과 시대를 인식하는 의식의 변화에서 비롯된다. 왜냐하면, 시의 생명은 진정성에 있으며, 그 진정성은 문학적 기교를 통해 지니게 되는 것이 아니라 진실을 얼마나 담고 있는가를 통해 나타나게 마련이기 때문이다.

하지만 미시적으로 볼 때, 이들의 시에 내포된 지배의미, 즉, 박목월과 조지훈 시에 반영된 사회생활의 면면이 생활시와 시대시로 구분할 수 있다는 점 또한 목월 시와 지훈 시의 차이점이라 아니할 수 없다. 나아가 이들은 종교적 상상력202)을 동원하여 근원에 대한 탐구와 영원을 향한 의지를 표현하는데, 목월은 기독교적 관점에서 영원에 대한 회구를 표현하며, 지훈은 불교적 관점에서 근원에 대한 회귀를 표방함으로써 그 시적 내용과 사유에 각별한 차이를 보인다. 이러한 차이는 시인이 차용한 이미지군을 통해 얻어지는 결과로서 환기되는 시적 정서로 심화·확대된다. 이러한 시적 정서의 환기는 시가 시어의 집합인 텍스트 안에 즉 형식적 틀 안에 갇혀있는 의미 그대로가 아니라, 시에 사용된 다양한 이미지의 내포를 통해 물적(物的) 상태에서 심적(心的) 상태로 변하는 데서 비롯된다.

시의 생성은 곧 시의 존재 자체를 함의한다. 그리고 그 존재는 시의 존재방식을 규정짓게 마련이다. 시는 끊임없이 움직일 수밖에 없는 의미를 획득한 유기적 존재이기 때문이다. 이는 그레마스가 논한바,203) 외부에

박사학위논문, 2004, 172~199면; 이상호, 「청록파 연구 : ≪청록집≫을 중심으로」, 『한국언어문화』 제28집, 한국언어문화학회, 2005, 325~351면; 이상호, 「『청록집』에 나타난 청록파의 시적 변별성 : 언어감각과 구성형식을 중심으로」, ≪詩로 여는 세상≫ 제7권 2호 통권 26호, 시로여는세상, 2008, 29~52면 참조.).

202) 정진홍, 『종교학 서설』, 전망사, 1990, 101~105면; Mircea Eliade, 『성과 속』, 이은봉 옮김, 한길사, 1998, 43~45면.

203) A. J. Greimas & J. Fontanille, 『정념의 기호학』, 유기환·최용호·신정아 옮김, 도서출판 강, 2014, 30~34면 참조.

서 차용한 즉물적 이미지에 내면에서 수용한 의식과 정념을 담아 연결한 자기수용적 유기체가 곧 텍스트로서의 시이기 때문이다. 이를 소쉬르 이론으로 말하면, 시는 시니피앙과 시니피에의 결합으로 감성과 지성의 영역을 잇는 교량역할을 한다는 말이 된다. 전자에 의해 기호서사학적으로 시를 대하든, 후자에 의해 언어학적으로 시를 분석하든, 시는 내포한 의미를 표출한 외양임엔 틀림없다.

외면적 표출로 드러난 박목월과 조지훈의 시적 변모는 어휘의 선택과 거기 담은 의미의 변화에 따라 달리 나타난다. 그리고 지훈의 시는 갈수록 공허한 심상이 증폭된다. 그리고 그 비어있는 곳엔 한복이나 고궁에서 볼 수 있는 곡선의 우아함이 깊숙이 자리매김하고 있다. 곡선적 우아함은 우리문화의 격조를 내포하기도 한다. 그리고 조지훈 시에서 그것은 불교적 세계관에 의한 몰아일여(沒我一如)와 화엄(華嚴)의 경지로서, 세속의 모든 것을 비움으로써 얻을 수 있는 무념무상(無念無想)의 지경이다. 무형의 무념무상의 세계를 유한한 이미지에 가득 담아 표현해냈다는 점에서도 지훈 시의 우수성을 논할 수 있겠다. 지훈은 목월에 비해 한자어를 상당히 많이 사용하면서 동사 또는 움직임을 내포하는 언어로 시를 마무리한다. 이러한 시적 장치는 시의 정서를 한껏 확장시키면서 시 속 무념무상의 지경을 넓히는 단초로 기능한다. 반면 목월 시는 명사로 끝나는 시의 마무리로 인해 시적 정서가 그 공간 안에 갇히며 명징해진다.

시는 형태적으로 한 편의 시 안에서 외적으로 표현한 문학적 수단으로서의 언어 및 그 언어가 내포한 의미의 작용에 부합하는 유기체이다. 그리고 시의 내포는 외연에 의해 시적 정서로 환기된다. 이로 인하여 한 시인의 작품들은 그 작품군 안에서 서로 유기적으로 작용하며 시인의 직관과 통찰 그리고 상상력을 드러낸다. 박목월과 조지훈은 이것을 각자의 문학이론서에 정리하여 놓았다는 점에서도 공통점을 지니고 있다. 목월은 이 책을 통해 시의 구조를 형식과 내용, 외연과 내포, 역설과 아이러니로 대분204)하여 '신비평(The New Criticism)'적으로 설명하고, 좋은 시는 이 세 가지가 유기적으로 작용하는 시이거니와, 이로 인해 시의 구조를 엄밀히 구별하여 분석하는 것은 사실상 불가능함을 암시하고 있다.

이에 비해 조지훈은 시를 구성할 때, 주제를 결정하고 작품을 구상할 때 모든 언어의 뜻을 이치에 맞도록 사용해야 하는 '명의(命意)'를 강조하고,205) 이 작업은 평범을 비범화하는 것이거니와, 투철한 시정신을 바탕으로 한 진실한 태도로 이에 임해야 좋은 시를 지을 수 있다고 주장하고 있는 데서 차이를 발견할 수 있다. 이러한 차이는 시작법에 관한 논의에서도 드러난다. 박목월은 시가 '언어의 트릭'206)으로 이루어진다고 했다. 여기서 '언어의 트릭'이란 시의 비유적 표현을 가리키는 말인데, 그가 말하는 비유는 수학적 등식의 언어의 트릭이다. 말하자면 수학등식적 언어의 트릭은 '1+1=3-1', 즉, 하나[1]에 하나[1]를 더한 것은 셋[3]에서 하나[1]를 뺀 것과 동일하다. 왜냐하면 답이 둘[2]이기 때문이다. 목월은 이러한 용법을 언어의 환치작용이라 규정하고, 이러한 비유로 인해 시인은 자신의 시가 내포한 이미지의 영역을 넓힐 뿐 아니라 상하좌우로 확대하여 원관념만으로는 도저히 이룰 수 없는 새로운 경험의 세계를 창조한다고 설명하고 있다.

---

204) 박목월 외 3인, 「詩」, 『文學槪論 : 새 理論과 作法의 入門』, 文明社, 1969, 65~73면.

205) 조지훈, 「시의 인식」, 『조지훈 전집 2 : 시의 원리』, 나남출판사, 1996, 80~85면; 劉勰, 『文心雕龍』, 최동호 역 편, 민음사, 1994, 495~502면 참조. 여기서 '명의(命意)'란 주제를 결정하고 작품을 계획한다는 뜻을 내포하는 '명의모편(命意謨篇)'의 준말이다. 유협은 『문심조룡』에서 이 말과 같은 뜻으로 '부회(附會)'라는 용어를 사용하였는데, 이는 말을 하나로 모으고 뜻을 이치에 맞도록 꾸민다는 뜻을 함의한 '부사회의(附辭會議)'의 준말이다.

206) 박목월, 「비유·변화법」, 『文章의 技術』, 玄岩社, 1970, 254~266면.

여기서 주목할 것은, 박목월이 "시는 가치의 서술이기보다 직접 표출을 의도하는 표현이기 때문에 가치의 직접 표현인 은유를 많이 사용하게 된다"[207]고 주장한다는 점이다. 주지하는바, '은유'는 목월 시의 특징으로 알려진 시적 표현이자 비유법이기도 하다. 그런데, 조지훈의 주장은 이와 다르다. 지훈은 『시의 원리』를 통하여, 시창작법을 선(禪)의 미학(美學)적 '신비한 트릭'과 연결하여 설명하고 있다. 물론 지훈이 밝힌바, 시는 목월의 그것처럼 단순해야 한다는 점에서는 일맥상통하나, 그 작업은 시를 짓기 이전에 앞서 거론한 세 가지 훈련(복잡의 단순화·평범의 비범화·단면의 전체화)[208]에 전념해야 함을 전제하며, 시상과 시어를 포착하고 선별하는 시인의 정신(의식)을 중시하는 양상[209]을 보이기 때문이다.

> 시의 단순화는 오래 전부터의 나의 지론(持論)입니다. 나는 졸저(拙著) 『시의 원리』에서 시의 근본 원리로서 '복잡의 단순화', '평범의 비범화', '단면의 전체화'라는 세 가지를 들었습니다. (… 중략 …) 선(禪)의 미학(美學)이 우리의 구미에 쾌적한 것은 그 비합리주의와 반기교주의의 사고방식, 비상칭(非相稱) 불균정(不均整)의 형태미, 대담한 비약, 투명한 결정(結晶) 그런 것일 겁니다. 소박한 원시성, 건강한 활력성도 매력입니다. 생동하는 것을 정지태(靜止態)로 파악하고 고적(孤寂)한 것을 생동태(生動態)로 잡는 것은 신비한 트릭과도 같습니다.[210]

---

207) 박목월, 앞의 글, 265면.

208) 조지훈, 「또 하나의 시론 : 詩話」, 『조지훈 전집 2 : 시의 원리』, 나남출판사, 1998, 258~259면.

209) 조지훈, 「시의 원리」, 『조지훈 전집 2 : 시의 원리』, 나남출판사, 1998, 58면. 시의 "언어를 우리는 영감(靈感)이라 부를 수 있고 이 영감적 언어를 중심하여 상하 전후에 윤색(潤色)하고 화성(和聲)하는 언어를 배열함으로써 비로소 그 전체의 유기적 구성 속에 한편의 시가 탄생하는 것이다."

이로 인해 조지훈이 주장하는 '신비한 트릭'은 잡아내고 파악하는 능력이 단초로 기능하며, 그것을 표현하는 지훈 시의 비유는 주로 고적(孤寂)한 것을 생동태(生動態)로 잡아내어 표현하는 성향을 띠고 있다. 이로 인해 지훈 시에는 작품 안에 차용된 객관적 상관물의 특성을 세밀하게 파악하고 그것을 묘파하는 비유법이 주로 사용되고 있으며, 이는 생동하는 것을 정지태(靜止態)로 잡아내는 방법을 주로 사용하는 박목월 시의 시적 정서와 상당한 차이를 확보하는 요소로 작용한다.

3. 시의 표현 : 이미지와 정서

시는 인간이 경험한 미적세계를 표현한다. 시를 통하여 인간은 자신의 인생관 및 세계관을 드러내고 자신이 선험적으로 경험했거나 지금 경험하고 있는 미적 체험을 자극하여 현재적 삶으로 확대·재생산한다. 따라서 동일시대를 산 시인이 창작한 같은 주제 혹은 제목의 시라 하더라도, 또는 같은 소재로 형상화한 사회적 정황이라 하더라도, 그것은 시인에 따라 다르게 나타나게 마련이다. 이때 시인이 포착한 상황을 언어로 형상화하기에 좋은 방법이 기호의 코드(code)화,211) 곧 이미지의 차용이

---

210) 조지훈, 「현대시와 선의 미학」, 『조지훈 전집 2 : 詩의 원리』, 나남출판사, 1996, 220~223면 참조.

211) 조지훈, 「두 개의 방법」, ≪문학예술≫, 1956. 6; 조지훈, 「두 개의 방법 : 해석학적 방법과 의미론적 방법」, 『조지훈 전집 3 : 文學論』, 김인환 외 8인 編, 나남출판사, 1996, 190~192면; 김경용, 『기호학이란 무엇인가』, 민음사, 1994, 11~15면 참조. 문학텍스트는 기호의 코드화에 의해 창조되는데, 이 코드화 과정에서 작가는 온갖 비유 즉 은유, 환유, 제유, 이야기체, 신화, 이데올로기 등의 상징체계를 사용하게 된다. 시 분야에서 이것은 주로 이미지의 차용으로 이루어진다. 이로 인해 조지훈은 자신의 글 「두 개의 방법」을 통해 시의 비평방법으로 해석학적 방법과 의미론적 방법, 즉 어의(語義)와 의의(意義)에 주목할 필요성을 논한바 있다.

다. 그러므로 시는 루이스(C. D. Lewis; 1904~1972)가 1947년에 발표한 저서 『시의 이미지(*The Poetic Image*)』를 통해 규정한바,[212] 많은 이미지로 구성되는 언어의 그림이다.

시는 정서 또는 정열을 지닌 언어로 구성된 회화이다. 이때 개별적인 이미지는 시인의 시 안에서 일관되게 작용하는 상호텍스트성을 통하여 그 의미와 상징을 분석할 수 있는 일련의 틀로 기능한다. 이는 한 시인이 사용한 이미지들이 유비적으로 작용하며 연결되는 의미나 상징을 지니고 있기 때문이다. 시의 이미지(Poetic Image)[213]는 일반적으로 정신적 이미지, 비유적 이미지, 상징적 이미지로 대분되는데, 이는 텍스트로서의 시에 차용한 이미지의 제시방법에 따라 분류된다. 이러한 이미지 분석을 통하여 문학작품을 분석하는 것을 상징비평(象徵批評) 또는 주제비평(主題批評)이라 한다.

박목월 시와 조지훈 시에 나타나는 시적 정서는 시적 표현에 의한 이미지의 효과로서 정지와 동작의 교차를 통해 시적 성취를 이루어낸다는 점에 그 공통점이 있다. 그럼에도, 목월의 시가 미세한 동적 이미지로 긍정적 갈등과 긴장을 조성하며 현실을 묘파(描破)하면서 고요하고 맑은 정적 분위기를 환기시킨다면, 지훈은 깊고 그윽한 정적 이미지로 자연과의 합일을 추구하는 존재의지를 표현함으로써 내밀한 동적 분위기를 환기시킨다는 점에서 그 차이를 발견할 수 있다. 이들의 작품에 거듭 등장하는 이미지로서의 어휘로는 '산', '밭', '나무', '돌', '탑', '구름', '물', '꽃', '다리', '소리', '나비', '빛' 등의 이미지[214]를 들 수 있다.

---

212) C. D. Lewis, *The Poetic Image,* Cox & Wyman, 1966, pp. 17~18.

213) A. Preminger, ed., *Princeton Encyclopedia of Poetry & Poetics*, Princeton Univ., 1974, pp. 363~370.

214) A. Preminger, ed., op. cit., p. 833. "Thus a Literary Symbol unites an image (the

문학텍스트에서 상징은 이미지로 표현되는데, 이때의 이미지는 한 언어가 암시하거나 환기하는 심상과 이념 또는 개념의 결합으로 나타나게 마련이다. 때문에 현대시에서의 상징은 큰 비중을 차지하는 시적 표현의 일환이다. 이는 이미지를 통한 상징적 표현이 언어의 사용을 개선하고 부족한 표현을 보충할 수 있기 때문이기도 하다. 주목할 것은, 박목월 시에 차용된 이미지들은 고정되거나 고착되어 있는 이미지가 아니라 상시 움직이는 동적 이미지이며, 조지훈 시에 나타나는 이미지들은 깊고 그윽하고 고적한 정적 이미지라는 점이다. 목월 시에 나타난 이미지들은 식물적 이미지, 동물적 이미지, 인간적 이미지, 사물 이미지 그리고 영적 이미지로 대분할 수도 있다. 이중 식물적 이미지로는 주로 꽃, 나무, 풀 등을 들 수 있다. 이러한 이미지는 주로 인간의 객관적 상관물로 등장하며, 그 식물의 성장을 삶의 역사성을 상징하는 것으로 묘사하는바, 식물을 포함한 나무의 상징성이 우주의 삶을 의미215)하는 데 기인한다.

> 슬픔의 씨를 뿌려놓고 가버린 가시내는 영영 오지를 않고…… 한
> 해 한해 해가 저물어 質고은 나무에는 가느른 피빛 年輪이 감기었다.
> (가시내사 가시내사 가시내사)

---

analogy) and an idea or conception (the Subject) which that image suggests or evokes."

215) J. E. Cirlot, *A Dictionary of Symbols*, 2nd ed., Routledge and K. Paul, 1971, p. 347. "In its most general sense, the symbolism of the tree denotes the life of the cosmos: its consistence, growth, proliferation, generative and regenerative processes. It stands for inexhaustible life, and is therefore equivalent to a symbol of immortality. (⋯) The tree, with its roots underground and its branches rising to the sky, symbolizes an upward trend and is therefore related to other symbols, such as the ladder and the mountain, which stand for the general relationship between the 'three world' (the lower world: the underworld, hell; the middle world: earth; the upper world: heaven)."

목이 가는 少年은 늘 말이 없이 새까아만 눈만 초롱초롱 크고……
귀에 쟁쟁쟁 울리듯 차마 못잊는 애달픈 웃녘 사투리 年輪은 더욱
새빨개졌다

(가시내사 가시내사 가시내사)

이제 少年은 자랐다 구비구비 흐르는 은하수에 꿈도 슬픔도 세월
도 흘렀건만…… 먼 수풀 質고은 나무에는 상기 가느른 가느른 피빛
年輪이 감긴다

(가시내사 가시내사 가시내사)

― 「연륜(年輪)」(1946) 전문216)

「연륜」을 보자. 이 시에서 "나무"는 소년과 병치되는 객관적 상관물로
등장한다. 따라서 "소년"이 겪는 불운한 시절은 나무의 "가느른 피빛 연
륜"이 의미하는바, 비극적 현실이나 진배없다. 이는 다시 "목이 가는 소
년"이라는 묘사로 "눈만 초롱초롱 크고" 마른 소년의 모습과 "구비구비
흐르는 은하수에 꿈도 슬픔도 세월도 흘"러 성장한 소년의 모습 속에서
도 사라지지 않고 변함이 없는 "슬픔"을 연결하면서, 슬픔이 심화·확대
된 양태를 형상화한다. 성장하는 식물 이미지에 내포된바, 슬픔도 연륜
에 의해 자란 것이다. 이러한 시적 표현은 이른바 슬픔의 아웃 포커스라
할 만하다. 아웃 포커스란 피사체의 주위를 흐리게 하는 사진기술을 말
하는데, 지배적 이미지를 살리기 위해 다른 이미지를 죽이는 기법을 말
한다.
　박목월 시에는 은유적 이미지(지배이미지)를 살리기 위해 다른 이미
지를 배제함으로써 명징한 시적 정서를 환기하는 작품이 많다. 나무가

---

216) 박목월, 『청록집』, 을유문화사, 1946, 26~27면; 박목월, 「청록집」, 『박목월 시전
　　집』, 이남호 엮음, 민음사, 2003, 43면.

모여 궁극적으로 이루고 있는 산을 지배 이미지로 차용했을 때에도 이러한 현상은 일관성 있게 나타난다. 그런데 식물 이미지 안에 더 강인한 식물 이미지를 끼워 넣음으로써, 강인한 생명력을 표상한 작품도 있다. 「산이 날 에워싸고」에서 식물적 이미지는 산이 내포하는 숲이나 나무의 의미보다 한층 깊이 자리잡은 이미지로서의 "들찔레"와 "쑥대밭"이 내포하는바, 강인한 생명력을 갖고 사는 삶을 시사한다. 이는 일제강점기 한국문학에서 주로 사용된 "풀잎"이 상징하는바, 민중의 삶과 생존을 대변한다고 볼 수 있다. 야생초로 왕성한 번식력과 생존력을 상징하는 이 식물들은 모든 억압에 굴하지 않는 강인한 정체성과 의지를 구현하기도 한다.

> 산이 날 에워싸고
> 씨나 뿌리며 살아라 한다
> 밭이나 갈며 살아라 한다
>
> 어느 짧은 山자락에 집을 모아
> 아들 낳고 딸을 낳고
> 흙담 안팎에 호박 심고
> 들찔레처럼 살아라 한다
> 쑥대밭처럼 살아라 한다
>
> 산이 날 에워싸고
> 그믐달처럼 사위어지는 목숨
> 그믐달처럼 살아라 한다
> 그믐달처럼 살아라 한다
> ─「산이 날 에워싸고」(1946) 전문217)

하지만 박목월의 작품에서 이러한 이미지들은 삶을 대하는 굳은 의지보다는 녹록치 않은 삶, 즉 현실에 당면하여 느끼는 허탈한 정서를 환기시키는 면이 강하다. 그는 주로 이러한 심상을 이미지의 움직임에 착안하여 묘사하고 있다. 이로 인해 목월 시에 차용된 이미지들은 나고 자라며 성장하고 죽어가거나 죽는 등의 유동적 의미를 내포하며, 텅 빈 것 같이 고요하고 맑은 정취를 한껏 뿜어낸다. 이러한 정취는 서정적 자아를 객관적 상관물에 투영시키면서도 고요한 아름다움을 추구한 목월의 시적 경향에 기인한다. 그런가하면, 조지훈 시에는 꽃 이미지가 많이 나타난다. 꽃 이미지는 주로 생명탄생의 경이로움과 시간의 영속성을 나타낸다. 꽃 앞에서 시인의 상상력은 대개 확대된다.

상상력의 확대양상은 작품을 통하여, 보편적 관념에서 특별한 의미를 지닌 객관적 상관물로 자리잡는다. 그리하여 생명의 탄생과 경이로움에 연결될 때에는 어떤 특별한 존재의 탄생이나 생성으로 형상화되며,[218] 시간의 연속성과 직결될 때는 생명의 성숙이나 존엄성에 대한 지난한 과정을 함의하게 된다.[219] 한편, 이 두 가지 양상이 혼재되어 나타나는 경우도 있다. 이렇게 꽃의 이미지가 지배이미지로 나타나는 경우는 「절정(絶頂)」을 통해서 볼 수 있다. 주지하다시피 「절정」은 조지훈이 가장 좋아했던 시이다. 이는 이 작품이 조지훈의 생애에 대한 철학적 사관을 담고 있기 때문이라 사료된다.

　　나는 어느새 천길 낭떠러지에 서 있었다 이 벼랑끝에 구름속에

---

217) 박목월, 『청록집』, 을유문화사, 1946, 32~33면; 박목월, 「청록집」, 『박목월 시전집』, 이남호 엮음, 민음사, 2003, 46면.

218) 이러한 작품으로는 김춘수의 「꽃」과 이육사의 「꽃」을 들 수 있다.

219) 여기 해당하는 작품으로는 서정주의 「국화 옆에서」가 있다.

또 그리고 하늘가에 이름 모를 꽃 한송이는 누가 피워 두었나 흐르
는 물결이 바위에 부딪칠 때 튀어 오르는 물방울처럼 이내 공중에서
사라져 버리고 말 그런 꽃잎이 아니었다.

몇만년을 울고 새운 별빛이기에 여기 한송이 꽃으로 피단 말가
죄 지은 사람의 가슴에 솟아 오르는 샘물이 눈가에 어리었다간 그만
불 붙는 심장으로 염통 속으로 스며들어 작은 그늘을 이루듯이 이
작은 꽃잎에 이렇게도 크낙한 그늘이 있을줄은 몰랐다.

한점 그늘에 온 宇宙가 덮인다 잠자는 宇宙가 나의 한방울 핏속에
안긴다 바람도 없는곳에 꽃잎은 바람을 일으킨다. 바람을 부르는 것
은 날오라 손짓하는것 아 여기 먼 곳에서 지극히 가까운 곳에서 보
이지 않는 꽃나무 가지에 心臟이 찔린다 무슨 野獸의 體臭와도 같이
戰慄할 향기가 옮겨 온다.

—「絶頂」(1952) 부분220)

「절정」에 제시된 꽃은 처음에는 무척 보편적인 꽃이다. 이로 인해 다
소 추상적으로까지 비쳐지는 이 꽃은 시의 전개에 의하여 공중에서 이내
사라져버리는 부질없는 존재에서 우주를 덮을 만큼 영원불멸한 아름다
움을 지닌 꽃으로 심화·확대되며, 이를 통해 서정적 자아를 고취시키며
승화된 심상으로 고무한다. 따라서 이 작품의 시적 정서는 선(禪) 사상을
함의한다. 이는 이 꽃이 만든 한 점의 그늘이 "온 우주"를 덮을 만큼 넓
고, 그 우주는 다시 집약되어 시적 자아의 "핏속"에 한 방울의 피로 내재
될 만큼 농밀한 것으로 묘사됨으로써 가능하다. 한껏 피어나 '절정'의 경

---

220) 조지훈, 『풀잎斷章』, 창조사, 1952; 조지훈, 『조지훈시선』, 정음사, 1958, 64~67
면; 조지훈, 「풀잎斷章」, 『조지훈 전집 1 : 詩』, 김인환 외 8인 編, 나남출판사,
1996, 49~50면.

지를 뽑내는 꽃잎을 보며, '사무사(思無邪)'[221]를 깨닫는 서정적 자아는, 그로 인해 "고요히 웃고 있는" 인생의 달관자로서의 경지를 조촐히 드러내며 조지훈 시의식의 절정을 반영하고 있다. 한편, 「화체개현」은 꽃 이미지가 지배이미지로 나타나면서도 존재의 탄생이나 생성 등의 시간개념을 내포하고 있는 경우이다.

실눈을 뜨고 벽에 기대인다 아무것도 생각할 수가 없다

짧은 여름밤은 촛불 한자루도 못다 녹인채 사라지기 때문에 섬돌 우에 문득 石榴꽃이 터진다

꽃망울 속에 새로운 宇宙가 열리는 波動! 아 여기 太古쩍 바다의 소리 없는 물보래가 꽃잎을 적신다

방안 하나 가득 石榴꽃이 물들어 온다 내가 石榴꽃 속으로 들어가 않는다 아무것도 생각할 수가 없다

　　　　　　　　　　　　　　　　　　　　　—「花體開顯」(1956) 전문[222]

---

221) 김학주 편, 「爲政」, 『대학고전총서 5 : 論語』, 서울대학교출판부, 1985, 115면. "子曰 ; 詩三百, 一言以蔽之, 曰思無邪."[공자가 말했다. 『詩經』의 시를 한마디로 표현하면 '생각에 사악(邪惡)함이 없는 것'이다.] 이는 곧 "생각에 사사로운 마음이 없는 상태"를 말하며, '사물을 있는 그대로 볼 수 있는 경지'를 뜻한다.

222) 조지훈, 『풀잎단장』, 창조사, 1952; 조지훈, 『조지훈시선』, 정음사, 1958, 72~73면; 조지훈, 「풀잎단장」, 『조지훈 전집 1 : 詩』, 김인환 외 8인 編, 나남출판사, 1996, 43면; 조지훈, 「조지훈시선」, 『조지훈 전집 1 : 詩』, 김인환 외 8인 編, 나남출판사, 1996, 95면. 지훈은 이 시를 「아침」이라는 제목으로 1940년 12월에 발행된 ≪문장≫에 발표하고, 1949년 2월에 간행된 ≪학풍≫에도 게재한바 있는데 (조지훈, 「아침」, ≪문장≫, 1940. 12; 조지훈, 「아침」, ≪학풍≫, 1949. 2 참조.), 각 지면마다 시의 표기법에 다소 차이를 보이고 있다.

「낙화」에서 그것은 지는 꽃의 형상으로, 「화체개현」에서는 피어나는 꽃의 형상으로 시화화되었다. 「화체개현」은 사실 『풀잎단장』(1952)에 「아침」이라는 제목으로 수록된 시이다. 이는 이 시에 등장하는 꽃 이미지가 보조의미(보조적 이미지)223)에서 중심의미(지배이미지)로 바뀌었음을 내포한다. 이는 꽃을 통해 세상의 질서를 새롭게 확인하며 느끼는 온갖 환희와 번뇌를 시인은 공감각적 심상을 통해 몰아일여(沒我一如)의 경지를 그려낸다는 점에서 그 제목을 '아침'이라 했을 때보다 큰 힘을 확보하는 것으로 알 수 있다. 「화체개현」에서, 석류224)꽃이 피는 모양을 새로운 우주가 열리는 파동으로 감지한 서정적 자아는 그 꽃을 통해 자신 안에 있는 내면적 우주가 열리는 것을 느낀다. 이로 인하여 시적 자아는 "아무것도 생각할 수가 없다."

그런데, 우주가 열리는 내밀한 운동성을 포착하는 이 경지는 두 눈을 다 뜨고 볼 수 있는 것이 아니다. "실눈을 뜨고 벽에 기대"야만 보이는 것이다. 즉, 우주가 열리는 파동과 파격은 물체를 직시한다고 생각하는 인식의 틀을 통해서는 볼 수 없다. 조지훈이 말한바, 만물을 모두 정확히 보고자 하는 욕망에 근거한 의지를 버릴 때 비로소 터득하게 되는 무념

---

223) 조지훈 시에서 꽃 이미지가 보조의미로 사용된 작품으로는 「合掌」·「便紙」·「念願」·「窓」 등을 들 수 있다.

224) J. E. Cirlot, *A Dictionary of Symbols*, Philosophical Library, 1962, p. 249. 석류(石榴, pomegranate)는 아시아산 관목 또는 소교목인 석류나무(Punica granatum)의 열매로 동양에서는 포도·무화과와 더불어 오래전부터 중요하게 여겨졌던 식물(과실)이다. 구약성경 「아가」서에 등장하는 이스라엘의 지혜로운 왕 솔로몬도 석류과수원을 소유하고 있었다고 알려져 왔으며, 유대인들이 이집트에서의 편안한 생활을 버리고 광야생활을 했던 이스라엘 백성들도 그들의 기억 속에 남아 있는 석류의 시원함을 간절히 바랐다고 전해진다. 한편, "질투와 증오를 없애려면 석류를 없애라"고 한 마호메트의 말도 석류와 관련한 일화로 유명한데, 이는 석류가 희랍의 神 디오니소스의 피(血)에서 생겨났다고 보는 희랍인들의 오래된 인식에서 비롯되었다고 보인다.

무상의 상태에서만 볼 수 있는 깨달음의 경지이기 때문이다. 이로 인하여 이 작품은 「낙화」와 상호텍스트성을 이루며, 한국 전통문화 안에 내포되어 있는 선(禪) 사상, 곧 불교적 세계관을 함의하고 있음을 극명히 드러낸다. 이는 그 복잡다단한 모양의 붉은 꽃이 방안을 물들이며 차올라, 종국에는 시적 자아로 하여금 아무 생각 없이 그 꽃 속으로 들어가 앉도록, 석류꽃의 붉은 꽃물과 '사무사(思無邪)'적 절정을 깨닫는 서정적 자아를 드러내는 데서 비롯된다.

> 나는 시의 감수(感受)되는 상태인 '생명의 고조'는 의식이 무의식
> 화할 때, 무의식이 의식화할 때 어느 것에서나 다 가능하다는 것을
> 믿을 뿐 아니라 체험한다. 다시 말하면, 자기와 대상의 융(融), 즉 주
> 관과 객관이 합일하는 지극히 넓은 세계가 지극히 짧은 찰나에 체득
> 되는 시의 모체는 구경(究竟) 영원한 그리움의 연속상태에서 그 작
> 은 파동에 지나지 않기 때문이다. 시 창조라는 것이 이와 같이 '의식
> 과 무의식의 조화운동'이기 때문에 의식적 노력이 없이는 시가 창조
> 될 수 없으나 그 창조활동의 근저(根底)에는 언제나 무의식의 신비
> 가 있다는 것이다. 이것이 감성이 초감성화(超感性化) 하는 상태요,
> 유한과 무한이 통일하는 상태, 자연과 인공이 교감되는 상태이
> 다.225)

이는 앞서 논한바, 인생의 달관자로서의 해탈의 경지를 조촐히 드러내는 조지훈 시의식의 반영이라 아니할 수 없다. 꽃(사물)과 우주의 생성과 소멸을 동일시하는 지훈의 이러한 사유체계는 그의 시 「코스모스」에서 극대화된다. 한편, 박목월 시에 등장하는 동·식물적 이미지는 대개

---

225) 조지훈, 「시의 인식」, 『조지훈 전집 2 : 시의 원리』, 김인환 외 8인 編, 나남출판
　　사, 1996, 73면.

온순하고 유약한 부류가 많다. 그것은 대표적으로 "노루"도 "암노루", "사슴"도 "암사슴", "고사리"도 "꽃고사리" 그리고 "비둘기", "송아지", "노고지리" 등의 이미지를 보아도 알 수 있으며, 그 이름만으로도 부드러움이 느껴지는 유순한 것들임을 알 수 있다. 이러한 이미지들은 주로 인생세간의 희로애락(喜怒哀樂)을 표상하거니와, 목월 시에 단독적으로 기능하는 것이 아니라, 앞에 거론한 식물적 이미지와 결합하여 시적 정서를 고양하는 미적 효과를 거둔다.

> 비둘기 울듯이
> 살까보아
> 해종일 구름밭에
> 우는 비둘기
>
> 다래머루 넌출은
> 바위마다 휘감기고
> 풀섶 둥지에
> 산새는 알을 까네
>
> 비둘기 울듯이
> 살까보아
> 해종일 산넘어서
> 우는 비둘기.
>
> ─「구름 밭에서」(1955) 전문226)

　그런가하면, 「구름 밭에서」는 단란한 가족을 꾸리고 살아가는 비둘기

---

226) 박목월, 『산도화』, 영웅출판사, 1955; 박목월, 「산도화」, 『박목월 시전집』, 이남호 엮음, 민음사, 2003, 72면.

의 모습에 인간의 삶을 대입한 작품이다. 흔히 평화의 상징으로 알려진
바, 비둘기는 온순하고 암수 사이가 다정한 생래적 특성을 지닌 동물로
구분된다. 이 시를 통해 시적 자아는 허구한 날 구구대며 알을 까고 사는
비둘기의 일상을 자신의 삶보다 유유자적(悠悠自適)한 생활로 묘사하면
서, 현실에 의해 차마 그럴 수도 없는 자신의 심상을 형상화하고 있다.
이 시는 시제인 "구름 밭에서"를 통해 앞을 예견할 수 없는 현실에 대한
인식을 담아놓고 있음을 암시한다는 점에서도 주목할 만하다. 시의 내용
과 제목을 통해 시적 정서를 각인시키는 목월의 시적 장치는 「구름 밭에
서」 외에 「해으름」과 「산그늘」을 통해서도 확인할 수 있다.

> 山
> 첩첩
> 쓸리는 구름
>
> 잔솔포기 자라서
> 嶺넘어 가고
>
> 情은 萬里
> 해으름 千里
>
> 객주집 문전에
> 나귀가 운다.
>
> —「해으름」(1955) 전문[227]

---

227) 박목월, 『산도화』, 영웅출판사, 1955; 박목월, 「산도화」, 『박목월 시전집』, 이남
호 엮음, 민음사, 2003, 67면.

「해으름」과 「산그늘」은 구름 이미지를 차용하여 고양된 슬픔을 형상화하고 있는데, 이때 사용된 구름 이미지가 정지된 것이 아니라 흘러가는 구름이라는 점을 고려하면, 박목월 시 가운데 많은 작품이 동적 이미지를 사용하여 고즈넉한 정적 분위기를 환기시키고 있음을 재확인할 수 있다. 이 가운데 「해으름」은 그리움에 사무치는 시적 자아를 "나귀"에 투영시킴으로써, 날이 저물어가는 '해'와 들리기 시작한 나귀 울음'소리'를 대비시킴으로써 시의 분위기를 고조시킨다. 한편, 「해으름」의 마지막 연 끝행의 "나귀가 운다"는 『산도화』에 "초롱이 켜진다"로 표기된바, 해가 (사라)지기 시작하면서 새로 (드러)나는 것을 이미지로 차용했다는 측면에서 일관성이 있다. 이 시의 시제 "해으름"은 '해름'의 다른 표기로 보이는데, '해름'228)은 해가 서쪽으로 기울어지는 때를 뜻하는 말이다.

　　　물에서 갓나온 女人이
　　　옷 입기 전 한때를 잠깐
　　　돌아선 모습

　　　달빛에 젖은 塔이여!

　　　온 몸에 흐르는 윤기는
　　　상긋한 풀내음새라

　　　검푸른 숲 그림자가 흔들릴 때마다
　　　머리채는 부드러운 어깨 위에 출렁인다.

　　　희디흰 얼굴이 그리워서

---

228) 박용수, 『우리말 갈래사전』, 한길사, 1989, 523면.

조용히 옆으로 다가서면
수지움에 놀란 그는
흠칫 돌아서서 먼뎃산을 본다.

재빨리 구름을 빠져나온
달이 그 얼굴을 엿보았을까
어디서 보아도 돌아선 모습일 뿐

永遠히 얼굴은 보이지 않는
塔이여!

(…중략…)

아련한 몸매에는 바람 소리가
잔잔한 물살처럼
감기고 있었다.

－「餘韻」(1964) 부분[229]

    한편, 조지훈은 「여운」을 통해 해가 진 뒤 달빛에 빛나는 탑의 모양을 노래하고 있다. 이 작품에서 탑 이미지는 돌의 용도 및 역사성과 긴밀히 연결되어 건축물로서의 탑과 직결되는 것으로, 민족 고유의 전통과 기원을 함의한다. 탑의 의미는 동·서양을 막론하고 기호서사학적 의미를 확보하고 있으며, 이로 인해 거개 작품에 역사에 대한 의지 및 기원의 표상으로 등장한다. 서양에서 탑 이미지는 군사적 목적과 종교적 의미를 갖는 건축물로서 영혼의 세계와 창작자의 사상을 상징한 작품이 주를 형성

---

229) 조지훈, 『여운』, 일조각, 1964, 14~17면; 조지훈, 「여운」, 『조지훈 전집 1 : 詩』, 김인환 외 8인 編, 나남출판사, 1996, 217~218면.

하고 있으며, 동양에서 그것은 종교적 행사로써 부처의 사리 봉안 및 공양·보은을 위해 세워졌다. 이로 인해 탑은 부처의 유골을 봉안한 무덤으로 여겨졌으며, 탑을 도는 행위 또는 탑에 참배하는 의식 등이 불교의 가장 경건한 신앙행위라는 일련의 의미를 획득하게 되었다.

한국의 탑은 목탑(木塔)을 시초로 하여 삼국시대와 통일신라시대를 거치며 석조물의 양상을 띠게 되었는데, 이러한 석탑(石塔)은 한국조형미술의 미적 경지를 한 단계 끌어올리기도 하였다. 한국의 탑은 뛰어난 조탁미와 우아미로 유명하다. 지훈 시 「여운」에서는 이러한 탑의 아름다움이 방금 목욕을 끝내고 나온 여인의 꾸밈없는 모습과 달의 섬세한 아름다움과 직결되면서 더욱 부조된다. 이는 탑 이미지 위에 클로즈업되는 "달빛", "풀내음새", "검푸른 숲", 흔들리는 "그림자"로 인해 탑의 내밀한 모습의 비밀이, 마악 목욕을 끝내고 나온 여인의 알몸에 있는 "물기", "온 몸에 흐르는 윤기", 어깨 위에 출렁이는 "머리채", 얼굴을 보여줄 기미가 없는 여인의 "희디흰 얼굴", 전혀 예기치 못했던 급작스러운 인기척에 황망한 듯 "남갑사"를 걸치고 바람을 가르며 사라져가는 여인의 정취와 병치됨으로써 시적 정서로서의 '여운'을 한껏 고취시키는 데서 연유한다.

멀리서 보면
寶石인 듯

주워서 보면
돌멩이 같은 것

(… 중략 …)

아무 데도 없다
幸福이란

스스로 만드는 것

마음 속에 만들어 놓고

혼자서 들여다보며
가만히 웃음짓는 것.

—「幸福論」(1967) 부분230)

조지훈은 이러한 돌 이미지를 1967년 10월 22일자 ≪한국일보≫에 게재한 「행복론」에 차용하고 있다. 「행복론」에 돌은 보석과 대립하는 사물로 등장하는데, 그것은 후에 서술되는 찾아가는 행위와 "아무 데도 없다"는 깨달음과 직결되면서 뒤의 "마음 속에 만들어놓고//혼자서 들여다보며/가만히 웃음짓는 것"을 받는 언술구조로 인해, 지훈의 후기시에 짙게 내포되어 있는 불교적 사유[一切唯心造]를 확연히 드러내고 있다. 다시 말하면, 지훈은 「행복론」을 통해, 행복이란 세상만물에 얽힌 사사로운 감흥을 내려놓고 혼자서 가만히 웃는, 이른바 '법열의 미소'를 띠게 되는 것임을 진술하고 있는 것이다. 지훈의 이러한 종교적 상상력은 「합장」과도 그 맥을 같이한다.

자다가 외로 일어
물소리 새록 차다.

<hr>

230) 조지훈, 「日曜詩壇」, ≪한국일보≫, 1967. 10. 22; 조지훈, 「바위頌」, 『조지훈 전집 1 : 詩』, 김인환 외 8인 編, 나남출판사, 1996, 280~281면.

깊은 산 고요한 밤
촛불은 단 하나라

눈감고 무릎 꿇어 合掌하는 마음에
한오리 香煙이 피어오른다.

내 더러운 五體를
고이 불사르면

水晶처럼 언 叡智에
煩惱도 꽃이 되리

조촐한 마음은
눈물로부터……

— 「合掌」(1996) 전문231)

「합장」은 『바위頌』에 수록된 작품으로 조지훈의 사후 발표되었는데, 해탈을 향한 득도의 마음을 잘 표현하고 있다고 평가받는다. 물, 소리, 돌, 촛불 등의 이미지와 감각 이미지를 병용하면서 불교적 사유를 드러내고 있는 이 작품은 크고 깊은 해탈의 경지가 꾸밈없는 마음의 눈물에서 시작되는 사소한 것임을 고한다. 「합장」에서 해탈을 향한 마음은 곧 근원을 향한 구도의 자세를 의미하며, 그것을 향하는 의지적 행위의 궁극은 "더러운 오체를/고이 불사르"는 것이거니와, 그것의 발로는 "눈물" 이라고, 해탈의 경지에 이르는 길을 담담한 어조로 제시하고 있다. 그것은 온갖 애욕이 들끓는 육체를 불살라 없애고 나면, 밝은 지혜[叡智]는

---

231) 조지훈, 앞의 책, 308면.

수정처럼 아름다운 보석으로 응결[氷]되어 끓어오르는 번뇌초자 꽃이 되리라는 전망에 다름아니다. 이는 '물' 이미지에 투영된 마음의 표상이다.

「합장」에 '물' 이미지는 시에 등장하는 촛불, 탑, 돌 이미지와 한데 어우러지며 시적 성취를 이루는 이미지로 기능한다. 「합장」은 종교적 상상력이 존재의 근원을 파고들어가 원초적인 것과 영원적인 것을 구별해내고, 자연 속에서 또한 인생의 안팎에서 시간과 공간을 지배하는 힘을 확보하게 되는 양상을 드러낸다. 이때 시의 외연적 구조로서의 형식은 그 안에 내포하고 있는 의미의 종자[232]를 잉태하여 경작하기 시작한다. 즉, 상상력이 시의 힘을 모아 자라게 하는 것이다. 이 작품에 차용된 눈물 이미지는 이러한 측면에서 물의 역동성, 곧 역동적 상상력을 내포하고 있다.

바슐라르에 의하면,[233] 역동적 상상력이란 물의 물질적 상상력이 무의식 세계에서 그 상상력을 지배하는 물질에 머무르지 않고 보다 능동적인 힘을 획득하여 인간의 의지(volonté)를 지배하게 되는 상황을 말한다. 이를 고려할 때, 「합장」에 차용된 시어 '눈물'은 물 이미지로서 물의 내밀한 운동성을 내포하며, 시적 자아로 하여금 "조촐한 마음"에서 "오체를 불사르는" 행위로까지 나아가게끔 하는 지배력을 함의한다. 그리고 이는 다시 이 작품 안에서 인간의 삶이 지니고 있는 역사성과 융합되면서 근원의 순수함과 맑음을 부각시키는 이미지[234]로 기능한다. 이러한

---

232) Gaston Bachelard, 「상상력과 물질」, 『물과 꿈』, 이가림 역, 문예출판사, 1980, 8~10면. 여기서 바슐라르는 이 의미군이 획득하는 새로운 힘의 특성을 '실체 (Substance)'라는 용어로 표현하고 있다. 이는 한국어로 '존재'·'실질'·'본질'·'실체' 등의 다양한 어휘로 옮길 수 있으며, 이는 각 문맥 안에서 스스로 있는 존재, 물질의 본질, 추상적 사물의 본질, 자신 및 어떤 것의 특성을 규정짓는 성질 등으로 설명할 수 있다.

233) Gaston Bachelard, 앞의 책, 367~370면.

눈물 이미지를 극대화하면서 「합장」과 상호텍스트성을 이룬 시로는 「십자가의 노래」를 들 수 있다.

　　　눈물 먹음은듯 내려 앉은 잿빛 하늘에
　　　오늘따라 소슬한 바람이 이는데
　　　오랜 괴로움에 아픈 가슴을 누르고
　　　말없이 걸어가는 이 사람을 보라.

　　　뜨겁고 아름다운 눈물이 흩어지는 곳마다
　　　향기로운 꽃나무 새싹이 움트고
　　　멀리 푸른 바다가 쏴하고 울어 오건만
　　　만백성의 괴로움을 홀로 짊어지고
　　　죄없이 十字架에 오르는
　　　이 사람을 보라.

　　　(…중략…)

　　　언제나 비쵀는 저 맑은 빛과
　　　어데서나 피는 꽃 내 보람이여!
　　　죽지 않으리 죽지 않으리
　　　천번을 못박아도 죽지 않으리.

---

234) 문학에서 물은 근원과 원천의 상징으로서 잠재된 모든 것의 총체적 개념으로 적용되어 왔다. 이는 물 이미지가 지닌 서사성에 의한 것이라 할 수 있다. 이로써 물 이미지는 거개 작품 속에서 시간의 흐름, 즉 역사의 전개과정과 그 맥을 같이하고, 시대상을 반영하면서 맑은 물과 탁류 등으로 표기되어 왔다. 여기서의 눈물 이미지는 고통과 발효를 동시에 내포한다(Mircea Eliade, 『이미지와 상징』, 이재실 옮김, 까치글방, 1998, 165~175면; 이동순, 「한국 현대시에 나타나는 '물'」, 『잃어버린 문학사의 복원과 현장』, 소명출판사, 2005, 465~471면; Mircea Eliade, 『성과 속』, 이은봉 옮김, 한길사, 1998, 131~132면 참조.).

이 絶望 같은 언덕에 들려오는 것
바위를 물어뜯고 왈칵 넘치는
海溢이여 마즈막 물결 소리여!

　　　　　　　　　　　—「十字架의 노래」(1959) 부분235)

　제목 아래 'ECCE HOMO'라고 부재가 표기된「십자가의 노래」는 말미에 '美蘇共委'에 부치는 시임을 밝혀놓고 있다. 여기서 'ECCE HOMO'란 라틴어로 "이 사람을 보라"는 의미를 지닌 말인데, 이는 벌게이트가 번역한 라틴어 신약성경, 요한복음 19장 5절에 나오는 구절이다. 이 구절은 그 문맥상, 예수의 무죄를 선언하는 재판관 빌라도의 말이거니와, 당시의 여론 즉 예수를 죽여야 한다는 유대인들의 주장에 떠밀려 결국은 십자가에 예수를 못박게 되는 일단의 심리를 내포하고 있는데, 조지훈은 이를 '미소공동위원회'와 연결시키고 있는 것이다. '미소공동위원회'는 대한민국임시정부 수립을 위해 1946년 1월에 만들어져 3월 20일 최초로 열린 미국과 소련의 대표자회의이다.

　1차에서 별다른 합의점을 찾아내지 못한 이 회의는 1947년 5월 21일에 2차 회의가 개최되었으나, 7월에 소련측이 미국측의 지지기반인 신탁통치 반대투쟁 단체를 제외하자고 주장하고, 이에 대해 미국측이 소극적인 태도를 보이면서 결렬되었다. 이후 미소공동위원회의 소관사항이었던 한국문제는 10월에 국제연합(UN)으로 이관되었으며, 이를 통해 한반도는 결국 분단되었다. 이로 인해 문단 또한 이념적으로 양분되는 현상이 벌어졌다. 조지훈은 이러한 "조국과 문단의 현실"236)을 아무런

---

235) 조지훈,『역사 앞에서』, 신구문화사, 1959, 37~40면; 조지훈,「역사 앞에서」,
　　　『조지훈 전집 1 : 詩』, 김인환 외 8인 編, 나남출판사, 1996, 145~147면.
236) 최원식,『한국근대문학을 찾아서』, 인하대학교출판부, 1999, 341~346면 참조.

죄가 없음에도 모든 사람의 죄를 대속하고 죽기 위하여 진 '예수의 십자가'와 동일시함으로써, 당시 한민족이 놓인 국제적·정치적·사회적 전망을 예수가 십자가를 지던 당시의 정황으로 재현시킨다. 이는 외세에 의해 분단된 한반도, 곧 겨레의 터전과 정신 및 체제에 대한 절절한 통한인바, 당시 슬픔에 대하여 이보다 더 애통하게 노래할 수는 없었으리라는 측면에서도 높이 평가하고 주목할 필요가 있다.

「십자가의 노래」는 종교적 상상력의 소산이라는 점에서 「합장」과 상보적 관계를 이루고 조지훈 시에서 보다 넓고 깊은 사유체계를 보인다는 점에서 주목할 만하다. 왜냐하면, 「십자가의 노래」는 근원에 대한 지훈의 탐구가 불교사상에만 머무르고 마는 것이 아니라, 자신이 심취했던 모든 학문 및 철학을 포함하여 기독교사상으로까지 나아가는 일면을 보여주기 때문이다. 이로 말미암아 그의 시에는 표현방법과 시어의 선별은 물론 그 형식과 구조적 측면에서 다양하고 실험적인 면면이 있음을 배제할 수 없다.

「십자가의 노래」에서 주목할 것은 "십자가"와 "이 사람", 그리고 "절망"이라는 시어이다. 이는 '십자가'가 이른바 '해골의 언덕'이라 불리는 '골고다'에 세워진 사형의 도구이며, 당시 가장 악질적인 정치범이 그보다 더할 수 없는 온갖 모욕과 수치를 당하며 죽어야 했던 장소[空間]라는 점을 고려할 때, 이 작품의 '십자가'가 정적 이미지임을 알게 되기 때문이다. 뿐만 아니라, 자신을 따르던 제자들을 포함하여 모든 사람에게 배신당한 채 의지가지없는 몸과 마음으로, 그것도 인류를 대신하여 죽기 위하여 "죄없이 십자가에 오르는" "이 사람" 곧 그 당시 예수의 모습[時間]은 그야말로 고독(孤獨)과 적막(寂寞)에 싸인 "절망(絶望)"의 다른 이름이나 진배없다.

이로써 조지훈 시는 꽃, 촛불(불), 탑(돌), 물(눈물) 등의 그윽하고 깊은

'정적 이미지'[靜]를 통해 자연과의 합일을 추구하는 존재의 의지를 표현함으로써, '동적 정서'[動]를 창출해내는 것을 알 수 있다. 이는 지훈이 『시의 원리』를 통해 밝혀놓은바, 선(禪)의 미학(美學)적 '신비한 트릭'237)과도 연결된다. 즉, 조지훈 시는 그가 『시의 원리』를 통해 밝혀놓은 대로 "고적(孤寂)한 것을 생동태(生動態)로 잡는" '신비한 트릭'을 사용하여 창작한 시들이 많다. 이로 인해 그의 시는 정(靜)적 이미지에 의하여 동(動)적 분위기를 창출해내는 시적 효과를 이룬다.

이에 비해 박목월은 조지훈이 말한바 "생동하는 것을 정지태(靜止態)로 파악"하여 묘사하는 '트릭'을 주로 사용하였다. 따라서 목월 시는 '동적 이미지'[動]에 의해 '정적 정서'[靜]를 환기해내는 시가 많다. 목월 시와 지훈 시의 이러한 차이는 각 시인의 종교적 상상력으로 인해 매우 큰 변별성을 확보하게 된다. 이는 목월이 '다리' 이미지를 인체의 '다리'와 연결시켜 혼용하고 있는 시, 「가교」를 통해서도 엿볼 수 있다.

> 흔들리며 다리를
> 가누며 흔들리는 다리를
> 사람들은 건너가고 있다.
> 난간쪽으로 열을 지어서
> 다리의
> 저편이 보인다는 것은
> 착각이다.
>
> (…중략…)

---

237) 조지훈, 「현대시와 선의 미학」, 『조지훈 전집 2 : 詩의 원리』, 나남출판사, 1996, 220~223면; 졸고 157~158면, 각주 210) 참조.

물론 우리는
저편에 닿게 될 것이다.
흔들리는 다리가 끝나면
하지만 누구나
자기가 바라는 곳에 이르게 되리라고
믿는 것은 착각이다.
대체로
전혀 생소한 곳에 이르게 된다.
그리고 마지막 난간에 의지하여
경악과 두려움으로
사방을 두리번거리게 된다.

　　　　　　　　　　—「가교(假橋)」(1976) 부분238)

「가교」에 등장하는 '다리' 이미지는 두 가지 의미를 내포하고 있다. 첫 번째는 사물 이미지로서의 건축물 "다리"요, 두 번째는 인간적 이미지로서 신체의 일부를 이루는 "다리"이다. 그런데 이 작품 안에 등장하는 "다리"는 모두 흔들리는 존재이다. 따라서 애써 지탱하고자 하는 의지의 힘이 개입되어야 제대로 걸을 수 있으며, 수리·보존되거나 새로 건축될 수 있다. 이를 고려할 때 이 작품의 다리 이미지는 인생의 행로 또는 미래를 함의하는바, 불확실한 인생 여정의 표상이라 아니할 수 없다. 그러므로 「가교」는 '기억'으로 재현되는 순간 언제나 현재성을 지니게 되는 과거와 오래 전부터 생의 저 편에 존재했던 미래 사이를 잇는 삶의 여로로서의 현재를 다리 이미지로 부조239)하고 있는 것이다.

---

238) 박목월,『무순』, 삼중당, 1976, 74~76면; 박목월,「무순」,『박목월 시전집』, 이남호 엮음, 민음사, 2003, 498~499면.

239) 이는 '다리'에 관한 '기억'이 언어와 사유에 작용함으로써 가능하다. 텍스트로서의 시 한 편이 동일인의 다른 시와, 또는 동시대 다른 이의 작품과 상호텍스트성을

이러한 흔들림 또는 흐름은 박목월 시를 관류하는 이미지의 경향으로 동작과 정지가 교차되는 현상을 보인다. 여기서 동작이라 함은 목월 시의 이미지군이 내포하는바, 그 유동성(동작 또는 움직임)에 근거하며, 정지라 함은 그 이미지의 움직임에 의해 확보된 시적 정서로서 맑고 고요하며 정갈한 분위기를 의미한다. 한편, 「가교」에 등장하는 이미지로서의 '다리'가 내포하는 두 가지 의미 중 하나가 인체의 다리를 표상하듯이, 목월 시에는 인간적 이미지도 많이 등장한다. 그것은 주로 생명을 상징하는 데 사용되었다.

> 흐릿한 봄밤을
> 문득 맺은 인연의 달무리를
> 타고. 먼나라에서 나들이 온
> 눈물의 훼어리.
> (손아귀에 쏙 드는 하얗고 가벼운 손)
>
> 그도 나를 사랑했다.
> 옛날에. 흔들리는 나리 꽃한송이……
> 긴 목에 울음을 머금고 웃는
> 눈매. 그 이름
> 눈물의 훼어리……
>
> (…중략…)
>
> 무지개 삭아지듯
> 눈물 젖은 내 볼위에서

지니는 것도 이에서 비롯된다.

昇天한, 그 이름
눈물의 눈물의 훼어리.

사랑하느냐고.
지금도 눈물어린
눈이 바람에 휩쓸린다.
연한 잎새가 펴나는 그 편으로 일어오는
그 이름, 눈물의 훼어리.
　　　　　　　　　　　 ―「눈물의 Fairy」(1959) 부분240)

　「눈물의 Fairy」에서 "눈물"은 다의성을 확보하고 있다. 그것은 '사랑'
일 수도 있고, '연인'일 수도 있으며, '어머니'일 수도 있고, 신앙의 체험
으로 인한 깨달음을 함의하고 있을 수도 있다. 그럼에도 이 시에서는 "눈
물"의 의미 자체가 중요하지는 않다. 왜냐하면, "사랑이라는 말의 뜻이
달라졌"기 때문이다. 그런데 시어 "Fairy"가 가공적인 아름다움과 상상
의 아름다움을 뜻하는 것으로 보아, 이 시의 시어 "눈물"은 시적 자아의
내면에서 지극히 주관적으로 승화된 '지고지순한 사랑의 감정'을 담고
있는 것으로 보인다. 물론 그 감정은 '사랑'으로 통칭할 수 있다. 한편,
『난·기타』에서 집약되어 솟아났다가 풀어지거나 스며드는, 혹은 말라
버리는 액체로서의 "눈물"은 『크고 부드러운 손』에서 '피' 곧 혈액으로
나타난다.

　핏줄을 생각한다.
　선한 핏줄은

---

240) 박목월, 『난·기타』, 신구문화사, 1959, 80~82면; 박목월, 「난·기타」, 『박목월
　　시전집』, 이남호 엮음, 민음사, 2003, 146~147면.

핏줄로 이어져서
슬기로운
열매를 맺게 하고
어린 눈매는
눈매로 빚어져서
환한 빛을 보게 하고,

(… 중략 …)

오늘의
삶이 조심스러움은
내일로 이어지는 핏줄의
숭고한 흐름 때문이다.
그
신비스러운
강물에서
눈을 뜨는
헤아릴 길 없는
우리들의 분신과
소생과
부활들.

                 —「핏줄」(1978) 부분[241]

  「핏줄」을 이루는 흐름의 주체인 '피'는 인간의 신체를 유지하고 지배하는 생명의 근원이다. 어떤 때에는 피의 색깔과 역할로 인해 정열, 헌

---

241) 박목월,『크고 부드러운 손』, 영산출판사, 1978, 288~291면; 박목월,『크고 부드러운 손』, 민예원, 2003, 55~56면; 박목월,「크고 부드러운 손」,『박목월 시전집』, 이남호 엮음, 민음사, 2003, 727~729면.

신, 희생을 의미할 때도 있다. 또한 '핏줄'은 민족 또는 혈통의 표상으로서 맥(脈)을 의미하기도 한다. 따라서 이 시의 "핏줄"은 협의적으로는 가족사 즉 혈통을, 광의적으로는 민족사 곧 겨레의 얼을 내포하고 있다. "핏줄"은 생명을 지탱하고 움직이는 힘으로서의 '피'가 도는 통로이자, "삶"을 유지하게 하고 "생명"을 잉태하고 소생하게 하는 원동력이며, 대를 잇는 씨앗으로 기능한다는 점에서, 또한 "내일" 곧 미래를 함의하고 있다는 점에서 주목할 만하다. 왜냐하면 이러한 일련의 이미지는 그 조촐한 어조에 의해 비교적 담담한 시적 정서를 환기시키면서, 영적 이미지와 연결되는 경향을 보이기 때문이다.

영적 이미지란 성경적 이미지를 말한다. 이는 박목월이 기독교세계관에 의해 시를 지은 사실에 근거하며, 그의 후기시가 대부분 신앙고백적 성향을 보이고 있다는 점에 주목하면 쉽게 구분할 수 있다. 영적 이미지는 성경에서 가져온 상징 또는 인유(引喩)[242]한 내용으로서 예수 그리스도를 믿어 구원을 받은 삶과 깊은 관련이 있으며, 구원 받은 삶에 대한 통찰은 한 인간이 선험적으로 경험한 모든 것의 개념 및 체계를 바꾸어 놓는다는 점에서 주목할 필요가 있다. 이는 앞서 거론한 인간적 이미지로서의 '눈물', '핏줄'의 뜻이 바뀌었다는 시적 자아의 고백과 상보적 관계를 갖기 때문이다.

> 걸으면서도 기도한다.
> 거리에서
> 마음 속으로
> 중얼거리는 주기도문
> 나이 60세

---

242) 김준오, 「기억의 형상학」, 『시론』, 삼지원, 1982, 334~225면 참조.

아직도
중심이 잡히는지 나의 신앙
주여 굽어 살피소서.

(… 중략 …)

진실로
당신이 뉘심을
전신(全身)으로 깨닫게 하여 주시고
오로지
순간마다
당신을 확인하는 생활이 되게
믿음의 밧줄로
구속하여 주십시오.

—「거리에서」(1978) 부분[243]

『크고 부드러운 손』은 유고시집으로, 여기 수록된 작품들의 집필순서
를 알 수는 없다. 이 책에 맨 처음으로 수록된 시 「거리에서」는 "걸으면
서 기도"할 수 있을 정도의 신앙을 가진 시적 자아의 내면을 노정한다.
신자가 걸으면서 기도할 수 있을 정도가 되려면 구체적으로 어느 정도가
걸리고 어떤 수준에 이르러야 하는지는 설명할 수 없다. 하지만 이미 신
앙으로 가득한 상태가 아니면 걸으면서까지 기도할 수는 없는 노릇임은
분명하다. 시적 자아는 이 시 속에서 자신이 거리를 걸으면서 하는 기도
를 "주기도문"이라 칭한다. 본시 '주기도문'[244]은 예수가 그 제자들의 요

---

243) 박목월, 『크고 부드러운 손』, 영산출판사, 1978, 10~13면; 박목월, 『크고 부드러
운 손』, 민예원, 2003, 111~112면; 박목월, 「크고 부드러운 손」, 『박목월 시전집』,
이남호 엮음, 민음사, 2003, 601~602면.

청에 의해 가르쳐 준 기도의 모범으로 절대자 하나님과 교제하는 데 가장 탁월한 내용을 함축하고 있는데 비해, 시적 자아가 하는 기도는 스스로 긴절한 질문이요 내용이라는 점에 차이가 있다.

그럼에도, 시적 자아가 "순간마다/당신을 확인하는 생활이 되게/믿음의 밧줄로/구속하여 주십"사 하고 올리는 기도는 이미 자신을 구속주에게 내어맡긴 상태임을 드러낸다는 점에서 주목할 만하다. 기독교세계관에 의하면, 인간은 본시 그 죄성으로 인해 본성적으로 죄를 지을 수밖에 없으며 게으르고 나태하여 제멋대로 살아갈 수밖에 없는 존재이다. 이를 인식한 시적 자아는 이제 더 이상 자신의 의지로는 절제가 가능하지 않음을 인지하고, 유일신 하나님의 도우심을 요청하는 것이다. 이러한 내면풍경은 시적 자아가 이미 자신의 자유의지를 버리고 자신을 구속(救贖)하신 하나님께 온전히 귀의하였음을 뜻한다. 하지만 항상 그 상태를 유지하는 것은 아니다.

> 뒤를 돌아본다.
> 뒤를 돌아보았자
> 유황(硫黃)과 불의 비가 퍼붓는
> 타오르는 소돔과 고모라
> 나의 어리석은 미련이여.
> 나는 하루에도
> 하루에도 몇 차례나
> 뒤를 돌아보고 소금기둥이 된다.
> 신문지로 만든 관(冠)에
> 마음이 유혹되고
> 잿더미로 화하는

244) 『신약성경』, 「마태복음」 6:5~13; 「누가복음」 11:2~4.

재물에 미련을 가지게 되고
오늘의 불 앞에
마음이 흔들리고
뱀의 혀의
꾀임에 빠져
뒤를 돌아본다.

　　　　　　　　　　—「돌아보지 말자」(1978) 부분[245]

　「거리에서」를 통해, 인간의 속성으로 인해 매번 자신을 돌아보며 절대
자의 손에 스스로를 맡기는 기도를 하던 시적 자아는, 「돌아보지 말자」에
서 그 기도를 스스로 어기는 자신을 발견한다. 그것은 주로 "신문지로 만
든 관에/마음이 유혹되고" 세상 명예를 좇는 속내로 드러나며, "잿더미로
화하는/재물에 미련을" 버리지 못하는 인간적 욕망을 제어하지 못하는 상
태로 구체화된다. 그리고 듣기 좋은 말, 즉, "뱀의 혀의/꾀임에 빠져"버릴
수밖에 없는 의식을 반영하면서 자신을 "믿음이 약한 자"라 칭하고 있다.
이 시에 등장하는 "소금기둥"은, 구약성경 창세기에 등장하는 롯의 아내
가 문명과 안락함으로 대변되는 소돔을 향한 미련을 버리지 못하고 뒤를
돌아다보았을 때, 화석화되면서 삽시간에 변해버린 모습을 대변한다.
　그런데, 박목월은 이 시의 부제로 "창세기 19장 6절"이라 덧붙여 놓음
으로써, 사물 이미지인 "소금기둥"에 자신이 세상물욕과 명예욕을 떨쳐
버리지 못하고 있는 형국임을 한탄하는 심상을 대입시키고 있다. 이로써
「돌아보지 말자」는 시적 화자의 영욕과 그에 대해 자책하는 심상, 즉, 신
앙과 실존 간의 길항을 구체화하는 시적 전개양상을 보인다. 그런데 이
이미지들은 그 텍스트 안에서 단독으로 의미를 내포하거나 확보하는 것

---

245) 박목월, 『크고 부드러운 손』, 영산출판사, 1978, 100~103면; 박목월, 「크고 부드
　　러운 손」, 『박목월 시전집』, 이남호 엮음, 민음사, 2003, 650~651면.

이 아니라, 다른 이미지와 결합하여 복합적으로 작용함으로써 시인의 의식을 반영한다. 시인의 의식[詩意識]은 주로 비유를 통해 텍스트에 나타나게 마련인데, 목월의 그것은 움직임을 내포한 이미지의 결합과 그 작용을 바탕으로 동적 이미지[動]를 통해 긍정적 갈등과 긴장을 그린 상황 묘사로 드러난다.

즉, 박목월의 시는 그 텍스트 안에 차용한 이미지군을 통하여 맑고 고운 정적 분위기[靜]를 도출해내고 있을 뿐만 아니라, 그 객관적 상관물과 서정적 자아 간의 적정한 미적 거리를 유지함으로써 간명한 시적 정서를 맛볼 수 있게 한다. 이에 비해 조지훈은 "고적(孤寂)한 것을 생동태(生動態)로 잡는" '신비한 트릭'246)을 사용하여 시를 창작하였으며, 이로 인해 그의 시는 정(靜)적 이미지에 의하여 동(動)적 분위기를 창출해내는 시적 효과를 거둔 시가 많다. 지훈 시에 등장하는 촛불 이미지는 주로 수직으로 상승하려는 인간 본연의 의식을 표출한다. 이는 촛대에서 고적하게 타고 있는 불꽃이 스스로의 몸을 태우며 꼿꼿이 위로 향하는 존재의 특성에 근거한다.

당신의 손끝만 스쳐도 여기 소리 없이 열릴 돌문이 있습니다 뭇 사람이 조바심치나 굳이 닫힌 이 돌문 안에는 石壁欄干 열두층계 위에 이제 검푸른 이끼가 앉았습니다.

당신이 오시는 날까지는 길이 꺼지지 않을 촛불 한자루도 간직하였습니다 이는 당신의 그리운 얼굴이 이 희미한 불앞에 어리울 때까지는 千年이 지나도 눈 감지 않을 저의 슬픈 영혼의 모습입니다.

—「石門」(1952) 부분247)

---

246) 조지훈, 「현대시와 선의 미학」, 『조지훈 전집 2 : 詩의 원리』, 나남출판사, 1996, 220~223면; 졸고 157~158면, 각주 210) 참조.

다시 말하면 촛불은 창조적 삶을 대변하는 모든 존재가 공유하고 있는 정신과 상상력을 일깨운다. 이러한 깨달음은 촛불이 고요한 밤을 밝히는 존재라는 점을 전제한다. 촛불이 대변하고 있는 일련의 상승의지는 본성적으로 직립하고 있는 존재인 인간의 본능과 자아실현적 사유체계 및 생명의식을 내포하고 있다.[248] 조지훈은 산문시 형태의 시「석문」의 2연을 통해서도 오랜 세월 꺼지지 않을 사랑과 회한을 "촛불 한 자루"에 담아내고 있다. 이로써「석문」은 소멸되지 않고 고고히 타오르는 촛불을 통한 상승적 정서를 환기시킨다. 이러한 정서는 곧 촛불 이미지로 형상화된 시적 화자의 "슬픈 영혼의 모습"이다. 그런데 그 영혼의 슬픔은 "천년이 지나도 눈 감지 않을" 만큼의 영속성을 지녔다.

주목할 것은, 여기 도입된 '영혼'이 절절한 그리움에 사무치는 외롭고 고달픈 존재이면서도, 그 고독을 극복하고 끊임없이 자기 스스로 연소하면서 만남을 준비하는 지고지순(至高至純)한 이상(理想)을 추구하는 시적 자아의 모습[249]이라는 점이다. 또한 촛불은 기억을 되살리는 촉매제로 기능하여, 상상력과 기억력이 일치하는 어떤 지점에 독자를 끌어들인다.「지옥기」의 시적 화자는 이 지점을 "구원의 길"이라 천명하고, 그 길을 향하여 갈 수 있는 수단은 기다림을 내포한 "기도"뿐이라고 한다.

---

247) 조지훈,『풀잎단장』, 창조사, 1952; 조지훈,「풀잎단장」,『조지훈 전집 1 : 詩』, 김인환 외 8인 編, 나남출판사, 1996, 71면.『조지훈 전집 1 : 詩』에는 이 작품이 1944년 작임을 밝혀놓고 있다.

248) Gaston Bachelard, 앞의 책, 83~84면; Gaston Bachelard,『순간의 미학』, 이가림 역, 영언문화사, 2002, 171~177면.

249) 촛불 이미지를 도입하여 서정적 자아의 모습을 노래한 조지훈 시로는「地獄記」·「落魄」·「山길」·「비가 나린다」·「밤」·「線」·「눈오는 날에」·「화체개현」등을 들 수 있다.

이 곳에 오는 生命은 모두 다 파초닢같이 커다란 잎새 위에 잠이 드는 한마리 새올습니다. 머리를 비틀어 날개쭉지 속에 박고 눈을 치올려 감은채로 고요히 잠이 든 새올습니다. 모든 細胞가 다 죽고도 祈禱를 위해 남아 있는 한가닥 血管만이 가슴 속에 촛불을 켠다고 믿으십시오.

여기에도 검은 꽃은 없습니다. 검은 太陽빛 땅위에 오렌지 하늘빛 해바라기만이 피어 있습니다. 스스로의 祈禱를 못가지면 이 하늘에는 한송이 꽃도 보이지 않는다고 믿으십시오.

아는것만으로는 아무 소용이 없습니다. 첫사랑이 없으면 救援의 길이 막힙니다. 누구든지 올수는 있어도 마음대로 갈수는 없는곳, 여기엔 다만 오렌지빛 하늘을 우러르며 그리운 사람을 기다리는 祈禱만이 있어야 합니다.

―「地獄記」(1956) 부분250)

여기서 기도는 조지훈이 자신의 시 「기도」251)를 통해 규정한바, "무너져 가는 사람을 위하여" 하는 것이며, "쓰러지려는 사람을 위하여" 하는 것이고, "많은 시간속에/새겨진 모습"이다. 그것은 "찢어진 심장을 위하여" 하는 것이고, "가난한 눈물로 하여/영 시들어버릴 수가 없는//이 서러움의 싹을 위하여" 하는 것이거니와, 조지훈의 서정적 자아의 변신인 "나를 위하여" 하는 것이다. 그런데 그 기도는 시의 서두에 밝힌바, "항상 나의 옆에 있는 그림자/그리고 全然 나의 옆에는 없는 그림자"이다.

---

250) 조지훈, 『조지훈시선』, 정음사, 1958, 10~12면; 조지훈, 「조지훈시선」, 『조지훈 전집 1 : 詩』, 김인환 외 8인 編, 나남출판사, 1996, 78면. 이 책에는 「지옥기」가 조지훈이 1952년에 쓴 시임을 밝히고 있다.

251) 조지훈, 『조지훈시선』, 정음사, 1958, 40~42면; 조지훈, 「조지훈시선」, 『조지훈 전집 1 : 詩』, 김인환 외 8인 編, 나남출판사, 1996, 92~93면. 이 책에 의하면 이 작품은 1955년작이다.

한편, 「지옥기」의 시어 "모든 세포"로 대변되는 죽음은 만물의 영장이라 일컬어지는 인간의 사멸(死滅)을 함의한다.

그럼에도, "기도를 위해 남아있는 한 가닥 혈관"을 "촛불"에 연결시킴으로써 이 시는 죽음에 의한 허무를 연소되는 촛불로 승화시키는 시적 성취를 이룬다. 그러므로 「지옥기」의 촛불 이미지는 일찍이 바슐라르가 『불의 정신분석』을 통해 파헤쳐 놓은 상상력의 원형들을 고려하면서, 그것보다 한층 더 높은 차원에서의 혼의 진실을 순수한 승화 차원에서 정리하여 놓은 『촛불의 미학』의 내용252)과 직결된다. 이러한 시의 면면은 역시 촛불 이미지가 내포하는바, 코페르니쿠스적 전회(轉回)를 통한 정신적 승리의 일면, 곧, 수직상승의 정서에서 비롯된다고 아니할 수 없다. 따라서 「지옥기」는 촛불 이미지를 통해 확보한 시적 정서를 통하여 「화체개현」·「산상의 노래」·「낙백」253) 등과 상보적 관계를 이루며, 상호텍스트성을 지닌다.

지금까지 살펴본바, 조지훈 시는 그 시적 표현기법인 비유를 사용하였거니와, '정적 이미지'[靜]로 자연과의 합일을 추구하는 가운데 정신의 표상으로서의 시를 주로 창작하며, 현실인식과 존재의지를 표현함으로써 시적 분위기를 '동적 정서'[動]로 환기시킨다. 또한, 지훈 시가 나타내는 바는 가득 차 있는 것[有]을 덜어내 버림으로써 혹은 모든 욕망을 놓아버림으로써 가벼워지는[無] 지경[解脫]에 이를 수 있는 도[道]의 궁극이다. 이것은 비움 혹은 소멸의 미학에 다름아니다. 그러나 박목월 시는

---

252) Gaston Bachelard, 『촛불의 미학』, 이가림 역, 문예출판사, 2001, 83~84면; Gaston Bachelard, 『순간의 미학』, 이가림 역, 영언문화사, 2002, 174~177면 참조.

253) 조지훈, 『조지훈시선』, 정음사, 1958, 34~35면; 조지훈, 「풀잎단장」, 『조지훈 전집 1 : 詩』, 김인환 외 8인 編, 나남출판사, 1996, 89면. 이 책에 의하면 이 작품은 1938년에 쓴 시이다.

그 비유법을 활용하면서 상상 속의 아름다운 자연을 그에 준하여 선택한 시어로 포착하여 '동적 이미지'[動]에 긍정적인 갈등과 긴장을 담아냄으로써 '정적 정서'[靜]를 창출해냄을 알 수 있다.

IV. 박목월 시와 조지훈 시의 의의

청록파는 1946년에 펴낸 『청록집』으로 인하여 세상에 알려졌다. 이들은 공히 1939년에 ≪문장≫을 통해 최초의 추천을 받았으며, 사화집 형태의 『청록집』 전후로 각기 글을 써서 발표하였다. 이들(박목월·조지훈·박두진)은 일제강점기를 경험했다는 점, 여러 갈래의 외국문예사조가 한꺼번에 수용되어 혼재된 상태에서 그것들을 두루 섭렵하였다는 점, 해방공간의 이념적 혼란 속에서도 자연과 생명에 대해 탐구하여 전통적인 순수서정시를 발표했다는 점,254) 일제의 내선일체정책과 한국어말살을 위한 책략 속에서도 모국어인 한국어로 시를 써서 남겼다는 점, 그리고 한국문학의 암흑기(暗黑期) 내지 공백기(空白期)라 여겨졌던 시기에 시 창작을 계속하여 그 작품들로 하여금 해방 전·후의 한국문학을 잇는 중

---

254) 이들은 모두 해방공간의 이념적 혼란 속에서 순수문학을 지향하는 '조선청년문학가협회' 회원이었다. '조선청년문학가협회'는 1946년 4월에 결성된 순수문학단체이다(「조선청년문학가협회결성대회」, ≪조선일보≫, 1946. 4. 5;「조선청년문학가협회결성대회」, ≪서울신문≫, 1946. 4. 5;「조선청년문학가협회 詩部주최로 예술의 밤 개최예정」, ≪조선일보≫, 1946. 6. 15;「조선청년문학가협회 詩部주최로 예술의 밤 개최예정」, ≪서울신문≫, 1946. 6. 15 참조.).

요한 교량으로 기능하도록 기여했다는 점, 각기 시의 원리와 문학이론에 관한 책들을 출간한바 있다는 점에서 공히 그 문학사적 의의를 지닌다.

앞서 거론한바, 한국시사에 자연을 대상으로 삼아 노래한 시는 상당히 많다. 시가류는 차치하고 생각해봐도 '청록파' 이전의 대다수 한국시들 역시 자연을 시적 소재로 삼았었다. 소위 '문장파'를 대표하는 정지용은 1930년에 ≪시문학≫을 창간했던 '시문학파' 박용철의 영향을 받아 시를 '고덕(高德)'으로 인식하였으며, 시가 언어예술이라는 점에 주목하여 시적 완성도를 중시하였거니와, 시의 정신적 측면을 강조한 순수시론을 주장하였는데, 이러한 그의 시론과 시적 경향은 '청록파' 시인을 비롯하여 ≪문장(文章)≫을 통해 작품활동을 하던 여러 시인에게 큰 영향을 주었다. 그러나 박목월과 조지훈의 시에 등장하는 자연은 '문장파' 및 그 이전의 시에 등장한 소재로서의 자연과는 상당한 차이를 지닌 자연으로서 많은 연구자들의 주목과 조명을 받아온 '만들어진 자연'이다. 이는 겉으로 보기에 '문장파'의 계보를 잇는 것처럼 보이는 목월 시와 지훈 시의 대상으로서의 '자연'이 그저 정지용의 시나 시학, 또는 시적 소재요 대상이라는 측면에서의 답습에 그치지 않고, 일제의 억압에 의해 사라져가는 모국어, 즉, 한국어를 사용하여 동양고전정신[傳統]을 계승하려는 시도를 통한 시적 모색의 일환으로 나타나기 때문이다.

박목월과 조지훈의 시적 방법은 당시 문단의 주류를 형성하고 있던 '문장파'의 영향을 받아 서구 모더니즘 경향의 이미지즘으로 나타난다. 그런데 주목할 것은, 박목월과 조지훈 시에 등장하는 자연 이미지가 '식민지 근대'를 경험하는 지식인의 내면풍경, 곧 식민지 시대 조선지식인(한국인)의 정체성을 형상화하기 위해 '만들어진 자연'이라는 점이다. 이는 결코 간과해서는 안 되는 매우 중요한 사항이거니와, 반드시 주목할 필요가 있음에도, 많은 연구자들이 가볍게 다루는 경향이 없지 않다. 이

는 실로 중대한 문제라 아니할 수 없다. 왜냐하면 이들의 초기시를 현실
도피적 문학으로 평가하며 부정적으로 대하는 것도 바로 여기서 연유하
기 때문이다.

다시 말하면, 박목월과 조지훈은 정지용 시에 등장하는 소재로서의
자연을 각기 자신의 시에 수용하였거니와, 그것을 그저 답습하는 것에
그치지 않고 자신들의 것으로 변용·발전시켰다. 그런데 목월 시와 지훈
시에 등장하는 자연이 이렇게 이전 시에서는 볼 수 없는 '만들어진 자연'
이라는 점을 고려하면, 이들에게 ≪문장≫은 자신들이 등단한 지면이라
는 의미를 초월하여 조선·전통·한국어, 즉, 한국성을 대표하는 상징적
존재였다. 따라서 당시 ≪문장≫에 발표한 박목월 시와 조지훈 시는 일
제에 의해 사라져가는 한국어·전통·한국(대한민국의 산·내·들을 포
함한 문화유산) 곧 한국성을 되살려내는 행위로서의 '저항'이요 '전망'이
었다는 점을 잊지 말아야 한다.

이 가운데 박목월 시와 조지훈 시는 상당히 비슷한 양상을 띠고 있다.
이는 거시적 관점에서, 이들의 시가 자연을 소재로 하여 전통을 계승하
고 탐구하는 서정시적 면모와 자연친화적 면모를 드러낸다는 점, 그리고
각기 일제강점기와 해방공간을 거치며 현실을 인식하고 그에 따른 정서
적 안정과 극복의 일환으로 모더니즘적 경향에서 리얼리즘적 경향으로
나아가는 시의 변모양상을 보인다는 점, 아울러 후기에는 존재론적 탐구
와 종교적 상상력을 통해 채움 또는 비움을 통한 영원에의 회귀를 꾀하
고 있다는 점에서 공통점을 찾을 수 있다. 이는 이들이 공히 대한민국 경
상북도 소재의 산촌에서 태어나서 성장했다는 점, 일제강점기인 1939년
에 정지용의 추천으로 시단에 데뷔하였으며, 해외유학 경험이 전무(全
無)하고 정통고등교육을 받은 바가 없으면서도 해방직후 교수생활을 하
였다는 점, 해방공간에서 민족문학을 지향하며 순수문학을 옹호하던 '조

선청년문학가협회' 회원으로 활동하였다는 점, 시의 원리와 문학이론에 관한 책들을 출간한바 있다는 점 등이 각 시인의 시적 배경으로 자리매김했다는 데 기인한다.

그럼에도, 박목월과 조지훈의 시는 다양한 차이점을 내포하고 있다. 우선 목월 시는 사투리를 사용하는 등 향토성이 짙은 토속어와 소박하고 서민적인 소리글자, 즉 일상어를 구사하면서 현실을 묘사하는 한편, 가장으로서 또 시민으로서 겪어야 하는 일상생활의 아픔을 시에 담아놓았거니와, 민요적이고 동시적 리듬을 따라 담백하고 간결한 리듬에서 출발하여 자기 진술과 대화체를 도입하여 쓴 장시에 이르기까지, '동적 이미지'[動]에 긍정적인 갈등과 긴장을 담아냄으로써 '정적 정서'[靜]를 창출해낸다. 또한, 목월은 기독교세계관에 입각한 상상력의 소산을 통해 영원을 향한 의지와 갈망을 그려낸다. 이때 목월 시가 드러내는 것은 사물이나 사람의 힘이나 의지로는 도저히 채울 수 없는, 비어있는 곳을 채우는[充滿] 하나님의 은총(恩寵)으로 완성되는 인생[人生世間]의 종국이다. 이는 곧 '채움' 또는 '생성'의 미학이다.

이에 비해 조지훈 시는 과거 귀족적 언어라 불린 고풍스러운 뜻글자를 사용하여 전통적이고 민족적인 자연을 묘파(描破)하는 한편, 학자로서 또한 지사로서 겪어야 하는 시대의 지난함을 시에 담아놓았거니와, 한시적이고 한학적 운율을 도입하여 우아하고 유려한 리듬에서 출발한다. 또한 '정적 이미지'[靜]를 통해 자연과의 합일을 추구하는 가운데 현실인식과 존재의지를 표현함으로써 시적 분위기를 '동적 정서'[動]로 환기시킨다. 아울러 지훈 시는 불교세계관에 기초한 상상력을 통해 근원을 향한 탐구와 회귀의식을 표현한 시가 많다. 이로 인해 지훈 시가 나타내는 바는 만물이 그 안에 가득 차 있는 것[有]을 덜어내 버림으로써 혹은 모든 욕망을 놓아버림으로써 가벼워지는[無] 지경[解脫]에 이를 수 있는

도[道]의 궁극이다. 이것은 '비움' 혹은 '소멸'의 미학에 다름아니다.

여기서 잠깐, 이 두 시인이 등단 초기에 주고받은 시와 생의 말기에 병상에서 쓴 시를 각각 살펴보면서 앞서 논의한 바를 생각해보기로 하자. 등단 초에 주고받은 두 시인의 시는 주로 단시 형태의 2행 1연의 구조를 취하고 있어서, 이들이 '문장파'의 영향을 받았음을 드러내고 있다. 그럼에도, 그 시적 전개와 마무리는 다르다. 우선 지훈의 「완화삼」은 한시조의 가락을 띠면서, '땅─하늘─땅과 하늘 사이'[天地間]의 고즈넉한 풍경과 소리를 묘파하거니와, 그것을 동사적으로 마무리하는 시적 전개양상을 보인다. 이에 비해 목월의 「나그네」는 2행 1연의 구조를 취하며, 주로 명사로 끝맺는 연가름과 언어의 조탁을 통해 명징한 시적 정서를 불러일으키고 있는데, 이는 노래의 후렴구와 같은 병행구 2연과 5연을 통해 나그네 정서를 환기하면서도 그것을 명사로 마무리하는 시적 전개양상으로 인해 지훈 시와는 뚜렷한 변별성을 지닌다.

[등단 초기에 주고받은 시] (좌 : 조지훈 / 우 : 박목월)

차운 산 바위 우에	江나루 건너서
하늘은 멀어	밀밭 길을
산새가 구슬피	
우름 운다	구름에 달 가듯이
	가는 나그네
구름 흘러가는	
물길은 七百里	길은 외줄기
	南道 三百里
나그네 긴 소매	
꽃잎에 젖어	술 익는 마을마다
술 익는 강마을의	타는 저녁 놀

저녁 노을이여

이 밤 자면 저 마을에
꽃은 지리라

다정하고 한 많음도
병인양하여
달빛 아래 고요히
흔들리며 가노니……
　　ー조지훈,「玩花衫」전문

구름에 달 가듯이
가는 <u>나그네</u>
　　ー박목월,「나그네」전문

　　이러한 시적 양상은 각 시인의 구원에 여인상이라 할 수 있는 여인에
대한 그리움을 시화한 작품,「연륜」과「민들레꽃」에서 상당한 차이를
보이는데, 이는 목월의「연륜」과 지훈의「민들레꽃」에 사용된 시어와
형태 그리고 표현에 의한 시적 내포에서 비롯된다. 또한, 생의 말기에 혹
독한 병치레를 하며 쓴 이들의 시는 각 시인의 생에 대한 통찰과 죽음 이
후에 대한 사유의 단면을 드러낸다. 그런데 주목할 것은, 이러한 사유가
이생의 삶과는 또다른 길에 대한 인식이요 죽음으로 향하는 정신의 일면
혹은 죽음 이후의 세계에 대한 세계관의 반영이라는 점이다. 목월 시와
지훈의 시는 이전에 발표된 시에 비해 갈수록 분명하게 드러나는 시세계
의 차이를 통하여 서로의 시적 개성을 확보하면서, 한국현대시단에 새로
운 도전과 전망을 제시했다는 점에서도 그 시사적 · 현대적 의의가 논의
되어야 마땅하다.

앓고 있는 밤 사이에 눈이 내린
눈부신 아침이었다.
보이는 것이
혹은 보이지 않는 것이
昇天하고 있었다.
白病院 뜰에도
달리는 버스 위에서도
교회지붕 위에서도
하늘의 것은
하늘로 돌아가고
땅의 것은 땅에 남는
그 현란한 回歸.
천사의 날개의 아른거리는
그림자의 저편으로
반사되는 빛의 함성
그 속으로
아기들이 달려오고 있었다.
내 안에서
파닥거리는 그것은
무엇일까.
하늘의 것은 하늘로 돌아가
고
땅의 것은 땅에 남는
神의 섭리.
지금
보이지 않는 저편으로
보이는 이편으로

살아 있는 모든 것의
가슴 속 깊이

꽃다이 흐르는
한 줄기 鄕愁

짐짓 사랑과
미움을 베풀어

다시 하나에 통하는
길이 있고나

내 또한 아무 느낌 없는
한 오리 풀잎으로

고요히 한줌 흙에
의지하여 숨쉬노니

구름 흘러가는 언덕에
조용히 눈 감으면

나의 영혼에 蓮하는
모든 生命이

久遠한 刹那에
明滅하노라.
— 조지훈, 「풀잎斷章 2」전문

발자국이 남는다,
순결한 눈위로
천사들의
혹은 아기들의
돌아가는
혹은 돌아오는 맨발자국.
—박목월,「승천(昇天)」전문

　박목월 시와 조지훈 시에 나타나는 이러한 문학적 진보(進步)와 진작 (振作)은 이들이 경험한 역사적 삶의 내용을 담고 있다는 점에 그 가치가 있다. 이들은 또한 일제강점기 이런 저런 모양의 치욕과 굴욕을 견디어 내면서도 소멸해가는 우리나라의 민족성과 향토성을 적정하게 조응시 키며, 대한민국의 자연을 소재로 한 시, 그 안에, 민족의 정서와 풍속 곧 한국성을 작품에 담아놓았다는 점에 그 문학사적 의의가 있다. 아울러 일제를 통해 한국으로 유입된 근대를 체험하며 모더니즘적 이미지즘을 차용하여 그 이미지를 객관적 상관물로 제시하고, 새로운 모색을 통해 전통시의 한계를 초월하여 산문시를 쓰는 등 실험적 시창작을 실행함으 로써 일국의 지식인으로서 경험해야 했던 시인의 정체성 및 의식의 균열 을 그대로 노정시키는 한편, 그로 인해 갈수록 첨예해진 직관과 넓고 깊 은 통찰을 시에 담아 한국시의 맥을 계승하고 있다는 점에서도 그 시사 적 의미와 현대적 가치를 지닌다.

V. 결론

본 연구는 박목월 시와 조지훈 시의 관계에 대해 천착하였다. 이를 위해 우선 I 장에서 선행 연구사를 검토하였다. 그리고 II 장에서는 목월 시와 지훈 시의 배경이 된 성장환경과 사회생활 및 종교의식을 집중적으로 살펴보면서 이들 시의 공통점과 차이점을 분석하였다. 또한 III 장에서는 목월과 지훈의 시세계를 이루고 있는 시의 소재와 형태 및 표현에 주목하여 이들 시의 공통점과 차이점을 고찰하였다. 이러한 결과를 통해 IV 장에서는 박목월과 조지훈의 시가 지닌 역사적·문학사적·시사적 의의를 되짚어보고, 이들 시의 현대적 의미와 위상의 재정립을 시도하였다.

박목월 시와 조지훈 시는 자연을 소재로 하여 전통을 계승하고 탐구하는 서정시적 면모와 자연친화적 면모가 드러난다는 점, 그리고 각기 일제강점기와 해방공간을 거치며 현실을 인식하고 그에 따른 정서적 안정과 극복의 일환으로 모더니즘적 경향에서 리얼리즘적 경향으로 나아가는 시의 변모양상을 보인다는 점, 아울러 존재론적 탐구와 종교적 상상력을 통해 채움 또는 비움을 통한 영원에의 회귀를 꾀하고 있다는 점에서 공통점을 찾을 수 있다.

이러한 공통점은 미시적 관점에서 볼 때 그 차이가 확연하다. 이는 시의 소재·형태 및 표현의 상이함으로 대변된다. 우선 시의 소재로는 어조와 대상의 차이를 들 수 있다. 이는 박목월과 조지훈의 시가 공히 대한민국의 자연을 소재로 삼아 한국어로 시를 써서 남겼으면서도, 목월 시가 향토적·개인적 자연을 소재로 삼은 데 비해, 지훈 시는 전통적·민족적 자연을 소재로 삼았다는 점에 기인한다. 이러한 면면은 시의 언어적 측면에서, 목월 시는 소박하고 서민적인 언어 즉 소리글자인 일상어를 사용하여, 아름다운 시를 쓰는 시인이요 시민이자 가장으로서 마주한 생활의 애환을 주로 묘사한 데 반해, 지훈 시는 고풍스러운 뜻글자를 주로 사용하여, 정신을 담은 시를 짓는 시인이요 지식인이자 지사로서 마주선 시대적 상황과 아픔을 분명히 묘파한다는 점에 그 차이가 있다.

　　이로써, 시의 형태 또한 담백미와 우아미로 구별된다. 박목월 시가 민요적·동시적 리듬으로 담백하고 간결한 미적 효과를 획득하는 데 비해, 조지훈 시는 한시적·한학적 운율로 유려하고 우아한 미적 성취를 이루며 격조 높은 정서를 조성하기 때문이다. 이러한 시적 정서는 이미지의 효과와 직결된다. 이는 목월 시가 동적 이미지로 긍정적 갈등과 긴장을 조성하며 묘파(描破)한 시를 명사로 마무리함으로써 정적 분위기를 담아놓는 데 반해, 지훈 시는 정적 이미지로 자연과의 합일을 추구하는 강한 존재의지를 동사 내지 동사적으로 마무리함으로써 시에 동적 분위기(여운)를 남겨놓아 시적 긴장을 한껏 고조시키는 데서 변별성을 지니기 때문이다.

　　마지막으로 시적 표현의 공통점과 차이점을 발견할 수 있다. 이들 시는 공히 그 시적 표현으로 서구 모더니즘의 이미지즘을 차용한 비유법을 사용하였거니와, 박목월은 주로 동적 이미지를 통해 채움 또는 생성의 미학을 드러내고 있는 데 반해, 조지훈은 정적 이미지를 통해 비움 혹은 소멸의 미학을 그려내고 있기 때문이다. 이때 목월 시에 드러나는 채움과 생성의 개념은 이전과는 비교할 수 없는 전혀 새로운 것을 의미하며, 지훈 시가 그려내는 비움과 소멸의 의미는 누리의 기운을 온전히 대체할 만한 새로운 어떤 것이다. 주목할 것은, 이러한 사유가 이생의 삶과는 또 다른 길에 대한 인식이요 죽음으로 향하는 정신의 일면 혹은 죽음 이후의 세계에 대한 세계관의 반영이라는 점이다. 이처럼, 목월 시와 지훈의 시는 이전에 발표된 시에 비해 갈수록 분명하게 드러나는 시세계의 차이를 통하여 서로의 시적 개성을 확보하면서, 한국현대시단에 새로운 도전과 전망을 제시했다.

박목월 시와 조지훈 시에 나타나는 이러한 공통점과 차이점, 곧 문학적 진보(進步)와 진작(振作)은 이들이 경험한 역사적 삶의 내용을 바탕으로 하고 있다는 점, 일제강점기 여러 모양의 치욕과 굴욕을 견디어내면서도 소멸해가는 우리 자연을 소재로 삼아 한국인의 정서, 곧 한국성을 작품에 담아놓았다는 점에 그 역사적·문학사적 의미가 있다. 아울러, 일제를 통해 한국으로 유입된 근대를 체험하며 모더니즘적 이미지즘을 차용하여 객관적 상관물로 제시하고, 새로운 모색을 통해 전통시의 한계를 초월하여 산문시를 쓰는 등 실험적 시창작을 실행함으로써 일국의 지식인으로서 경험해야 했던 시인의 정체성 및 의식의 균열을 그대로 노정시키는 한편, 그로 인해 갈수록 첨예해진 직관과 넓고 깊은 통찰을 시에 담고 있다는 점에 그 시사적 의미와 현대적 가치를 지닌다.

박목월과 조지훈 시의 이러한 면모는 오늘날 시를 대하는 후학들에게 적지 않은 동기부여를 한다. 우선은 지나치게 기교를 동원하거나 감각을 표방하는 시를 쓰기보다는 역사적 삶과 시대에 대한 대응과 통찰로서의 시적 가치를 생각하게 한다. 그리고 보다 세련되고 격조 높은 시이면서도 독자에게 친근하게 다가갈 수 있는 서정적 진실을 담은 시를 추구하게 한다. 시란 본시 거기 담긴 진정성으로 인해 대중을 향한 호소력을 지니기 때문이다. 시적 소통은 바로 여기서 비롯된다. 그럼에도 시적 소통은 쉽지 않다. 더군다나, 지금은 인문학의 위기라고까지 통칭되는 시기이다. 이렇게 문학사적·시사적으로도 지난한 때에 새롭게 조명하여 재정립하는 목월 시와 지훈 시의 가치와 위상은, 스러져가는 문학인의 정체성과 창작의식에 불을 지펴 현대를 사는 시인들로 하여금 보다 첨예한 직관과 격조 높은 통찰로 나아가는 훈련을 마다하지 않게 하리라는 전망이다.

요컨대, 박목월과 조지훈은 거시적 측면에서 공히, 대한민국의 경상북도 산촌에서 태어났다는 점, 일제강점기인 1939년 정지용의 추천으로 ≪문장(文章)≫을 통해 등단하였다는 점, 사화집인 『청록집』을 통해 세상에 알려졌다는 점, 그리고 당시 활동하던 많은 문인과는 달리 일본유학 경험이 없다는 점, 그러면서도 일제에 의해 통제되었던 한국어 즉 대한민국 말로 좋은 시를 창작·발표하고 후대에 남겨놓았다는 점, 해방직후 각기 교수생활을 하였다는 점, 해방공간의 이념적 혼란 속에서 순수문학을 지향하는 '조선청년문학가협회' 회원으로 활동하면서 순수문학을 옹호하였다는 점, 후기에는 종교적 세계관과 그 상상력에 충일한 시를 창작했다는 점, 그리고 시의 원리와 문학이론에 관한 책을 출간한 바 있다는 점 등에서 공통점을 지니고 있다.

그런데, 박목월과 조지훈의 시는 이러한 공통점과 함께 차이점을 지니고 있다. 목월 시와 지훈 시의 차이점을 살펴보면, 우선 목월 시는 사투리를 사용하는 등 향토성이 짙은 토속어와 소박하고 서민적인 소리글자 즉 일상어를 구사하면서 현실을 묘사하는 한편, 민요적이고 동시적 리듬을 따라 담백하고 간결한 리듬에서 출발하여 자기 진술과 대화체를 도입하여 쓴 장시에 이르기까지, 주로 '동적 이미지'[動]에 긍정적인 갈등과 긴장을 담아냄으로써 '정적 정서'[靜]를 창출해낸다. 그리고 기독교 세계관에 입각한 상상력의 소산을 통해 영원을 향한 의지와 갈망을 그려낸다. 이때 목월 시가 드러내는 것은 비어있는 곳을 채우는[充滿] 하나님의 은총(恩寵)이자, 그것으로 말미암아 완성되는 인생[人生世間]의 종국이다. 이는 곧 채움 또는 생성의 미학[生成]이다.

이에 비해 조지훈 시는 과거 귀족적 언어라 불린 고풍스러운 뜻글자를 사용하여 전통적이고 민족적인 자연을 묘파(描破)하는 한편, 한시적이고 한학적 운율을 도입하여 우아하고 유려한 리듬에서 출발하여, 주로 정적 이미지[靜]를 사용하면서 자연과의 합일을 추구하는 가운데 현실 인식과 존재의지를 표현함으로써 시적 분위기를 '동적 정서'[動]로 환기시킨다. 이는 이미지의 깊고 그윽한 면모를 파악하여 사용하는 것에서 비롯되거니와, 불교세계관에 기초한 상상력을 통해 근원을 향한 탐구와 회귀의식을 표현하는 것으로 나아가고 있다. 이로 인해 지훈 시가 나타내는 바는 가득 차 있는 것[有]을 덜어내 버림으로써 혹은 모든 욕망을 놓아버림으로써 가벼워지는[無] 지경[解脫]에 이를 수 있는 도[道]의 궁극이다. 이는 곧 비움 혹은 소멸의 미학[消滅]에 다름아니다.

본 연구는 앞서 거론한바, 박목월 시와 조지훈 시를 총체적·통전적 관점에서 조망하였다는 점, 그 연구 범위를 어느 주제나 작품에 한정하지 않았다는 점에서 기존의 연구에 대해 변별적 특성을 확보한다. 그럼에도, 목월 시와 지훈 시의 관계에 대하여 더 많은 작품을 대상으로 충분한 논의를 하지 못했다는 점이 아쉬움으로 남는다. 이에 대해서는 앞으로의 연구를 통해 보완해 나가야 할 과제로 남겨두기로 한다. 목월 시와 지훈 시의 관계에 대해서는 보다 넓고 깊고 세밀한 천착이 필요하기 때문이다. 따라서 차후의 연구는 본고에서 미처 다루지 못한 시들을 포함하여 이들 시의 개별적 특질과 함께 상호텍스트성을 면밀히 분석하는 등

연구의 심화·확대 방향으로 진행되어야 함을 제언하는 바이다.

이를 통해 한국근대문학에 대한 재조명과 재해석, 그리고 보다 깊은 통찰에 의한 현대문학 또한 창출되어야 한다. 이러한 문학은 보다 사무치는 서정성과 절절한 호소력으로 저만치 간 독자를 불러들이는 역할을 하게 될 것이다. 이를 위해서는 융합적 사고와 폭넓은 사유가 필수적이라 사료된다. 끝으로, 목월 시와 지훈 시의 관계에 대한 천착 및 이들 시의 현대적 재조명과 위상의 재정립은 한국의 여러 어문학자와 문인에게 그 정체성과 근성을 일깨우는 일종의 불씨 혹은 도화선으로 기능할 것이라 전망한다.

참고문헌

1. 기본자료

박목월, 『文章講話』, 啓蒙社, 1953.

_____, 『산도화』, 영웅출판사, 1955.

_____, 『보라빛 소묘』, 신흥출판사, 1958.

_____, 『난·기타』, 신구문화사, 1959.

_____, 『청담』, 일조각, 1964.

_____, 『구름에 달 가듯이』, 신태양사, 1967.

_____, 『어머니 : 詩와 엣세이』, 삼중당, 1968.

_____, 『경상도의 가랑잎』, 민중서관, 1968.

_____, 『文章의 技術』, 玄岩社, 1970.

_____, 『무순』, 삼중당, 1976.

_____, 『크고 부드러운 손』, 영산출판사, 1978.

_____, 『크고 부드러운 손』, 민예원, 2003.

_____, 『박목월 시전집』, 이남호 엮음, 민음사, 2003.

박목월·조지훈·박두진, 『청록집』, 을유문화사, 1946.

_____, 『청록집·기타』, 현암사, 1968.

_____, 『청록집 이후』, 현암사, 1968.

조지훈, 『풀잎단장』, 창조사, 1952.

_____, 『시의 원리』, 산호장, 1953.

_____, 『조지훈시선』, 정음사, 1958.

_____, 『역사 앞에서』, 신구문화사, 1959.

_____, 『지조론』, 일조각, 1962.

_____, 『여운』, 일조각, 1964.

_____, 『조지훈 전집 1 : 詩』, 김인환 외 8인 編, 나남출판사, 1996.

_____, 『조지훈 전집 2 : 詩의 원리』, 김인환 외 8인 編, 나남출판사, 1996.

_____, 『조지훈 전집 3 : 文學論』, 김인환 외 8인 編, 나남출판사, 1996.

_____, 『조지훈 전집 5 : 지조론』, 김인환 외 8인 編, 나남출판사, 1996.

≪白紙≫, 1936년 7월호.

≪文章≫, 1940년 2월호.

≪문예≫, 1946년 6월 5일자~1949년 11월 27일자.

≪백민≫, 1947년 3월호~1949년 2·3월호.

≪학풍≫, 1948년 11월호~1949년 11월호.

≪민성≫, 1949년 5월호~1950년 3월호.

≪신천지≫, 1950년 3월호~1954년 10월호.

≪思想界≫, 1958년 6월호~1968년 1월호.

≪동아일보≫, 1946년 4월 5일자~1962년 8월 10일자.

≪서울신문≫, 1946년 4월 5일자~1962년 8월 10일자.

≪자유신문≫, 1946년 6월 5일자~1949년 11월 27일자.

≪조선교육≫, 1947년 7월호(통권 18호).

≪한국일보≫, 1967년 10월 22일자 등.

신문·잡지를 포함한 정기간행물 다수.

2. 논저

甘太俊, 「未堂과 木月의 初期詩 對比硏究」, 한양대학교 대학원 석사학위논문, 1982.

강양희, 「조지훈 시의 시간과 공간 연구」, 충남대학교 대학원 박사학위논문, 2002.

강웅식, 「조지훈의 생명시론과 그 초월론적 성격」, 『조지훈』, 새미, 2003.

강중기, 「조선 전기 경세론과 불교 비판」, 서울대학교 철학사상연구소, 2004.

구모룡, 「한국 근대문학 유기론의 담론 분석적 연구」, 부산대학교 대학원 박사학위논문, 1992.

權命玉, 「木月詩의 硏究」, 『木月文學探究』, 민족문화사, 1983.

금동철, 「청록파 시인의 서정화 방식 연구」, ≪작가연구≫ 제11호, 새미, 2001.

김기중, 「靑鹿派詩의 對比硏究」, 고려대학교 대학원 박사학위논문, 1990.

_____, 「청록파의 시세계」, ≪작가연구≫ 제11호, 새미, 2001.

김대행, 「김소월과 전통」, 『우리시의 틀』, 문학과비평사, 1989.

김동규, 「프랑스 상징주의 시와 한국 현대시 기법 비교 연구」, 『프랑스학 연구』 통권 제31호, 프랑스학회, 2005.

金東里, 「三家詩와 自然의 發見 : 朴木月・趙芝薰・朴斗鎭에 對하여」, ≪예술조선≫, 1948. 4.

_____, 「自然의 發見 : 三家詩人論」, 『文學과 人間』, 백민문화사, 1948.

김병익, 「文學의 本質」, 『문학이란 무엇인가』, 문학과지성사, 1976.

김봉군, 「조지훈론」, 『한국현대작가론』, 민지사, 1985.

김연옥, 「지훈시에 나타난 선비의식과 전통미 연구」, 한국교원대학교 대학원 박사학위논문, 2003.

김옥성, 「韓國 現代詩의 佛敎的 詩學 硏究」, 서울대학교 대학원 박사학위논문, 2005.

김용태, 「반야의 문학적 의미」, ≪현대문학≫ 통권 125호, 현대문학사, 1965. 5.

_____, 「조지훈의 선관과 시」, 『趙芝薰硏究』, 고려대학교출판부, 1978.

金宇正, 「朴木月論」, 『청록집・기타』, 현암사, 1968.

金禹昌, 「韓國詩의 形而上」, 『궁핍한 時代의 詩人』, 민음사, 1977.

김운학, 「현대시에 나타난 불교사상」, ≪현대문학≫ 통권 118호, 현대문학사, 1964. 10.

김윤식, 「심정의 폐쇄와 확산의 파탄」, 『趙芝薰硏究』, 고려대학교출판부, 1978.

김윤태, 「한국 현대시론에서의 '전통' 연구 : 조지훈의 전통론과 순수시론을 중심으로」, 『한국전통문화연구』 제13호, 전통문화연구소, 2014.

金仁煥, 「木月詩와 自然」, 『문교부 연구보고서 어문학계』 제5권, 문교부, 1971.

金載弘, 「木月 朴泳種」, 『韓國現代詩人硏究』, 일지사, 1986.

_____, 「木月詩의 성격과 詩史的 의미」, ≪현대문학≫, 현대문학사, 1988. 3.

김종균, 「조지훈의 문학비평」, 『우리문학연구 Ⅰ』, 우리문학연구회, 1976. 1.

_____, 「한국 근대 시인의식 연구 : 매천, 만해, 지훈을 중심으로」, 고려대학교 대학원 박사학위논문, 1980.

김종길, 「조지훈론」, 『청록집·기타』, 현암사, 1968.

_____, 「지훈 시의 계보」, 『교양』 제5집, 고려대학교 교양학부, 1968.

_____, 「韻律의 槪念」, 『眞實과 言語』, 일지사, 1974.

_____, 「조지훈론」, 『趙芝薰研究』, 고려대학교출판부, 1978.

_____, 「지훈시의 계보」, 『趙芝薰研究』, 고려대학교출판부, 1978.

김종욱, 「하이데거와 불교생태철학」, 『불교생태철학』, 동국대학교출판부, 2004.

김준오, 「기억의 형상학」, 『시론』, 삼지원, 1982.

_____, 「詩의 構成原理」, 『시론』, 삼지원, 1982.

金春洙, 「靑鹿集의 詩世界」, ≪세대≫, 1963. 6.

_____, 「지훈시의 형태」, 『趙芝薰研究』, 고려대학교출판부, 1978.

_____, 「"文章"추천 시인군의 시 형태」, 『金春洙全集 2 : 詩論』, 문장사, 1982.

김춘식, 「근대적 자아의 자연·전통 발견」, 『우리 시대의 시집, 우리 시대의 시인』, 계몽사, 1997.

_____, 「낭만주의적 개인과 자연·전통 발견」, ≪작가연구≫ 제11호, 새미, 2001.

_____, 「근대적 감각과 '발견'되는 자연」, 『현대문학의 연구』 제37집, 한국문학연구학회, 2009.

김학주 편, 「衛靈公」, 『대학고전총서 5 : 論語』, 서울대학교출판부, 1985.

_____, 「爲政」, 『대학고전총서 5 : 論語』, 서울대학교출판부, 1985.

김해성, 「선적 시관고」, 『趙芝薰研究』, 고려대학교출판부, 1978.

김홍규, 「조지훈의 시세계」, ≪심상≫ 제41호, 심상사, 1978. 12.

文德守, 「朴木月論」, ≪문예춘추≫, 문예춘추사, 1965. 6.

_____, 「민족시의 방향과 주체적 미학의 정립」, 『趙芝薰研究』, 고려대학교출판부, 1978.

박경혜, 「조지훈 문학 연구」, 연세대학교 대학원 박사학위논문, 1992.

박두진, 「조지훈론」, ≪사상계≫ 제183호, 1968. 7.

_____, 「지훈의 시세계」, 『한국현대시론』, 일조각, 1970.

박목월, 「私談錄」, ≪사상계≫, 1958. 6.

_____, 「달빛에 木船가듯 가는 履歷」, ≪新思潮≫ 제3권 2호 통권 23호, 新思潮社, 1964. 2.

朴哲石, 「木月과 斗鎭의 詩」, ≪현대문학≫, 현대문학사, 1978. 2.

박호영, 「조지훈 문학연구」, 서울대학교 대학원 박사학위논문, 1988.

박희선, 「지훈의 초기작품에 나타난 선취」, ≪시문학≫ 제47호, 시문학사, 1975. 6.

_____, 「지훈의 초기시에 나타난 禪趣」, 『趙芝薰研究』, 고려대학교출판부, 1978.

배영애, 「현대시에 나타난 불교의식 연구 : 한용운, 서정주, 조지훈 시를 중심으로」, 숙명여자대학교 대학원 박사학위논문, 1999.

서익환, 「조지훈 시 연구」, 한양대학교 대학원 박사학위논문, 1988.

成樂喜, 「木月의 詩에 나타난 感覺表現」, ≪숙대학보≫ 제9호, 숙명여자대학교출판부, 1969.

손광식, 「박목월론 : '자연'의 발견과 재해석」, 『새로 쓰는 한국 시인론』, 백년글사랑, 2003.

송재영, 「조지훈론」, ≪창작과비평≫ 제22호, 창작과비평사, 1971년 가을.

_____, 「조지훈론」, 『趙芝薰研究』, 고려대학교출판부, 1978.

申奎浩, 「목월시의 기독교적 귀결」, ≪월간문학≫, 월간문학사, 1988. 1.

申東旭, 「조지훈의 시에 나타난 저항의식」, 『趙芝薰研究』, 고려대학교출판부, 1978.

_____, 「朴木月의 詩와 외로움」, 『관악어문연구』 제3집, 서울대학교 국어국문학과, 1978.

_____, 「朴木月의 詩와 외로움의 의식」, 『우리 詩의 歷史的 研究』, 새문사, 1981.

신현락, 「한국현대시의 자연관 연구 : 한용운, 신석정, 조지훈을 중심으로」, 한국교원대학교 대학원 박사학위논문, 1998.

양왕용, 「青鹿集을 通한 三家詩人의 作品 研究」, 경북대학교 대학원 석사학위논문, 1969.

_____, 「조지훈의 시」, 『趙芝薰研究』, 고려대학교출판부, 1978.

염무웅, 「리얼리즘論」, 『문학이란 무엇인가』, 문학과지성사, 1976.

吳世榮,「自然의 發見과 그 宗敎的 指向」, ≪한국문학≫, 한국문학사, 1978. 5.

_____,「형식적 기교미와 자연의 인식」, ≪문학사상≫, 문학사상사, 1984. 7.

오탁번,「지훈시의 의미와 이해」,『趙芝薰研究』, 고려대학교출판부, 1978.

유종호,「시원 회귀와 회상의 시학」,『다시 읽는 한국시인』, 문학동네, 2002.

尹在根,「木月의 詩世界」, ≪현대문학≫, 현대문학사, 1976. 6.

이경수,「조지훈 시의 불교적 상상력과 禪味의 세계」,『우리어문연구』제33
집, 우리어문학회, 2009.

이경아,「白石 詩 研究 : '紀行'體驗의 詩的 展開樣相을 中心으로」, 인하대학교
대학원 석사학위논문, 2007.

이기석,「中庸」제25장,『大學·中庸』, 이기석·한용우 역해, 홍신문화사, 1983.

이기철,「조지훈과 시의 리듬」, ≪현대문학≫, 현대문학사, 1978. 6.

이남호,「한국 현대문학에 나타난 자연의 모습」,『현대 한국문학 100년』, 민
음사, 1999.

이동순,「한국 현대시에 나타나는 '물'」,『잃어버린 문학사의 복원과 현장』, 소
명출판사, 2005.

이동환,「지훈시에 있어서의 한시전통」,『趙芝薰研究』, 고려대학교출판부, 1978.

李文杰,「『靑鹿集』의 原型心象 研究」, 동아대학교 대학원 박사학위논문, 1995.

이미순,「조지훈의 유기체론」,『조지훈』, 새미, 2003.

이상호,「청록파 연구 : ≪청록집≫을 중심으로」,『한국언어문화』제28집, 한
국언어문화학회, 2005.

_____,「『청록집』에 나타난 청록파의 시적 변별성」,『詩로 여는 세상』제7
권 2호, 시로여는세상, 2008.

이성교,「조지훈 시연구」,『성신여자대학교 연구논문집』제35집, 성신여자대
학교출판부, 1997.

_____,「서정미학 속의 정념」, ≪문학시대≫ 제73호, 문학시대사, 2005년 가을.

이성천,「『청록집』에 나타난 현실 수용 양상과 전통의 문제」,『한민족문화연
구』제41집, 한민족문화학회, 2012.

이숭원,「조지훈의 시론에 대하여」,『이응백 박사 회갑기념 논문집』, 보진재, 1983.

_____,「청록파의 시적 특질과 문학사적 성격 : 황폐한 시대에 불 밝힌 순수 서정시의 정화」, ≪문학사상≫ 제312호, 문학사상사, 1998.

_____,「조지훈 시와 순수의 서정성」,『조지훈』, 새미, 2003.

李昇薰,「두 詩人의 變貌」, ≪문학과 지성≫, 문학과지성사, 1977. 8.

이용재,「불교사상을 통해 본 조지훈의 시세계」,『용봉』제3집, 全南大學校學徒護國團, 1972.

이용주,「유교의 역사」,『세계종교사입문』, 청년사, 1996.

이혜진,「박목월 시 연구」,『敎育論叢』제18집, 한국외국어대학교 교육대학원, 2002.

장문평,「지훈의 좌절」, ≪현대문학≫ 제211호, 현대문학사, 1972. 7.

장백일,「조지훈」, ≪월간문학≫ 제20호, 월간문학사, 1970. 6.

정근옥,「趙芝薰 詩 硏究」, 중앙대학교 대학원 박사학위논문, 2004.

鄭芝溶,「詩選後에」, ≪문장≫ 제1권 3호, 문장사, 1939. 4.

_____,「詩選後」, ≪문장≫ 제1권 8호, 문장사, 1939. 9.

_____,「詩選後」, ≪문장≫ 제1권 11호, 문장사, 1939. 12.

_____,「詩選後」, ≪문장≫ 제2권 1호, 문장사, 1940. 2.

鄭昌範,「木月詩의 詩的 變用」, ≪현대문학≫, 현대문학사, 1979. 2.

鄭泰榕,「朴木月論」, ≪현대문학≫, 현대문학사, 1970. 5.

鄭漢模,「靑鹿派의 詩史的 意義」,『청록집·기타』, 현암사, 1968.

_____,「초기작품의 시세계」,『趙芝薰硏究』, 고려대학교출판부, 1978.

정효구,「조지훈의 시론에 대한 고찰」,『동천 조건상 선생 고희기념논총』, 형설출판사, 1986.

조미나,「예이츠의 시에 나타난 "탑" 이미지 연구」,『영어영문학』제151권, 한국영어영문학회, 1999.

조운제,「지훈시의 한계」,『한국시의 이해』, 홍신문화사, 1978.

崔奎彰,「성숙한 신앙의 고백」,『오늘은 자갈돌이 되려고 합니다』, 종로서적, 1988.

최동호,「조지훈의「승무」와「범종」」,『민족문화연구』제24집, 고려대학교 민족문화연구원, 1991.

최병준, 「조지훈 시 연구」, 국민대학교 대학원 박사학위논문, 1992.

최승호, 「조지훈 시론의 몇 가지 이론적 근거」, 『한국현대시론사』, 모음사, 1992.

_____, 「조지훈 시학의 형이상학론적 관점」, 『조지훈』, 새미, 2003.

崔元圭, 「木月의 詩精神硏究」, 『韓國現代時論』, 학문사, 1982.

최현식, 「한국 근대시와 리듬의 문제」, 『한국학연구』 제30집, 인하대학교 한 국학연구소, 2013.

한예찬, 「박목월 시 연구」, 국민대학교 대학원 박사학위논문, 2005.

한정순, 「조지훈 시연구」, 성신여자대학교 대학원 박사학위논문, 1998.

洪起三, 「나그네·閏四月」, ≪월간문학≫, 월간문학사, 1970. 6.

홍정선, 「近代詩 形成 過程에 있어서의 讀者層의 역할 연구」, 서울대학교 대학 원 박사학위논문, 1992.

洪嬉杓, 「朴木月 詩의 硏究」, 인하대학교 대학원 박사학위논문, 1991.

3. 단행본

1) 국내서

강만길, 『한국현대사』, 창작과비평사, 1984.

_____, 『고쳐 쓴 한국현대사』, 창작과비평사, 1994.

고영섭, 『연기와 자비의 생태학』, 연기사, 2001.

郭鐘元·朴木月·鄭昌範, 『文學槪論』, 藝文舘, 1973.

국립국어연구원, 『표준국어대사전』 상·중·하, 두산동아, 1999.

권영민, 『한국현대문학사 2』, 민음사, 2002.

김경용, 『기호학이란 무엇인가』, 민음사, 1994.

김대행, 『우리시의 틀』, 문학과비평사, 1989.

金東里, 『文學과 人間』, 백민문화사, 1948.

김병익, 『한국문단사』, 문학과지성사, 2003.

김봉군, 『한국현대작가론』, 민지사, 1985.

김열규,『기호로 읽는 한국 문화』, 서강대학교출판부, 2008.

김용옥,『나는 불교를 이렇게 본다』, 통나무, 2002.

김용직,『정명의 미학』, 지학사, 1986.

_____,『한국 현대시인 연구 (하)』, 서울대학교출판부, 2000.

김용태,『趙芝薰研究』, 고려대학교출판부, 1978.

金禹昌,『궁핍한 時代의 詩人』, 민음사, 1977.

김유동,『아도르노와 현대 사상』, 문학과지성사, 1993.

김윤식,『趙芝薰研究』, 고려대학교출판부, 1978.

_____,『한국근대문학사상비판』, 일지사, 1989.

_____,『한일문학의 관련양상』, 일지사, 1996.

_____,『농경사회 상상력과 유랑민의 상상력』, 문학동네, 1999.

김윤식 · 김현,『한국문학사』, 민음사, 1996[1973].

김의원 편,『좋은성경』, 성서원, 2007.

김재용,『협력과 저항』, 소명출판사, 2004.

金載弘,『韓國現代詩人研究』, 일지사, 1986.

김종균,『우리문학연구 Ⅰ』, 우리문학연구회, 1976. 1.

金宗吉,『詩論』, 탐구당, 1965.

_____,『眞實과 言語』, 일지사, 1974.

김종길 외,『청록집 · 기타』, 현암사, 1968.

_____,『趙芝薰研究』, 고려대학교출판부, 1978.

김종욱,『하이데거와 형이상학 그리고 불교』, 철학과현실사, 2003.

김준오,『시론』, 삼지원, 1982.

金春洙,『靑鹿集의 詩世界』, ≪세대≫, 1963.

_____,『金春洙全集 2 : 詩論』, 문장사, 1982.

김춘식,『한국문학의 전통과 반전통』, 국학자료원, 2003.

김학주 편,『대학고전총서 5 : 論語』, 서울대학교출판부, 1985.

김 현,『한국문학의 위상 / 문학사회학』, 문학과지성사, 2002.

김 현 · 김주연,『문학이란 무엇인가』, 문학과지성사, 1976.

金炯弼,『朴木月詩研究』, 이우출판사, 1988.

朴斗鎭,『韓國現代詩論』, 일조각, 1970.

박목월,『달빛에 木船가듯』, 어문각, 1988.

朴木月 외 3인,『文學槪論 : 새 理論과 作法의 入門』, 文明社, 1969.

박용수,『우리말 갈래사전』, 한길사, 1989.

박철희·김시태,『작가·작품론 Ⅰ : 시』, 문학과비평사, 1990.

박태일,『한국 근대문학의 실증과 방법』, 소명출판사, 2004.

백　석,『백석전집』, 김재용 엮음, 실천문학사, 2003[1997].

白　鐵·李秉技,『國文學全史』, 신구문화사, 1961.

상허학회,『새로 쓰는 한국 시인론』, 백년글사랑, 2003.

서익환,『조지훈 시 연구』, 우리문학사, 1991.

_____,『조지훈의 시와 자아·자연의 심연』, 국학자료원, 2006.

서정주,『한국의 현대시』, 일지사, 1969.

성기옥,『한국시가율격의 이론』, 새문사, 1986.

성기조,『한국현대시인 연구』, 동백문화사, 1990.

申東旭,『우리 詩의 歷史的 硏究』, 새문사, 1981.

신익호,『기독교와 한국 현대시』, 한남대학교출판부, 1988.

吳世榮,『현대시와 실천비평』, 이우출판사, 1983.

유종호,『시란 무엇인가』, 민음사, 1995.

_____,『다시 읽는 한국시인』, 문학동네, 2002.

이남호,『현대 한국문학 100년』, 민음사, 1999.

이동순,『잃어버린 문학사의 복원과 현장』, 소명출판사, 2005.

이상섭,『문학비평용어사전』, 민음사, 2003[1976].

李昇薰,『木月詩學硏究』, 민족문화사, 1983.

_____,『시론』, 고려원, 1997.

임창일,『신구약성경 길라잡이』, 도서출판 지민, 2013.

임태승,『아이콘과 코드』, 미술문화, 2006.

장경렬,『매혹과 저항 : 현대 문학 비평 이론에 대한 비판적 이해를 위하여』,

서울대학교출판부, 2007.

_____,『응시와 성찰』, 문학과지성사, 2008.

_____,『즐거운 시 읽기』, 문학수첩, 2014.

정과리,『문학이라는 것의 욕망 : 존재의 변증법 4』, 도서출판 역락, 2005.

정진홍,『한국종교문화의 전개』, 집문당, 1988.

_____,『종교학 서설』, 전망사, 1990.

_____,『경험과 기억』, 당대, 2003.

鄭漢模,『청록집 · 기타』, 현암사, 1968.

_____,『現代詩論』, 민중서관, 1973.

_____,『現代詩論』, 보성문화사, 1981.

조동일,『한국시가의 전통과 율격』, 한길사, 1982.

조지훈 외,『돌의 미학』, 나남출판사, 2010.

최문규 · 고규진 외,『기억과 망각』, 책세상, 2003.

최승호,『한국현대시론사』, 모음사, 1992.

_____,『한국 현대시와 동양적 생명사상』, 다운샘, 1995.

_____,『조지훈』, 새미, 2003.

崔元圭,『韓國現代時論』, 학문사, 1982.

최원식,『민족문학의 논리』, 창작과비평사, 1982.

_____,『한국근대문학을 찾아서』, 인하대학교출판부, 1999.

_____,『문학의 귀환』, 창작과비평사, 2001.

최원식 · 염무웅 외,『해방 전후, 우리 문학의 길찾기』, 민음사, 2005.

한경희,『한국 현대시의 내면화 경향』, 도서출판 역락, 2005.

한국문인협회 편,『해방문학 20년』, 정음사, 1966.

한국종교연구회 편,『세계종교사입문』, 청년사, 1996.

홍정선,『역사적 삶과 비평』, 문학과지성사, 1986.

2) 국외 · 번역서

石原千秋 외,『매혹의 인문학 사전』, 송태욱 옮김, 도서출판 앨피, 2009.

劉 勰,『文心雕龍』, 최동호 역편, 민음사, 1994.

이기석,『大學 · 中庸』, 이기석 · 한용우 역해, 홍신문화사, 1983.

李宗三,『中國哲學의 特質』, 송항룡 역, 동화출판사, 1983.

韓 愈,『唐宋八家文』, 이기석 번역, 홍신문화사, 1996.

_____,『唐宋八大家의 산문 세계』, 오수형 편역, 서울대학교출판부, 2000.

Adorno, Theodor W.,『아도르노의 문학이론』, 김주연 역, 민음사, 1985.

_____,『미학 이론』, 홍승용 옮김, 문학과지성사, 1997.

Aland, Kurt, & Black, Matthew, ed., *THE GREEK NEW TESTAMENT*, Deutsche Bibelgesellschaft United Bible Societies, 2010.

Aristoteles,『詩學』, 천병희 옮김, 문예출판사, 2002.

Auerbach, Erich,『미메시스』, 김우창 · 유종호 옮김, 민음사, 1999.

Bachelard, Gaston,『大地와 意志의 夢想』, 민희식 역, 삼성출판사, 1977.

_____,『물과 꿈』, 이가림 옮김, 문예출판사, 1980.

_____,『촛불의 미학』, 이가림 역, 문예출판사, 2001.

_____,『대지 그리고 휴식의 몽상』, 정영란 옮김, 문학동네, 2002.

_____,『순간의 미학』, 이가림 옮김, 영언문화사, 2002.

_____,『공간의 시학』, 곽광수 옮김, 동문선, 2003.

Beale, G. K.,『신약성경신학』, 김귀탁 옮김, 부흥과개혁사, 2013.

Boulton, M., *The Anatomy of Poetry*, Routledge and K. Paul, 1953.

Brooks, Cleanth,『잘 빚은 항아리』, 이명섭 옮김, 종로서적, 1984.

Bruce, F. F. & Millard, A. R. ed.,『새성경사전』, 김의원 · 나용화 역, 기독교문서선교회, 1992.

Cirlot, J. E., *A Dictionary of Symbols*, 2nd ed., Routledge and K. Paul, 1971.

Colwell, C. C.,『문학개론』, 이재호 · 이명섭 역, 을유문화사, 1973.

Eliade, Mircea,『성과 속』, 이은봉 옮김, 한길사, 1998.

_____,『이미지와 상징』, 이재실 옮김, 까치글방, 1998.

Green, Joel B., Mcknight, Scot, and Marshall, I. Howard, ed.,『예수 복음서 사전』, 권종선 외 4인 역, 요단출판사, 2003.

Greimas, A. J., & Fontanille, Jacques, 『정념의 기호학』, 유기환·최용호·신정아 옮김, 도서출판 강, 2014.

Guthrie, Donald, 『신약신학』, 정원태·김근수 공역, 기독교문서선교회, 1999.

Guthrie, Donald, & Marshall, Howard, I., 『복음주의 성경핸드북』, 오광만 옮김, 크리스챤다이제스트, 1991.

Hénault, Anne, 『서사, 일반기호학』, 홍정표 옮김, 문학과지성사, 2003.

Jakobson, Roman, and Halle, Morris, 『언어의 토대 : 구조기능주의 입문』, 박여성 옮김, 문학과지성사, 2009.

Jung, C. G., 『分析心理學』, 洪性華 역, 敎育科學社, 1986.

Lentricchia, Frank, and McLaughlin, Thomas, 『문학연구를 위한 비평용어』, 정정호 외 공역, 한신문화사, 1996.

Lewis, C. D., *The Poetic Image*, Cox & Wyman, 1966.

Mallarmé, Stéphane, *Enquête sur l'évolution littéraire, Oeuvres Complètes*, Pléiace, 1954.

Maslow, A. H., 『존재의 심리학』, 이혜성 역, 이화여자대학교출판부, 1981.

Paz, Octavio, 『활과 리라』, 김홍근·김은중 옮김, 솔출판사, 1998.

Preminger, A. ed., *Princeton Encyclopedia of Poetry & Poetics*, Priceton Univ., 1974.

4. 기타

국사편찬위원회 (http://www.history.go.kr).

우리역사넷 (http://contents.history.go.kr).

한국사데이타베이스 (http://db.history.go.kr).

한국역사정보통합시스템 (http://www.koreanhistory.or.kr).

Britannica KOREA, 『브리태니커백과사전』 CDIX, Britannica KOREA, 2007.

부록 1 : 박목월 시 연구목록

1. 학술기사 (발표연대 순)

001. 鄭漢模, 「玲瓏한 詩精神의 構造 : 朴木月著 自作詩解說 「보라빛 素描」를 中心 삼아」, ≪新文藝≫ 통권 제5호, 正陽社, 1958. 11.

002. 李炯基, 「常識的 文學論 5, 朴木月과 文學방귀說」, ≪現代文學≫ 8, 11, 현대문학사, 1962. 11. 30.

003. 李炯基, 「朴木月의 面貌」, ≪文學春秋≫ 1, 4, 文學春秋社, 1964. 7.

004. 全鳳健, 「카멜레온의 素描 : 朴木月의 詩世界」, ≪世代≫ 제2권 통권12호, 世代社, 1964. 5.

005. 文德守, 「朴木月論」, ≪文學春秋≫ 2, 6, 文學春秋社, 1965. 6.

006. 朴敬用, 「童詩的 童詩와 非童詩的 童詩 : 朴木月씨께 묻는다」, ≪文學春秋≫ 3, 4, 文學春秋社, 1966. 7.

007. 李 中, 「朴木月 : 인물데쌍」, ≪現代文學≫ 13, 4, 현대문학사, 1967. 4.

008. 金宗吉, 「朴泳鍾(木月)의 人品」, ≪횃불≫ 1, 1, 한국일보사, 1969. 1.

009. 吳世榮, 「朴木月의 變貌」, ≪現代詩學≫ 3, 6, 現代詩學社, 1971. 6.

010. 宋在英, 「리리시즘의 擴充 : 朴木月著 朴木月 自選集(10券)」, ≪文學과知性≫, 문학과지성사, 1973. 5.

011. 金後蘭, 「未來指向的인 체념 : 朴木月의 「離別歌」」, ≪心象≫ 12, 心象社, 1974. 9.

012. 金耀燮, 「朴木月 著 「朴木月詩選」 : 新羅土器의 꿈 <書評>」, ≪心象≫ 18. 心象社 1975. 3.

013. 金海星, 「朴木月論 : 初期作品의 三觀考」, ≪韓國文學≫ 30, 한국문학사, 1976. 4.

014. 조상기, 「박목월론」, ≪韓國文學硏究≫ 3, 東國大學校韓國文學硏究所, 1981. 2.

015. 오현명, 「박목월시 하대응극 '나그네' ; 한국 가곡 의 연주 와 해석 14」, ≪월간음악≫ 통권158호, 월간음악사, 1984. 4.

016. 이상호, 「박목월시연구」, ≪韓國學論集≫ 6, 漢陽大學校韓國學硏究所, 1984. 8.

017. 박혜숙, 「소월시와 목월시의 비교연구」, ≪대학원 학술논문집≫ 20, 建國大學校附設 敎育硏究所, 1985. 2.

018. 신달자, 「색채의식과 영원성 : 목월의 청색과 미당의 옥빛을 중심으로」, ≪원우논총≫ 4, 숙명여자대학교 대학원 총학생회, 1986. 8.

019. 김현자, 「한국 현대시의 시적 화자 연구 : 박목월 시를 중심으로」, ≪韓國文化硏究院論叢≫ 48, 梨花女子大學校, 1986. 12.

020. 김용직, 「목월시의 특질」, ≪한양어문연구≫ 6, 한양대학교 한양어문연구회, 1988. 1.

021. 김재홍, 「목월시의 성격과 시사적 의미」, ≪한양어문연구≫ 6, 한양대학교 한양어문연구회, 1988. 1.

022. 申奎浩, 「木月詩의 基督教的 歸結 : 눈물과 바위와 하늘의 세계」, ≪月刊文學≫ 제21권 제1호 통권227호, 월간문학사, 1988. 1.

023. 김경찬, 「木月詩의 韻律論的 考察」, ≪白鹿語文≫ 5, 제주대학교 국어교육과 국어교육연구회, 1988. 2.

024. 金載弘, 「木月詩의 성격과 詩史的 의미」, ≪現代文學≫ 401, 현대문학, 1988. 5.

025. 金恩典, 「朴木月의 童詩」, ≪先淸語文≫ 16 · 17合, 서울大學校 師範大學 國語教育科, 1988. 8.

026. 申翼浩,「木月詩에 나타난 基督敎意識」, ≪表現≫ 16, 表現文學會, 1989. 1.

027. 金容稷,「해방기 시단의 靑鹿派 : 朴木月·趙芝薰·朴斗鎭의 초기 작품세계」, ≪외국문학≫ 18, 열음사, 1989. 3.

028. 韓光九,「박목월의 중기 시에 나타난 시간과 공간 : 시집「蘭·其他」의 시세계」, ≪韓國學論集≫ 16, 漢陽大學校 韓國學硏究所, 1989. 8.

029. 김기중,「朴木月의 시와 '건넘'의 이미지」, ≪語文論集≫ 제29집, 고려대학교 국어국문학연구회, 1990. 2.

030. 權命玉,「목월시의 이해 : 그의 중·후기시의 형태를 중심으로」, ≪현대시≫ 1, 10, 한국문연, 1990. 10.

031. 鄭昌範,「朴木月의 信仰告白」, ≪현대시≫ 1, 10, 한국문연, 1990. 10.

032. 李健淸,「박목월 초기시의 전원지향에 관한 고찰」, ≪한양어문연구≫ 8, 한양대학교 한양어문연구회, 1990. 12.

033. 조창환,「朴木月 初期詩의 韻律과 構造」, ≪인문논총≫ 1, 아주대학교 인문과학연구소, 1990. 12.

034. 韓光九,「朴木月의 詩에 나타난 시간과 공간」, ≪문학과비평≫ 17, 문학과비평사, 1991. 3.

035. 洪禧杓,「木月詩에 나타난 象徵의 考察」, ≪論文集≫ 19, 牧園大學, 1991. 3.

036. 權命玉,「木月 初期詩의 形態 展開」, ≪世明論叢≫ 1, 世明大學校, 1991. 5.

037. 嚴景熙,「朴木月 詩의 空間意識 硏究 : '길'이미지를 中心으로」, ≪崇實語文≫ 8, 崇實大學校 崇實語文硏究會, 1991. 7.

038. 이병문,「박목월시연구」, ≪論文集≫ 16, 光州保健專門大學, 1991. 9.

039. 洪禧杓,「木月詩의 주제론적 고찰」, ≪論文集≫ 20, 牧園大學, 1991. 10.

040. 金用鎭,「朴木月 時에 나타난 消極的 抵抗과 時代批判意識 考察 :「靑鹿集」의 作品을 中心으로」, ≪論文集≫ 14, 안양전문대학, 1991. 12.

041. 柳海淑,「박목월 동시 연구」, ≪청람어문학≫ 6, 청람어문학회, 1991. 12.

042. 洪禧杓,「木月詩의 이미지 分析」, ≪어문학연구≫ 1, 목원대학교 어문학연구소, 1991. 12.

043. 김혜니,「돌의 공간기호론적 시학 : 朴木月 텍스트 분석」, ≪梨花語文論

集≫ 12, 梨花女子大學校 韓國語文學研究所, 1992. 3.

044. 林鍾成,「기독교 정신과 시적 수용의 양상 : 윤동주, 김현승, 박두진, 박목월을 중심으로」, ≪어문학교육≫ 14, 한국어문교육학회, 1992. 6.

045. 趙斗燮,「朴木月詩 志向의 變貌 양상」, ≪大邱語文論叢≫ 10, 대구어문학회 1992. 6.

046. 송희복,「풍류를 아는 詩人의 내면풍경 : 지훈과 목월」, ≪문학사상≫ 237, 문학사상사, 1992. 7.

047. 姜信珠,「박목월의 기독교시」, ≪語文論集≫ 3, 淑明女子大學校 韓國語文學研究所, 1993. 2.

048. 이준복,「朴木月 詩 研究」, ≪청람어문학≫ 8, 청람어문학회, 1993. 3.

049. 朴春德,「목월 詩의 윤리의식 : 생존 동기로서의 시와 종교」, ≪地域社會≫ 15, 한국지역사회연구소, 1993. 8.

050. 최정미,「정지용·박목월 시의 대비적 고찰 : 시어를 중심으로」, ≪국어과교육≫ 제14집, 부산교육대학교 국어교육학과, 1994. 2.

051. 權命玉,「목월 중기시의 형태 전개」, ≪世明論叢.≫ 2, 世明大學校, 1994. 3.

052. 趙忠新,「金素月과 朴木月 詩의 對比 研究 : 주로 時間意識을 中心으로」, ≪敎育論叢≫ 11, 中央大學校敎育 大學院, 1994. 6.

053. 홍희표,「목월시와 고전시와의 영향관계」, ≪어문학연구≫ 4, 목원대학교 어문학연구소, 1994. 12.

054. 權命玉,「목월 후기시의 형태 전개」, ≪世明論叢≫ 3, 世明大學校, 1995. 3.

055. 홍광옥,「朴木月 童詩의 記號學的 研究」, ≪明知語文學≫ 22, 명지어문학회, 1995. 3.

056. 유안진,「육사와 목월의 시에 나타난 향토어 효과」, ≪現代詩學≫ 321, 現代詩學社, 1995. 12.

057. 유 희,「박목월 시 一考 : 음악성을 중심으로」, ≪청람어문학≫ 15, 청람어문학회, 1996. 1.

058. 신규호,「朴木月의 信仰詩考」, ≪論文集 : 神學, 人文·社會科學, 自然科學編≫ 제25집, 聖潔大學校, 1996. 12.

059. 유　희, 「박목월 시의 음악성 연구」, ≪청람어문학≫ 18, 청람어문학회, 1997. 2.

060. 신상철, 「朴木月의 信仰詩 硏究」, ≪人文論叢≫ 10, 慶南大學校 人文科學硏究所, 1998. 2.

061. 李姓敎, 「朴木月 詩 硏究」, ≪誠信語文學≫ 10, 성신어문학연구회, 1998. 2.

062. 오세영, 「박목월의 <회수>」, ≪현대시≫ 9, 5, 한국문연, 1998. 5.

063. 한홍자, 「朴木月詩의 基督敎的 認識」, ≪돈암語文學≫ 통권 제11호, 돈암어문학회, 1992. 2.

064. 박승준, 「박목월 시에 나타난 기독교적 시의식」, ≪培花論叢≫ 18, 培花女子大學, 1999. 5.

065. 한광구, 「박목월 시의 향토성 : 자연의 변화유형분석」, ≪한민족문화연구≫ 제4집, 새로운사람들, 1999. 6.

066. 권혁웅, 「朴木月 初期詩의 構造와 意義 : 『청록집』에 수록된 시들을 중심으로」, ≪돈암語文學≫ 통권 제12호, 돈암어문학회, 1999. 8.

067. 금동철, 「박목월 시에 나타난 근원의식」, ≪冠嶽語文硏究≫ 24, 서울大學校 國語國文學科, 1999. 12.

068. 유성호, 「지상적 사랑과 궁극적 근원을 향한 의지 : 박목월 시의 종교적 상상력」, ≪작가연구≫ 제10호, 새미, 2000. 12.

069. 이건청, 「박목월 시의 전원공간에 관한 연구」, ≪한국언어문화≫ 제18집, 한국언어문화학회, 2000. 12.

070. 박현수, 「이미지의 존재론 : 박목월 초기시의 이미지 연구」, ≪작가연구≫ 제11호, 새미, 2001. 4.

071. 서　림, 「서정시와 시적 구원 : 1960년대 박목월의 경우」, ≪작가연구≫ 제11호, 새미, 2001. 4.

072. 이홍래, 「조지훈 박목월 시의 경향과 화답시(和答詩)에 대하여」, ≪경상어문≫ 7, 경상대학교 국어국문학과 경상어문학회, 2001. 4.

073. 이희중, 「박목월 시의 변모과정」, ≪작가연구≫ 제11호, 새미, 2001. 4.

074. 박현수, 「윌리암즈 시와 목월 시의 비교 연구 : 객관주의 시학의 관점에서」,

≪동서비교문학저널≫ 제4호, 한국동서비교문학학회, 2001. 봄·여름호.

075. 최승호,「박목월 서정시의 이데올로기와 '어머니'」, ≪우리말글≫ 제21
집, 우리말글학회, 2001. 8.

076. 최승호,「박목월론 : 근원에의 향수와 반근대의식」, ≪향토문학연구≫ 제
4호, 대구경북향토문학연구회, 2001. 11.

077. 구창모,「박목월 시인론」, ≪나랏말쌈≫ 제16호, 대구대학교 사범대학
국어교육과, 2001. 12.

078. 김기문,「東里와 木月의 生涯」, ≪慶州文化≫ 통권 제7호, 慶州文化院, 2001. 12.

079. 송영근,「박목월 동시 연구」, ≪어문학교육≫ 제24호, 한국어문교육학
회, 2002. 5.

080. 손진은,「시「往十里」의 상호텍스트성 연구 : 金素月, 朴木月, 金宗三의 시
를 중심으로」, ≪어문학≫ 제76호, 한국어문학회, 2002. 6.

081. 최승호,「1960년대 박목월 서정시에 나타난 구원의 시학」, ≪어문학≫
제76호, 한국어문학회, 2002. 6.

082. 남정희,「박목월 시의 변모와 발화방식」, ≪泮橋語文硏究≫ 통권 제14호,
泮橋語文學會, 2002. 8.

083. 진순애,「박목월 시의 신화적 시간」, ≪우리말글≫ 제25집, 우리말글학회,
2002. 8.

084. 이남호,「나머지 허락 받은 것을 돌려 보냈으면 : 이남호의 목월 시 읽기」,
≪現代詩學≫ 제34권 11호 통권404호, 現代詩學社, 2002. 11.

085. 유지현,「박목월 시에 나타난 물의 심상 고찰」, ≪어문학≫ 제78호, 한국
어문학회, 2002. 12.

086. 이남호,「나는 무엇이나 된다, 지금 이순간은, 7 ; 이남호의 목월 시 읽기」,
≪現代詩學≫ 제34권 12호 통권405호, 現代詩學社, 2002. 12.

087. 유혜숙,「박목월 시에 나타난 신성과 신비의 베일로서의 어스름」, ≪한국
문학이론과 비평≫ 제17집, 한국문학이론과비평학회, 2002. 12.

088. 이혜진,「박목월 시 연구 : 기독교적 세계관을 중심으로」, ≪教育論叢≫
제18집, 韓國外國語大學校 教育大學院, 2002. 12.

089. 허영자, 「박목월의 시에 나타난 가족의 의미 : '어머니' 시를 중심으로」, ≪새국어교육≫ 통권65호, 한국국어교육학회, 2003. 3.

090. 박정선, 「동양적 풍경의 시와 산수화적 기법 : 지용과 목월 시에 나타난 여백의 의미를 중심으로」, ≪제3의문학≫ 제3권 제4호 통권12호, 제3의 문학, 2003. 봄호.

091. 오세영, 「'영원(永遠)' 탐구의 시학 : 박목월(朴木月) 론」, ≪한국언어문화≫ 제23집, 한국언어문화학회, 2003. 6.

092. 노여심, 「박목월과 이오덕의 동시관 비교 : 형태론과 주제론을 중심으로」, ≪두류국어교육≫ 제4집, 두류국어교육학회, 2003. 7.

093. 손진은, 「박목월 시의 향토성과 세계성」, ≪우리말글≫ 제28집, 우리말 글학회, 2003. 8.

094. 엄경희, 「박목월 1916-1978 : 사랑은 왜 이리도 깊고 아픈 것이냐」, ≪시 인세계≫ 통권 제6호, 문학세계사, 2003. 11.

095. 최용석, 「박목월의 초기 아동시의 특성 고찰 : 동시대의 일반시와의 공통 점을 중심으로」, ≪우리文學硏究≫ 제16집, 우리文學會, 2003. 12. 29.

096. 금동철, 「박목월 후기시의 기독교적 이미지 연구」, ≪ACTS신학과선교≫ 제7호, 아세아연합신학대학교, 2003. 12. 30.

097. 김종태, 「박목월 시의 가족 이미지와 내면 의식 연구」, ≪우리말글≫ 제 30집, 우리말글학회, 2004. 4.

098. 박영호, 「彷徨에서 觀照로 이르는 길 : 朴木月論」, ≪시선≫ 제2권 제2호 통권 제6호, 시선사, 2004. 6. 10.

099. 최병선, 「분행의 음운적 특성을 중심으로 본 박목월 시의 문체」, ≪한국 언어문화≫ 제25집, 한국언어문화학회, 2004. 6. 15.

100. 김인섭, 「박목월시의 기독교의식」, ≪韓民族語文學≫ 제44호, 韓民族語 文學會, 2004. 6. 30.

101. 박선영, 「박목월 詩의 空間이미지 변모양상 연구 : 내적 목마름 현상을 중 심으로」, ≪崇實語文≫ 제20집, 숭실어문학회, 2004. 6. 30.

102. 정수자, 「박목월 시에 나타난 여백의 양상」, ≪한중인문학연구≫ 제12

집, 한중인문학회, 2004. 6. 30.

103. 금동철, 「박목월 시에 나타난 기독교적 자연관 연구」, ≪우리말글≫ 제32집, 우리말글학회, 2004. 12. 30.

104. 김옥성, 「박목월 : 박목월 시의 넓이와 깊이」, ≪시인세계≫ 통권 제14호, 문학세계사, 2005. 11. 20.

105. 김현자, 「잠적(潛跡)과 비천(飛天)의 눈부신 변신 : 박목월의 「비유의 물」」, ≪서정시학≫ 제15권 제4호 통권 제28호, 서정시학, 2005. 12. 1.

106. 조미숙, 「여성화된 자연에 대한 탈식민주의적 고찰 : 박목월의 자연관에 비추어」, ≪成均語文硏究≫ 제40집, 成均館大學校成均語文學會, 2005. 12. 20.

107. 최승호, 「박목월 서정시의 미메시스적 읽기」, ≪국어국문학≫ 제141호, 국어국문학회, 2005. 12. 30.

108. 김선학, 「청록파 박목월의 시」, ≪現代詩學≫ 제38권 6호 통권447호, 現代詩學社, 2006. 6. 1.

109. 이승훈, 「어리석음의 도를 깨우쳐주신 스승 박목월」, ≪문학사상≫ 제35권 제1호 통권 399호, 문학사상사, 2006. 1. 1.

110. 최승호, 「박목월 시의 나그네 의식」, ≪韓國言語文學≫ 제58집, 한국언어문학회, 2006. 9. 20.

111. 이건청, 「치밀한 서정과 절대 순수의 언어 : 『청록집』의 박목월 시편들에 대하여」, ≪國際言語文學≫ 제14호, 國際言語文學會, 2006. 12. 30.

112. 한예찬, 「박목월 시에 나타난 童心 指向性」, ≪동화와 번역≫ 제12집, 건국대학교 출판부, 2006. 12. 31.

113. 허만하, 「<謠的 修辭>에서 詩로 : 잊혀진 박목월의 시 「이슬」을 중심으로」, ≪現代詩學≫ 제39권 4호 통권 457호, 現代詩學社, 2007. 4. 1.

114. 최명표, 「박목월의 동시적 상상력 연구」, ≪한국아동문학연구≫ 제13호, 한국아동문학학회, 2007. 5. 20.

115. 함종호, 「박목월 초기시의 이미지 발생 구조」, ≪人文硏究≫ 제52호, 영남대학교 출판부, 2007. 6. 30.

116. 김현자,「한국 자연시에 나타난 은유 연구 : 박목월·박용래 시를 중심으로」, ≪한국시학연구≫ 제20호, 한국시학회, 2007. 12. 15.

117. 박동규·정영주,「서울대 국문학과 박동규 명예교수 : 아버지 고 박목월 시인 생전 작업 이어받아 30년째 월간지 '심상' 편집에 심혈 : "가족은 내게 큰힘 주는 삶의 전부" <인터뷰>」, ≪주간한국≫ 통권2203호. 한국일보사 2007. 12. 25.

118. 조춘희,「박목월 시의 문체론적 고찰 : <경상도의 가랑잎>을 중심으로」, ≪韓國文學論叢≫ 제47집, 韓國文學會, 2007. 12. 30.

119. 김미혜,「시 교육에 있어서 이미지 이해의 문제에 대한 고찰 : 박목월 초기 시의 이미지를 중심으로」, ≪문학교육학≫ 제25호, 역락, 2008. 4. 30.

120. 金容沃,「박목월 시의 '돌' 상징성 연구」, ≪韓國思想과 文化≫ 제43집, 韓國思想文化研究院, 2008. 6. 30.

121. 허형만,「박목월 시의 문학, 언어지리학적 고찰」, ≪國際言語文學≫ 제17호, 國際言語文學會, 2008. 6. 30.

122. 김용희,「박목월 시어의 현대성」, ≪한국언어문화≫ 제36집, 한국언어문화학회, 2008. 8. 30.

123. 정　민,「목월시의 의경과 한시적 미감」, ≪한국언어문화≫ 제36집, 한국언어문화학회, 2008. 8. 30.

124. 남금희,「박목월 시의 신앙의식 연구」, ≪한국문학이론과 비평≫ 12권 3호 제40집, 한국문학이론과비평학회, 2008. 9. 30.

125. 金　仙,「박목월 평론 : 靈魂의 渴症과 나그네의 孤獨」, ≪열린문학≫ 통권 42호, 열린문학, 2008. 12. 10.

126. 구본현,「한문학의 전통과 박목월의 「윤사월」」, ≪韓國漢文學研究≫ 제42집, 한국한문학회, 2008. 12. 31.

127. 송철수,「박목월 시집 『사력질(砂礫質)』 분석」, ≪문창어문논집≫ 제45집, 문창어문학회, 2008. 12. 31.

128. 이건청,「박목월 문학을 재조명한다 : 서정으로 이룬 민족시의 너른 지평」, ≪月刊文學≫ 제42권 제2호 통권 480호, 한국문인협회 월간문학사,

2009. 2. 1.

129. 허만하, 「木月의 해그름과 푸른빛」, ≪現代詩學≫ 제41권 2호 통권479
     호, 現代詩學社, 2009. 2. 1.

130. 남금희, 「박목월 신앙의식의 시들 : 부모상(父母像)을 중심으로」, ≪(월
     간) 창조문예≫ 제13권 제4호 통권147호, 크리스챤서적 · 창조문예사,
     2009. 4. 1.

131. 금동철, 「박목월 시에 나타난 고향 이미지 연구」, ≪한국시학연구≫ 제
     24호, 한국시학회, 2009. 4. 15.

132. 김완성, 「향가 <찬기파랑가>, 윤선도 <오우가>, 박목월 <나그네>의
     달의 의미 고찰」, ≪새국어교육≫ 제81호, 한국국어교육학회, 2009. 4.
     30.

133. 조성문, 「박목월 시의 음운론적 특성 분석」, ≪한국언어문화≫ 제38집,
     한국언어문화학회, 2009. 4. 30.

134. 박선영, 「박목월 후기시의 은유 분석 : '어머니' 시를 중심으로」, ≪어문
     논총≫ 제50호, 한국문학언어학회, 2009. 6. 30.

135. 박선영, 「박목월의 후기시에 나타난 초월성의 은유 미학」, ≪우리말글≫
     제46집, 우리말글학회, 2009. 8. 30.

136. 박선영, 「박목월의 후기시에 나타난 죽음의식의 은유체계」, ≪韓國文學
     論叢≫ 제52집, 韓國文學會, 2009. 8. 30.

137. 김현자, 「자아와 세계의 탐색, 길에 관한 명상 : 김소월의 「길」, 윤동주의
     「눈 오는 지도」, 박목월의 「가교」」, ≪새국어생활≫ 제19권 제4호, 국립
     국어원, 2009. 12. 30.

138. 김성배, 「朴木月 詩 硏究 1 : 朴木月의 詩的 變貌過程을 中心으로」, ≪시
     와비평 & 시조와비평≫ 통권124호, 시 · 시조와 비평사, 2010. 3. 1.

139. 윤향기, 「박목월과 윤동주의 동시에 나타난 색채어 분석」, ≪批評文學≫
     제35호, 韓國批評文學會, 2010. 3. 30.

140. 朴善英, 「朴木月 中期詩의 '自然'과 隱喩 樣相」, ≪語文硏究≫ 38권 1호
     통권145호, 韓國語文敎育硏究會, 2010. 3. 31.

141. 박선영, 「박목월 초기시의 공간 은유 : 기독교적 초월성을 중심으로」, ≪한국문학과 예술≫ 제5집, 숭실대학교 한국문예연구소, 2010. 3. 31.

142. 박슬기, 「박선영의 「박목월 초기시의 공간 은유」에 대한 토론문」, ≪한국문학과 예술≫ 제5집, 숭실대학교 한국문예연구소, 2010. 3. 31.

143. 김성배, 「朴木月 詩 硏究, 2」, ≪시와비평 & 시조와비평≫ 통권125호, 시·시조와 비평사, 2010. 6. 10.

144. 박선영, 「박목월 중기시의 은유 양상 : 시적 자아의 초월성을 중심으로」, ≪어문논총≫ 제52호, 한국문학언어학회, 2010. 6. 30.

145. 유성호, 「목월과 지훈 시의 아포리아」, ≪現代詩學≫ 제42권 8호 통권497호, 現代詩學社, 2010. 8. 1.

146. 김성배, 「朴木月 詩 硏究 3」, ≪시와비평 & 시조와비평≫ 통권126호, 시·시조와 비평사, 2010. 9. 10.

147. 김기중, 「한국 현대시에 나타난 기독교적 시의식 연구 : 박두진, 박목월, 김현승의 시의식을 중심으로」, ≪國際言語文學≫ 제22호, 國際言語文學會, 2010. 10. 30.

148. 김성배, 「朴木月 詩 硏究 4」, ≪시와비평 & 시조와비평≫ 통권127호, 시·시조와 비평사, 2010. 12. 10.

149. 이상호, 「기존 발표 작품의 재수록에 관한 試論 : 박목월 시를 중심으로」, ≪한국시학연구≫ 제29호, 한국시학회, 2010. 12. 15.

150. 이종순, 「한국현대시에 나타난 자연표상에 대한 고찰 : 金素月과 朴木月의 시세계」, ≪한국관광대학 논문집≫ 제9호, 한국관광대학, 2010. 12. 29.

151. 이상호, 「박목월 시의 이본과 결정판의 확정에 관한 연구」, ≪돈암語文學≫ 통권 제23호, 돈암어문학회, 2010. 12. 30.

152. 박선영, 「박목월의 『경상도의 가랑잎』의 공간 은유 분석」, ≪韓國文學論叢≫ 제57집, 韓國文學會, 2011. 4. 30.

153. 고운기, 「시와 종교적 심성 : 박목월의 시를 중심으로」, ≪불교문예≫ 제17권 3호 통권54호, 불교문예출판부, 2011. 9. 1.

154. 양병호, 「박목월 시의 인지시학적 연구」, ≪韓國言語文學≫ 제78집, 한국
언어문학회, 2011. 9. 20.

155. 김유진, 「이원수와 박목월의 동시론 비교 연구」, ≪아동청소년문학연구≫
9호, 한국아동청소년문학학회, 2011. 12. 31.

156. 손정순, 「박목월 후기시 연구」, ≪한국언어문화≫ 제47집, 한국언어문화
학회, 2012. 4. 30.

157. 송 화·김용범, 「박목월 서정시의 김연준 예술가곡화 연구 : 문화융합의
원리를 중심으로」, ≪音樂論壇≫ 제27집, 漢陽大學校音樂硏究所, 2012.
4. 30.

158. 정영미, 「박목월의 시세계」, ≪한국현대시문학≫ 통권14호, 한국현대시
문학연구소, 2012. 6. 1.

159. 장동석, 「박목월 시의 '자연' 제시 양상 연구」, ≪국제어문≫ 제56집, 국
제어문학회, 2012. 12. 30.

160. 유혜숙, 「박목월 시와 '나선'의 시학」, ≪현대문학이론연구≫ 제51집, 현
대문학이론학회, 2012. 12. 30.

161. 이상호, 「박목월의 초기 시에 내포된 莊子的 상상력 연구」, ≪동아시아문
화연구≫ 제53집, 한양대학교출판부, 2013. 5. 31.

162. 유혜숙, 「박목월의 어머니 시편에 나타난 모성 부재 의식과 초월적 모성
의 관련 양상」, ≪한국문학이론과 비평≫ 17권 4호 제61집, 한국문학이
론과 비평학회, 2013. 12. 30.

2. 박사학위논문

001. 金炯弼, 「朴木月詩研究」, 한양대학교 대학원, 1985. 8.

002. 朴勝俊, 「朴木月 詩 연구 : 공간적 시의식의 변이양상을 중심으로」, 明知
大學校 大學院, 1990. 2.

003. 權明玉, 「朴木月詩 硏究 : 心象과 形態를 중심으로」, 漢陽大學校 大學院,
1990. 8.

004. 김혜니, 「朴木月 詩 空間의 記號論的 연구」, 梨花女子大學校 大學院, 1990. 8.

005. 韓光九, 「朴木月의 詩에 나타난 時間과 空間 연구」, 漢陽大學校 大學院, 1991. 2.

006. 洪禧杓, 「朴木月 詩의 연구」, 仁荷大學校 大學院, 1991. 2.

007. 洪義杓, 「박목월시 연구」, 東亞大學校 大學院, 1995. 8.

008. 정경은, 「한국 기독교시 연구 : 박두진, 박목월, 김현승 시를 중심으로」, 서울女子大學校 大學院, 1999. 2.

009. 서경온, 「박목월 시 연구 : 시세계의 변용과정을 중심으로」, 성신여자대학교 대학원, 2002. 2.

010. 황학주, 「박목월 시 연구 : 기독교 시를 중심으로」, 우석대학교 대학원, 2002. 2.

011. 정수자, 「한국 현대시의 고전적 미의식 연구 : 정지용·조지훈·박목월의 산시를 중심으로」, 아주대학교 대학원, 2005. 2.

012. 한예찬, 「박목월 시 연구 : 시인 의식의 변모 양상을 중심으로」, 국민대학교 대학원, 2006. 8.

013. 김용옥, 「박목월 후기 시 연구」, 동국대학교 대학원, 2008. 8.

014. 김윤환, 「한국 현대시의 종교적 상상력 연구 : 박두진, 박목월, 조지훈 시를 중심으로」, 단국대학교 대학원, 2009. 8.

015. 손정순, 「박목월 시 연구 : 시에 나타난 현대성을 중심으로」, 고려대학교 대학원, 2012. 2.

016. 황수대, 「1930년대 동시 연구 : 목일신·강소천·박목월을 중심으로」, 고려대학교 대학원, 2013. 2.

017. 이경아, 「박목월 시와 조지훈 시의 관계 연구 : 공통점과 차이점을 중심으로」, 인하대학교 대학원, 2015. 2.

3. 석사학위논문

001. 朴一範,「現代詩의 文體論的 연구 : 朴木月, 朴斗鎭의 靑鹿集所載詩를 中心으로, 고려대학교 교육대학원, 1977. 2.

002. 金成培,「朴木月詩研究」, 高麗大學校 敎育大學院, 1979. 9.

003. 李元洛,「朴木月詩의 心象研究」, 明知大學校 大學院, 1979. 9.

004. 甘泰俊,「未堂과 木月의 初期詩 對比 研究」, 한양대학교 대학원, 1982. 8.

005. 權明玉,「木月 詩 研究 : 初期詩의 리듬 意識을 中心으로」, 한양대학교 대학원, 1983. 2.

006. 이구철,「朴木月 연구」, 강원대학교 교육대학원, 1983. 2.

007. 李炯基,「박목월 연구 : "초기시"를 중심으로」, 건국대학교 대학원, 1983. 8.

008. 朴運用,「朴木月 詩 의 自然空間研究」, 공주사범대학교 교육대학원, 1984. 2.

009. 유좌선,「박목월 시 연구」, 단국대학교 교육대학원, 1984. 2.

010. 김학섭,「목월시 작품에 나타난 심미의식에 관한 연구」, 영남대학교 교육대학원, 1984. 8.

011. 權達雄,「素月과 木月의 比較 研究 : 두 시인의 傳統意識을 中心으로」, 한양대학교 대학원, 1984. 8.

012. 李康一,「박목월詩 研究」, 충남대학교 교육대학원, 1985. 2.

013. 李金德,「朴木月 詩 研究」, 인하대학교 교육대학원, 1985. 2.

014. 趙斗燮,「朴木月 律格意識 變貌研究」, 대구대학교 대학원, 1985. 2.

015. 洪義杓,「木月詩와 自然 : 自然에 대한 態度의 변화를 중심으로」, 부산대학교 교육대학원, 1985. 8.

016. 김용희,「박목월시 연구」, 경희대학교 대학원, 1986. 2.

017. 李熙中,「朴木月 詩 研究」, 고려대학교 대학원, 1986. 2.

018. 任二順,「木月詩 研究」, 충남대학교 대학원, 1986. 2.

019. 王洙完,「木月의 詩世界 研究」, 慶南大學校 大學院, 1986. 8.

020. 조의홍,「朴木月 詩 研究」, 東亞大學校 大學院, 1986. 8.

021. 具勇秀,「朴木月의 詩世界 考察」, 朝鮮大學校 教育大學院, 1987. 2.

022. 崔賢淑,「朴木月 詩의 主題研究」, 京畿大學校 大學院, 1987. 2.

023. 朴喜演,「박목월 시의 변용과정」, 建國大學校 教育大學院, 1987. 8.

024. 鄭孝淑,「木月詩의 傳統變奏樣相의 研究」, 啓明大學校 教育大學院, 1987. 8.

025. 金容嬉,「朴木月詩의 美的 距離 研究」, 梨花女子大學校 大學院, 1988. 2.

026. 金熙武,「朴木月 詩 研究 : 詩의 變貌樣相을 中心으로」, 全南大學校 教育大學院, 1982. 2.

027. 서경온,「朴木月詩 研究」, 誠信女子大學校 大學院, 1988. 2.

028. 曹光鉉,「朴木月 詩 研究」, 忠南大學校 教育大學院, 1988. 2.

029. 洪芹杓,「朴木月의 詩 研究」, 慶南大學校 教育大學院, 1988. 2.

030. 李貞子,「朴木月 詩 研究 : 기독교적 관점에서」, 漢陽大學校 大學院, 1988. 8.

031. 김성영,「다형시와 목월시의 비교 연구」, 檀國大學校 大學院, 1989. 2.

032. 李聖善,「朴木月 詩의 空間意識과 心象體系」, 高麗大學校 教育大學院, 1989. 2.

033. 嚴景熙,「朴木月詩의 空間意識 研究 : '길'이미지를 중심으로」, 梨花女子大學校 大學院, 1990. 2.

034. 崔光林,「朴木月의 初期詩 研究」, 群山大學校 大學院, 1990. 2.

035. 孔成學,「朴木月의 童詩 研究」, 仁川大學校 教育大學院, 1990. 8.

036. 李在粉,「朴木月의 詩에 나타난 길의 이미지 연구」, 淑明女子大學校 大學院, 1990. 8.

037. 韓惠暎,「朴木月 童詩 연구」, 誠信女子大學校 大學院, 1990. 8.

038. 宋永浩,「朴木月 詩 연구 : 그의 시에 나타난 기독교 정신을 중심으로」, 明知大學校 大學院, 1991. 2.

039. 吳 駿,「韓國 現代詩에 나타난 물의 樣相 : 金素月, 徐廷柱, 朴木月의 詩를 중심으로」, 中央大學校 大學院, 1991. 2.

040. 柳海淑,「박목월 동시 연구」, 韓國敎員大學校 大學院, 1992. 2.

041. 宋喆秀,「朴木月詩연구 :「경상도의 가랑잎」을 중심으로」, 東國大學校 教育大學院, 1992. 8.

042. 李準馥,「朴木月詩 연구」, 韓國敎員大學校 大學院, 1993. 2.

043. 李殷宋,「박목월의 초기 시 연구 : 전통적 서정을 중심으로」, 曉園大學校
敎育大學院, 1993. 8.

044. 琴東哲,「朴木月 시의 텍스트 생산 연구 : 木月시의 기호학적 母型 분석」,
서울大學校 大學院, 1994. 2.

045. 배용숙,「박목월 시의 전개과정 연구 : 초기시의 특징을 중심으로」, 京畿
大學校 敎育大學院, 1994. 2.

046. 趙忠新,「金素月과 朴木月 시의 대비 연구 : 주로 시간의식을 중심으로」,
中央大學校 敎育大學院, 1994. 2.

047. 洪光玉,「박목월 동시의 기호학적 연구 : 공간기호의 의미와 화합을 중심
으로」, 明知大學校 大學院, 1994. 2.

048. 朴秀眞,「朴木月의 童詩 연구」, 建國大學校 大學院, 1994. 8.

049. 安孝一,「기독교적 관점에서 본 박목월시 연구」, 嶺南大學校 敎育大學院,
1994. 8.

050. 申尹基,「朴木月 시 연구 : 초기시의 전통요소를 중심으로」, 韓國敎員大
學校 大學院, 1995. 2.

051. 李京姬,「木月 詩에 관한 변증법적 일고찰 : 자연과 인생을 중심으로」, 中
央大學校 敎育大學院, 1995. 2.

052. 曺永日,「박목월 시의 연구」, 朝鮮大學校 大學院, 1995. 2.

053. 全敬寓,「朴木月 시 연구 : 기독교시의 형성과정을 중심으로」, 尙志大學
校 敎育大學院, 1995. 8.

054. 金忠雄,「朴木月 시 연구 : 중후기 생활 · 신앙시를 중심으로」, 仁荷大學校
敎育大學院, 1995. 8.

055. 文恩珠,「朴木月 童詩 分析」, 湖南大學校 大學院, 1996. 2.

056. 朴駿悅,「박목월 시에 나타난 기독교의식 연구」, 韓南大學校 大學院,
1996. 2.

057. 柳 熙,「朴木月 詩 연구 : 음악성을 중심으로」, 韓國敎員大學校 大學院, 1997. 2.

058. 權貞男,「木月詩에 表出된 달의 이미지 考察」, 關東大學校 大學院, 1997. 8.

059. 권　향, 「한국 현대시에 나타난 기독교 사상 연구 : 윤동주, 김현승, 박목월을 중심으로」, 明知大學校 敎育大學院, 1998. 2.

060. 金成姸, 「朴木月 詩 硏究 : 시의 변용과정을 중심으로」, 明知大學校 社會敎育大學院, 1998. 2.

061. 金容沃, 「朴木月 詩 硏究 : 후기시의 변이과정을 중심으로」, 西江大學校 敎育大學院, 1998. 2.

062. 김상희, 「박목월 시의 이미지 연구」, 서울女子大學校 大學院, 1998. 8.

063. 김영록, 「박목월시의 변모양상 연구」, 世明大學校 敎育大學院, 1998. 8.

064. 尹三鉉, 「박목월의 童詩 世界 연구」, 全南大學校 敎育大學院, 1998. 8.

065. 윤은주, 「박목월 시의 공간과 자아」, 慶尙大學校 大學院, 1998. 8.

066. 崔正錫, 「朴木月 詩 硏究 : 시적 변모양상을 중심으로」, 圓光大學校 敎育大學院, 1998. 8.

067. 金相植, 「박목월 시 연구」, 慶山大學校 大學院, 1999. 2.

068. 김진광, 「박목월 동시의 형태적 특성에 관한 연구」, 江陵大學校 敎育大學院, 1999. 2.

069. 박상숙, 「박목월 시에 나타난 기독교적 세계관」, 淑明女子大學校 敎育大學院, 1999. 2.

070. 오주영, 「박목월 동시연구 : 시어의 분석을 통한 동시세계 고찰」, 木浦大學校 敎育大學院, 1999. 2.

071. 김용범, 「박목월 시와 자전적 체험과의 관계 연구」, 仁荷大學校 敎育大學院, 1999. 8.

072. 박영숙, 「박목월 시의 심상 연구」, 안양대학교 교육대학원, 1999. 8.

073. 박희덕, 「박목월 초기시 연구 : 『청록집』 시편들을 대상으로」, 西南大學校 敎育大學院, 1999. 8.

074. 홍지수, 「박목월 시 연구 : 시의 변모과정을 중심으로」, 명지대학교 교육대학원, 1999. 8.

075. 김기정, 「박목월 시 연구 : 박목월 시의 시대적 흐름을 중심으로」, 원광대학교 교육대학원, 2001. 2.

076. 남용우, 「박목월 문학에 나타난 회귀의식 연구 : 아동문학을 중심으로」, 단국대학교 대학원, 2001. 2.

077. 성 훈, 「목월 시 변모과정에 관한 연구」, 연세대학교 교육대학원, 2001. 2.

078. 권현숙, 「박목월 시 연구 : 시집『산도화』를 중심으로」, 한양대학교 교육대학원, 2001. 8.

079. 박민근, 「박목월 후기시에 나타난 '자연'의 의미」, 연세대학교 대학원, 2001. 8.

080. 송영근, 「박목월 동시 연구」, 부산교육대학교 교육대학원, 2002. 2.

081. 이수정, 「박목월 시의 공간의식 연구 : 집의 상상력을 중심으로」, 서울대학교 대학원, 2002. 2.

082. 민명자, 「박목월 시의 상징성 연구」, 충남대학교 대학원, 2002. 8.

083. 박성실, 「박목월의 초기시 연구」, 한양대학교 교육대학원, 2002. 8.

084. 문지혜, 「박목월 시의 리듬의식 연구」, 인제대학교 교육대학원, 2003. 8.

085. 이용순, 「이원수·박목월 시와 동시 비교 연구」, 영남대학교 대학원, 2003. 8.

086. 강우규, 「박목월 시 연구 : 시의 변모과정을 중심으로」, 중앙대학교 교육대학원, 2003. 2.

087. 김지은, 「박목월 중기시의 어조 연구」, 연세대학교 대학원, 2003. 2.

088. 이혜진, 「박목월 시 연구 : 기독교 세계관을 중심으로」, 한국외국어대학교 교육대학원, 2003. 2.

089. 노여심, 「박목월과 이오덕의 동시관 비교 연구」, 진주교육대학교 교육대학원, 2003. 8.

090. 박선영, 「박목월 시의 공간이미지 변모양상 연구 : 내적 목마름 현상을 중심으로」, 숭실대학교 대학원, 2003. 8.

091. 김인숙, 「박목월 시 연구 : 향수와 향토적 정조를 중심으로」, 아주대학교 교육대학원, 2004. 2.

092. 원동선, 「박목월 시 연구 : 생태적 상상력을 중심으로」, 한국외국어대학교 대학원, 2004. 2.

093. 이서현, 「박목월 시 연구 : 이미지를 중심으로」, 경희대학교 교육대학원, 2004. 2.

094. 홍은영,「박목월 시의 심상 연구」, 충남대학교 교육대학원, 2004. 2.

095. 김인애,「현대시의 '길' 이미지에 나타난 의식지향성과 그 교육적 의의 연구 : 김소월, 임화, 박목월의 시를 중심으로」, 부산외국어대학교 교육대학원, 2004. 8.

096. 박찬수,「박목월 시 연구 : 신앙 체험을 중심으로」, 한양대학교 대학원, 2004. 8.

097. 김유신,「박목월 동시에 나타난 환상성 연구」, 목포대학교 교육대학원, 2005. 2.

098. 송미영,「박목월 시의 변모 양상 연구」, 한국교원대학교 교육대학원, 2005. 2.

099. 손대익,「박목월 시에 나타난 자연의 의미 : 변모양상을 중심으로」, 충북대학교 대학원, 2005. 8.

100. 허숙희,「박목월 중기시 연구」, 홍익대학교 교육대학원, 2005. 8.

101. 김윤환,「박목월 시에 나타난 모성애적 하나님」, 협성대학교 신학대학원, 2006. 2.

102. 임진희,「박목월 시 연구 : 시의 주제론적 변모 양상을 중심으로」, 원광대학교 교육대학원, 2006. 8.

103. 강영란,「박목월 시 연구 : '꿈'의 변모과정을 중심으로」, 목포대학교 교육대학원, 2007. 2.

104. 김선경,「소월 시와 목월 시 비교연구 : 시적 화자의 태도를 중심으로」, 수원대학교 교육대학원, 2008. 2.

105. 박원미,「한국 현대시에 나타난 기독교적 세계관 연구 : 김현승·박목월의 후기시를 중심으로」, 강원대학교 교육대학원, 2008. 2.

106. 우현숙,「박목월 시의 주제와 담화 체계에 따른 어조 연구」, 인제대학교 대학원, 2008. 8.

107. 김미숙,「박목월 시의 성서적 인유에 대한 연구 :『크고 부드러운 손』을 중심으로」, 대구가톨릭대학교 대학원, 2009. 2.

108. 김해뜸,「활동중심의 시 교수 학습 방법의 실제 : 박목월「가정」과 김초

혜「어머니」 중심으로」, 단국대학교 교육대학원, 2009. 2.

109. 양연희, 「목월 시에 나타난 방언 연구」, 한국교원대학교 대학원, 2009. 2.

110. 류정화, 「『청록집』의 목월, 지훈 시 대비적 고찰」, 동국대학교 교육대학원, 2009. 8.

111. 최영숙, 「박목월의 동시와 성장시 연구」, 중앙대학교 예술대학원, 2010. 2.

112. 황종수, 「박목월 시의 기독교 상징성에 대한 연구」, 대구대학교 교육대학원, 2010. 2.

113. 최현숙, 「다매체를 활용한 현대시 교육 연구 : 박목월 <가정>과 김광규 <동서남북>을 중심으로」, 단국대학교 교육대학원, 2010. 8.

114. 설지이, 「박목월 시의 문학교육적 가치 연구」, 고려대학교 대학원, 2012. 2.

115. 이현지, 「교과서에 수록된 박목월 시의 현황과 교육적 의의」, 고려대학교 교육대학원, 2012. 2.

116. 김미연, 「박목월 시의 이미지 연구」, 동국대학교 문화예술대학원, 2012. 8.

117. 박홍주, 「박목월 중기시 연구 : 『난·기타』, 『청담』을 중심으로」, 한양대학교 교육대학원, 2012. 8.

118. 김선호, 「박목월 시의 시적 공간에 대한 연구 : 시적 공간의 의미와 형상화 방식의 교육적 의의를 중심으로」, 고려대학교 교육대학원, 2013. 8.

119. 손재윤, 「정지용과 박목월의 동시 비교 연구」, 대구대학교 교육대학원, 2013. 8.

부록 2 : 조지훈 시 연구목록

1. 학술기사

001. 申一澈, 「詩人的直觀의 「韓國學」 : 趙芝薰著 「韓國文化史序說」」, ≪思想界≫ 12, 12, 思想界社 1964. 12.

002. 申東旭, 「趙芝薰論 : 傳統에의 姿勢」, ≪現代文學≫ 11, 11, 현대문학사, 1965. 11.

003. 金宗吉, 「선비 趙芝薰의 氣稟」, ≪世代≫ 제6권 통권60호, 世代社, 1968. 7.

004. 金海星, 「芝薰의 禪的詩觀」, ≪佛敎界≫ 제23호, 불교계사, 1969. 7.

005. 鄭泰榕, 「趙芝薰論」, ≪現代文學≫ 16, 3, 현대문학사, 1970. 3.

006. 朴喜璉, 「피난시절에 만난 趙芝薰선생 : 잊을 수 없는 사람」, ≪新東亞≫ 통권 제87호, 東亞日報社, 1971.

007. 權道鉉, 「趙芝薰考究 : 뮤우즈(muse)에 흐르고 있는 詩神」, ≪論文集≫ 2, 馬山敎育大學, 1971. 5.

008. 權道鉉, 「趙芝薰 試攷 : 에스프리 分析의 可能」, ≪詩文學≫ 8, 현대문학사, 1972. 3.

009. 印權煥, 「趙芝薰論 上, 芝薰의 學問과 그 業績」, ≪世代≫ 제10권 통권105호, 世代社, 1972. 4. 1.

010. 張文平, 「芝薰의 挫折」, ≪現代文學≫ 18, 7, 현대문학사, 1972. 7.

011. 金烈圭, 「韓國・民間傳承과 文學 : 趙芝薰論을 兼해서, 韓國의 思想<特輯>」, ≪綠苑≫ 18, 梨花女子大學校文理大學生會, 1973. 2.

012. 李龍宰, 「佛敎思想을 通해서 본 趙芝薰의 詩世界」, ≪龍鳳≫ 3, 全南大學校學徒護國團, 1972. 8.

013. 梁汪容, 「趙芝薰의 詩」, ≪現代詩學≫ 5, 2, 現代詩學社, 1973. 2.

014. 兪炳鶴・崔元圭, 「趙芝薰研究 : 그의 美意識을 中心으로」, ≪연구보고집≫ 2, 忠南大學校 大學院, 1973. 8.

015. 吳圭原, 「선비意識과 超克意志 : 趙芝薰 著 趙芝薰全集(全7卷)外1卷 <書評>」, ≪文學과知性≫, 문학과지성사, 1974. 2.

016. 朴喜璡, 「달빛의 魔術性 : 趙芝薰의 「月光曲」」, ≪心象≫ 12, 心象社, 1974. 9.

017. 李東柱, 「趙芝薰」, ≪現代文學≫ 255, 현대문학사, 1976. 3.

018. 朴哲石, 「芝薰의 돌의 美學」, ≪現代文學≫ 260, 현대문학사, 1976. 8.

019. 권대풍, 「선비상의 교육철학적 분석 및 재평가」, ≪高大文化≫ 17, 高麗大學校, 1977. 5.

020. 金鍾均, 「趙芝勳 의 國學精神」, ≪語文論集≫ 19・20, 고려대학교 국어국문학연구회, 1977. 9.

021. 황금찬, 「조지훈 론」, ≪論文集≫ 6, 강남사회복지대학, 1979. 2.

022. 김희철, 「조지훈의 시사상연구 (I)」, ≪論文集≫ 8, 서울여자대학교, 1979. 5.

023. 문현미, 「지훈 시의 선적 근접 : 초기시를 중심으로」, ≪어문교육논집≫ 3, 부산대학교 국어교육과, 1979. 6.

024. 김희철, 「조지훈의 시사상연구 (II) : 그의 작품에 나타난 불교사상을 중심으로」, ≪論文集≫ 9, 서울여자대학교, 1980. 10.

025. 金完秀, 「趙芝薰論 : 그의 詩에 나타난 禪味世界」, ≪國語國文學論文集≫ 11, 동국대학교 국어국문학과, 1981. 12. 30.

026. 조동민, 「조지훈 연구 : 문학론을 중심으로」, ≪論文集≫ 14, 建國大學校 大學院, 1982. 4.

027. 박정환, 「조지훈 연구」, ≪논문집≫ 10, 공주전문대학, 1984. 1.

028. 박 일, 「일상을 통한 인식 : 조지훈의 시와 수필을 중심으로」, ≪仁荷≫
20, 인하대학교, 1984. 2.

029. 이은미, 「조지훈과 이형기의 「낙화」 비교연구」, ≪홍익어문≫ 3, 弘益大
學校 師範大學 홍익어문연구회, 1984. 2. 28.

030. 박 일, 「「청록집에 나타난 시의 모습」 : 지훈의 경우」, ≪仁荷人文≫ 3,
仁荷大學校 文科大學, 1984. 4.

031. 서익환, 「조지훈연구 (II) : 「여운」의 의미」, ≪韓國學論集≫ 6, 漢陽大學
校 韓國學硏究所, 1984. 8.

032. 구모룡, 「생명현상의 시학 : 근대 한국시관의 한 지향성」, ≪어문교육논
집≫ 8, 부산대학교 국어교육과, 1984. 12.

033. 이남호, 「지훈 시의 불교적 성격」, ≪陸士論文集≫ 27, 陸軍士官學校, 1984. 12.

034. 洪一植, 「解放 40년 한국인물 40選 : 趙芝薰」, ≪政經文化≫ 239, 京鄕新
聞社, 1985. 1.

035. 윤석성, 「신념의 시화 : 이육사와 조지훈의 시작품의 경우」, ≪韓國文學
硏究≫ 8, 東國大學校 韓國文學硏究所, 1985. 6.

036. 愼鏞協, 「조지훈 연구 1 : 조지훈의 시세계」, ≪논문집≫ 12, 2, 27, 忠南
大學校 人文科學硏究所, 1985. 12. 30.

037. 김종인, 「조지훈 시 연구」, ≪論文集≫ 5, 경북실업전문대학, 1986. 12.

038. 권명순, 「趙芝薰論」, ≪又石語文≫ 4, 又石大學校 國語國文學硏究會,
1987. 9. 30.

039. 韓奉玉, 「현실과 초월의 미학 : 조지훈 시를 중심으로」, ≪論文集≫ 13,
동의공업전문대학, 1987. 12. 30.

040. 徐益煥, 「趙芝薰詩에 나타난 想像力의 構造硏究 : 「白紙」와 「풀잎斷章」
을 中心으로」, ≪論文集≫ 제11집, 漢陽女子專門大學, 1988. 2.

041. 최진송, 「종군시의 의미와 분단극복」, ≪새얼語文論集≫ 4, 새얼어문학
회, 1988. 4. 30.

042. 趙炳華, 「떠난 세월, 떠난 사람 : 趙芝薰씨와 그 주변」, ≪現代文學≫ 401,
현대문학사, 1988. 5.

043. 徐益煥,「趙芝薰 詩의 想像力 構造研究 : <白紙>와 <풀잎斷章>을 중심으로」, ≪國語國文學≫ 99, 국어국문학회, 1988. 6.

044. 李崇源,「趙芝薰 詩의 내면구조」, ≪韓國文學≫ 177, 한국문학사, 1988. 7.

045. 金 仙,「佛教精神의 受容을 위한 探索 : 趙芝薰論」, ≪批評文學≫ 2, 韓國批評文學會, 1988. 8. 30.

046. 金麒仲,「芝薰詩의 이미지와 상상적 구조」, ≪民族文化研究≫ 22, 高麗大學校 民族文化研究所, 1989. 2.

047. 金貞培,「趙芝薰의 歷史觀 研究」, ≪民族文化研究≫ 22, 高麗大學校 民族文化研究所, 1989. 2.

048. 吳世榮,「趙芝薰의 文學史的 位置」, ≪民族文化研究≫ 22, 高麗大學校 民族文化研究所, 1989. 2.

049. 鄭在覺,「芝薰의 人稟과 思想」, ≪民族文化研究≫ 22, 高麗大學校 民族文化研究所, 1989. 2.

050. 崔 喆,「趙芝薰의 國文學 研究」, ≪民族文化研究≫ 22, 高麗大學校 民族文化研究所, 1989. 2.

051. 金容稷,「해방기 시단의 靑鹿派 : 朴木月·趙芝薰·朴斗鎭의 초기 작품세계」, ≪외국문학≫ 18, 열음사, 1989. 3.

052. 박미영,「조지훈 시의 색채어 연구」, ≪정신문화연구≫ 36, 韓國精神文化研究院, 1989. 5.

053. 金泰坤,「趙芝薰의 民俗學 研究」, ≪民族文化研究≫ 22, 高麗大學校 民族文化研究所, 1989. 2.

054. 金宗吉,「다시 芝薰을 생각하며 : 그의 초기시를 중심으로」, ≪현대시≫ 1, 9, 한국문연, 1990. 9.

055. 박호영,「詩意識의 다양한 폭과 깊이 : 芝薰의 初期詩에 대한 考察」, ≪현대시≫ 1, 9, 한국문연, 1990. 9.

056. 성기조,「趙芝薰의 詩와 自然, 그리고 禪味」, ≪청람어문학≫ 3, 청람어문학회, 1990. 12.

057. 김기중,「수직성의 시학 : 조지훈 론」, ≪現代詩學≫ 261, 現代詩學社,

1990. 12.

058. 金明仁, 「審美意識의 詩的 展開 : 趙芝薰의 詩와 詩論을 中心으로」, ≪論文集≫ 27, 京畿大學校, 1990. 12.

059. 崔東鎬, 「趙芝薰의 「僧舞」와 「梵鍾」」, ≪民族文化研究≫ 24, 高麗大學校 民族文化研究所, 1991. 7.

060. 權宅佑, 「芝薰詩의 東洋畵的 世界」, ≪詩文學≫ 241, 시문학사, 1991. 8.

061. 朴景惠, 「조지훈의 시와 신비체험」, ≪牧園語文學≫ 10, 牧園大學校 國語教育科, 1991. 12.

062. 최승호, 「趙芝薰의 詩學에 있어서 形而上學論的 觀點」, ≪冠嶽語文研究≫ 16, 서울大學校 國語國文學科, 1991. 12.

063. 崔榮鎬, 「文學의 發展과 詩의 社會的 機能 : 杜甫, 李相和, 趙芝薰의 詩」, ≪海士論文集≫ 34, 海軍士官學校, 1991. 12.

064. 유병학, 「조지훈 시의 미의식 세계」, ≪公州教大論叢≫ 28, 공주교육대학교, 1992. 1.

065. 송영근, 「조지훈 시에 나타난 색채어 연구」, ≪국어과교육≫ 12, 부산교육대학 국어교육연구회, 1992. 2.

066. 조기섭, 「趙芝薰의 戰爭詩 研究」, ≪외국어교육연구≫ 7, 대구대학교 외국어교육연구소, 1992. 2.

067. 崔炳俊, 「지훈 시 연구사」, ≪論文集≫ 22, 강남대학교, 1992. 3.

068. 白承水, 「「靑鹿集」에 나타난 이미지 研究」, ≪어문학교육≫ 14, 한국어문교육학회, 1992. 6.

069. 송희복, 「풍류를 아는 詩人의 내면풍경 : 지훈과 목월」, ≪문학사상≫ 237, 문학사상사, 1992. 7.

070. 金用鎭, 「芝薰詩 考察 : 「文章」誌에 收錄된 作品을 中心으로」, ≪論文集≫ 15, 안양전문대학, 1992. 12.

071. 신소영, 「解放期 傳統抒情詩 研究 : 金永郎·金達鎭·趙芝薰을 중심으로」, ≪畿甸語文學≫ 7, 水原大學校 國語國文學會, 1992. 12.

072. 崔炳俊, 「지훈 시의 미학 : 습작시기 작품의 정신지리」, ≪論文集≫ 23,

강남대학교, 1992. 12.

073. 송희복, 「한국시의 고전주의 : 정지용과 조지훈」, ≪오늘의 문예비평≫ 10, 책읽는사람, 1993. 8.

074. 이문걸, 「『청록집』의 원형심상 연구 : 지훈과 두진의 시를 중심으로」, ≪文化傳統論集≫ 1, 경성대학교부설 향토문화연구소, 1993. 8.

075. 김용직, 「감성과 논리 : 『詩의 原理』에 대하여」, ≪現代文學≫ 465, 현대문학, 1993. 9.

076. 엄경희, 「조지훈 詩論에 관한 一考察」, ≪崇實語文≫ 제10집, 崇實大學校 崇實語文研究會, 1993. 10.

077. 金志姸, 「趙芝熏 詩 作品論 1 : <絶頂>과 <언덕 길에서>에 관하여」, ≪聖心語文論集≫ 16, 聖心女子大學國語國文學科, 1994. 2.

078. 최승호, 「조지훈의 자연시에 구현된 형이상학」, ≪전농어문연구≫ 제6집, 서울시립대학교 문리과대학 국어국문학과, 1994. 2.

079. 이미순, 「한국 근대 유기체 시론 논의에 대한 반성 : 조지훈의 유기체시론을 중심으로」, ≪開新語文研究≫ 10, 開新語文研究會, 1994. 7.

080. 朱昇澤, 「傳統文化의 지속과 단절이 갖는 문학사적 의미 : 조지훈의 詩論을 중심으로」, ≪漢文學論集≫ 12, 단국한문학회, 1994. 11.

081. 조용란, 「趙芝薰論」, ≪論文集≫ 19, 仁荷工業專門大學, 1994. 8.

082. 崔台鎬, 「芝薰 漢詩의 特質攷」, ≪教育論叢≫ 10, 韓國外國語大學校 教育大學院, 1994. 12.

083. 신동인, 「趙芝薰 詩 研究」, ≪청람어문학≫ 13, 청람어문학회, 1995. 1.

084. 李庸勳, 「芝薰詩의 本領」, ≪語文研究≫ 5, 한국해양대학어학연구, 1995. 2.

085. 조석구, 「芝薰의 시적 변모」, ≪詩文學≫ 289, 시문학사, 1995. 8.

086. 조석구, 「芝薰의 시적 변모 3」, ≪詩文學≫ 291, 시문학사, 1995. 10.

087. 조석구, 「芝薰의 시적 변모 4」, ≪詩文學≫ 292, 시문학사, 1995. 11.

088. 南根祐, 「조지훈의 '民族文化學'」, ≪韓國文學研究≫ 18, 東國大學校 韓國文學研究所, 1995. 12.

089. 朴堤天, 「조지훈의 인간과 사상」, ≪韓國文學研究≫ 18, 東國大學校 韓國

文學硏究所, 1995. 12.

090. 宋喜復, 「조지훈의 學人的 생애」, ≪韓國文學硏究≫ 18, 東國大學校 韓國
文學硏究所, 1995. 12.

091. 尹錫成, 「조지훈의 시세계 : 卍海 詩와 관련하여」, ≪韓國文學硏究≫ 18,
東國大學校 韓國文學硏究所, 1995. 12.

092. 尹載雄, 「조지훈 시의 시세계 : 미당 시와 관련하여」, ≪韓國文學硏究≫
18, 東國大學校 韓國文學硏究所, 1995. 12.

093. 洪申善, 「조지훈의 시론 연구」, ≪韓國文學硏究≫ 18, 東國大學校 韓國文
學硏究所, 1995. 12.

094. 金錫煥, 「'靑鹿集'의 기호학적 연구 : 산의 기호작용과 의미를 중심으로」,
≪藝體能論集≫ 6, 明知大學校 藝體能硏究所, 1996. 2.

095. 양혜경, 「조지훈의 전통-지향적 詩觀」, ≪新羅大白楊人文論集≫ 1, 부산
여자대학교 인문과학연구소, 1996. 2.

096. 고형진, 「순수시론의 본질과 전개과정 : 박용철과 조지훈의 순수시론을
중심으로」, ≪현대시≫ 7, 4, 한국문연, 1996. 4.

097. 김형필, 「식민지시대의 시정신연구 : 조지훈」, ≪논문집 : 어문학 · 인문
과학≫ 29, 한국외국어대학교, 1996. 6.

098. 신현락, 「趙芝薰의 禪的 詩觀과 상상력에 관한 고찰」, ≪청람어문학≫
16, 청람어문학회, 1996. 7.

099. 南根祐, 「趙芝薰論 : 未完의 '民族文化學'」, ≪韓國民俗學≫ 28, 民俗學會,
1996. 12.

100. 양혜경, 「조지훈 문학의 전통-지향성 고찰」, ≪국어국문학≫ 15, 동아대
학교 국어국문학과, 1996. 12.

101. 인권환, 「趙芝薰의 民俗學 硏究와 그 學史的 意義」, ≪韓國民俗學≫ 28,
民俗學會, 1996. 12.

102. 裵英愛, 「趙芝薰 詩 意識 硏究」, ≪睡蓮語文論集≫ 23, 釜山女子大學校 國
語敎育科, 1997. 2.

103. 서익환, 「趙芝薰 詩의 文體考」, ≪論文集 : 人文 · 社會篇≫ 20, 한양여자

전문대학, 1997. 2.

104. 李姓敎, 「趙芝薰 詩 硏究」, ≪硏究論文集≫ 35, 誠信女子大學校, 1997. 2.

105. 최동호, 「한국문학의 거목을 재조명한다 : 시인 조지훈」, ≪문학사상≫ 296, 문학사상사, 1997. 6.

106. 양혜경, 「자연회귀와 향토의식 : 정지용과 조지훈을 중심으로」, ≪국어국 문학≫ 16, 동아대학교 국어국문학과, 1997. 12.

107. 한정순, 「조지훈 詩연구 : 詩의 變貌過程을 중심으로」, ≪湖西語文硏究≫ 5, 湖西大學校 國語國文學科, 1997. 12.

108. 정종진, 「정지용과 조지훈 시론의 비교연구」, ≪人文科學論集≫ 18, 淸州 大學校 人文科學硏究所, 1998. 2.

109. 이숭원, 「조지훈 시와 순수의 서정성」, ≪現代詩學≫ 350, 現代詩學社, 1998. 5.

110. 안수진, 「현대시에서 전통을 어떻게 가르칠 것인가 : 조지훈의 경우를 중 심으로」, ≪萬海學報≫ 3, 만해학회, 1998. 6.

111. 윤여탁, 「조지훈 다시 읽기」, ≪萬海學報≫ 3, 만해학회, 1998. 6.

112. 오세영, 「조지훈의 <승무(僧舞)>」, ≪현대시≫ 9, 9, 한국문연, 1998. 9.

113. 인권환, 「조지훈 학문의 영역과 특징」, ≪語文論集≫ 39, 안암어문학회, 1999. 2.

114. 홍종선, 「조지훈의 국어학 연구」, ≪語文論集≫ 39, 안암어문학회, 1999. 2.

115. 박호영, 「해방전 전통주의의 전개 양상 : 1920년대 민족주의 문학론에서 조지훈의 전통론까지」, ≪문학사상≫ 319, 문학사상사, 1999. 5.

116. 정진규, 「芝薰詩 읽기」, ≪現代詩學≫ 364, 現代詩學社, 1999. 7.

117. 이병문, 「조지훈의 시세계 연구 : 1940년대를 전후하여」, ≪論文集≫ 24, 光州保健大學, 1999. 8.

118. 金光植, 「조지훈·이청담의 불교계 '紛糾' 논쟁」, ≪한국민족운동사연구≫ 제22집, 한국민족운동사연구회, 1999. 9.

119. 최승호, 「조지훈론 : 서정적 유토피아와 은유에의 의지」, ≪우리말글≫ 17, 우리말글학회, 1999. 11.

120. 김용진,「芝薰의 詩世界와 表現技法 考察」, ≪論文集≫ 22, 安養科學大學, 1999. 12.

121. 김은정,「조지훈 시와 전통미」, ≪韓國言語文學≫ 43, 한국언어문학회, 1999. 12.

122. 金眞禧,「조지훈의「승무」: 懷古的 에스프리의 힘」, ≪지구문학≫ 8, 지구문학사, 1999. 12.

123. 박종은,「조지훈 시론의 기철학적 특성」, ≪人文論叢≫ 7, 京畿大學校 人文藝術總括學部 人文科學硏究所, 1999. 12.

124. 장사선·임옥규,「조지훈 문학의 미적 사유 방식」, ≪東西文化硏究≫ 7, 弘益大學校 人文科學硏究所, 1999. 12.

125. 최승호,「서정적 유토피아와 은유에의 의지 : 조지훈론」, ≪향토문학연구≫ 제2호, 대구경북향토문학연구회, 1999. 12. 20.

126. 조용헌,「경북 영양의 시인 조지훈 종택 : '지조론' 낳은 370년 명가의 저력」, ≪新東亞≫ 493, 東亞日報社, 2000. 10.

127. 임승빈,「조지훈 시론 연구」, ≪人文科學論集≫ 제22집, 淸州大學校 人文科學硏究所, 2000. 12.

128. 홍신선,「불교적 세계관으로 禪을 노래한 나그네 : 조지훈」, ≪불교와문화≫ 37, 대한불교진흥원, 2000. 12.

129. 강웅식,「조지훈의 생명시론과 그 초월론적 성격」, ≪작가연구≫ 제11호, 새미, 2001. 4.

130. 김용직,「詩와 선비의 미학 : 조지훈론」, ≪작가연구≫ 제11호, 새미, 2001. 4.

131. 김종태,「조지훈 초기의 자연서정시에 나타난 세계와 자아의 대응 양상」, ≪작가연구≫ 제11호, 새미, 2001. 4.

132. 이홍래,「조지훈 박목월 시의 경향과 화답시(和答詩)에 대하여」, ≪경상어문≫ 7, 경상대학교 국어국문학과 경상어문학회, 2001. 4.

133. 金 仙,「佛敎思想의 受容에 關한 探索 : 趙芝薰 論」, ≪열린문학≫ 제7권 제3호 통권20호, 열린문학, 2001. 9·10월호.

134. 김윤태, 「조지훈」, ≪역사비평≫ 통권57호, 역사비평사, 2001. 겨울호.

135. 김연옥, 「조지훈 시에 나타난 선비 정신의 구현」, ≪한국어문교육≫ 제
11집, 한국교원대학교 한국어문교육연구소, 2002. 2.

136. 박남희, 「한국 유기체시론 연구 : 박용철, 정지용, 조지훈을 중심으로」,
≪崇實語文≫ 제18집, 숭실어문학회, 2002. 6.

137. 김인환, 「조지훈의 문학과 학문 : 멋과 지조의 세계」, ≪비평≫ 통권8호,
생각의나무, 2002. 여름호.

138. 成耆兆, 「조지훈의 시와 자연, 그리고 禪味 1」, ≪시와비평 & 시조와비평≫
통권94호, 시·시조와 비평사, 2002. 가을호.

139. 成耆兆, 「조지훈의 시와 자연, 그리고 禪味 2」, ≪시와비평 & 시조와비평≫
통권95호, 시·시조와 비평사, 2002. 겨울호.

140. 成耆兆, 「조지훈의 시와 자연, 그리고 禪味 3」, ≪시와비평 & 시조와비평≫
통권96호, 시·시조와 비평사, 2003. 봄호.

141. 成耆兆, 「조지훈의 시와 자연, 그리고 禪味 4」, ≪시와비평 & 시조와비평≫
통권97호, 시·시조와 비평사, 2003. 여름호.

142. 현광석, 「선시의 미학적 대칭점 : 조지훈·한용운의 시를 중심으로」, ≪韓
國學報≫ 제29권 제4호 통권113호, 일지사, 2003. 11. 30.

143. 유임하, 「조지훈의 <고풍의상>과 <승무>」, ≪金剛≫ 제228호, 월간금
강사, 2004. 1. 1.

144. 정형근, 「梵我와 自我의 合一 : 조지훈의 禪詩에 대한 한 해석」, ≪萬海學
報≫ 통권 제7호, 만해학회·만해사상실천선양회, 2004. 3. 17.

145. 金 仙, 「佛敎精神의 受容을 위한 探索 : 趙芝薰論」, ≪불교문예≫ 제10권
1호 통권25호, 현대불교문인협회, 2004. 3. 1.

146. 김광식, 「지절시인(志節詩人)의 표상 : 한용운과 조지훈」, ≪유심≫ 통권
19호, 만해사상실천선양회, 2004. 12. 7.

147. 김영진, 「조지훈론 : 순수문학론에 대한 논의」, ≪論文集≫ 제29집, 木浦
科學大學, 2005. 3. 30.

148. 김윤식, 「봉황과 악작의 동시적 시름 : 이원조와 조지훈의 주고받기」, ≪

문학동네≫ 제12권 1호 통권 제42호, 문학동네, 2005. 2. 18.

149. 황봉구, 「조지훈의 심미경계 1 : 시와 음악이 만나는 곳 3」, ≪서정시학≫ 제15권 제4호 통권 제28호, 서정시학, 2005. 12. 1.

150. 김옥성, 「한국 현대시의 불교적 시학 : 한용운, 조지훈, 서정주의 시를 중심으로」, ≪문학·선≫ 산맥, 2006. 3. 30.

151. 최혜원, 「청록집 발간 60주년 : 맑은 시의 추억」, ≪주간조선≫ 통권1905호, 朝鮮日報社, 2006. 5. 22.

152. 박호영, 「한국현대시와 자연 친화 : 김소월, 신석정, 조지훈의 시를 중심으로」, ≪시와 상상≫ 통권 제10호, 푸른사상사, 2006. 6. 5.

153. 金屋成, 「조지훈 시론의 선적 미학의 그 교육적 의미」, ≪大東文化研究≫ 제56집, 成均館大學校 동아시아학술원 대동문화연구원, 2006. 12. 30.

154. 박정숙, 「조지훈(趙芝薰) 수필에 나타난 노장사상(老莊思想)」, ≪한국문예비평연구≫ 제21집, 창조문학사, 2006. 12. 30.

155. 최동호, 「청록파 조지훈의 시적 계보와 역정」, ≪國際言語文學≫ 제14호, 國際言語文學會, 2006. 12. 30.

156. 안효근, 「조지훈 : 멋과 지조의 시인」, ≪배워서 남주자≫ 통권125호, 해오름, 2007. 3. 15.

157. 한경희, 「조지훈 시론 연구」, ≪국어국문학≫ 제145호, 국어국문학회, 2007. 5. 30.

158. 김문주, 「조지훈의 '서경시'에 함축된 시적 전통의 성격」, ≪한국문학이론과 비평≫ 11권 2호 제35집, 한국문학이론과비평학회, 2007. 6. 30.

159. 엄성원, 「조지훈의 초기시 연구」, ≪한국문학이론과 비평≫ 11권 2호 제35집, 한국문학이론과비평학회, 2007. 6. 30.

160. 하상일, 「조지훈의 비평의식과 서정시론 연구」, ≪한국문학이론과 비평≫ 11권 2호 제35집, 한국문학이론과비평학회, 2007. 6. 30.

161. 한경희, 「조지훈 시에 나타난 전통미감 연구」, ≪어문학≫ 제97집, 한국어문학회, 2007. 9. 30.

162. 이천용, 「지조의 시인 조지훈의 영양 주실마을 숲」, ≪산림≫ 통권494호,

산림조합중앙회, 2007. 3. 1.

163. 송명희, 「조지훈의 수필문학연구」, ≪한국문학이론과 비평≫ 11권 2호 제35집, 한국문학이론과비평학회, 2007. 6. 30.

164. 오정국, 「한국 현대시의 설화 수용 : 조지훈의 「石門」과 서정주의 「新婦」를 중심으로」, ≪한국문예창작≫ 제6권 제1호 통권 제11호, 한국문예창작학회, 2007. 6. 30.

165. 김옥성, 「조지훈의 생태시학과 자아실현」, ≪한국문학이론과 비평≫ 11권 4호 제37집, 한국문학이론과비평학회, 2007. 12. 30.

166. 박남희, 「조지훈 시의 유기체적 상상력 연구」, ≪한국문예비평연구≫ 제24집, 창조문학사, 2007. 12.,31.

167. 김용진, 「지훈(芝薰)의 시세계(詩世界)와 표현기법(表現技法) 고찰(考察)」, ≪뿌리≫ 통권28호, 뿌리, 2007. 12. 1.

168. 송기한, 「조지훈 시의 유랑 의식 연구」, ≪한중인문학연구≫ 제23집, 한중인문학회, 2008. 4. 30.

169. 조창환, 「조지훈 초기시의 운율과 구조」, ≪한국문예비평연구≫ 제25집, 창조문학사, 2008. 4. 30.

170. 이선이, 「조지훈의 민족문화 인식 방법과 그 내용」, ≪한국시학연구≫ 제23호, 한국시학회, 2008. 12. 15.

171. 이희중, 「조지훈 시의 애상성 연구 : 애상적 시어의 출현 양상과 의미를 중심으로」, ≪批評文學. 제30호, 韓國批評文學會, 2008. 12. 30.

172. 이경수, 「조지훈 시의 불교적 상상력과 禪味의 세계」, ≪우리어문연구≫ 제33집, 우리어문학회, 2009. 1. 30.

173. 주영중, 「조지훈과 김춘수 시론 비교 연구」, ≪語文論集≫ 제59집, 민족어문학회, 2009. 4. 30.

174. 金景淑, 「조지훈 시에 나타난 '꽃'의 의미」, ≪韓國思想과 文化≫ 제49집, 韓國思想文化硏究院, 2009. 9. 30.

175. 오형엽, 「조지훈 시의 청각적 이미지와 시의식」, ≪한국언어문화≫ 제40집, 한국언어문화학회, 2009. 12. 30.

176. 최동호,「조지훈 시의 초기 판본에 대하여 :「승무」의 판본과 출생 기록 등을 중심으로」, ≪한국문예비평연구≫ 제30집, 창조문학사, 2009. 12. 31.

177. 임곤택,「조지훈과 바쇼(芭蕉) 시의 상관성 연구」, ≪批評文學≫ 제36호, 韓國批評文學會, 2010. 6. 30.

178. 최동호,「조지훈의 등단 추천작과 그 시적 전개」, ≪한국시학연구≫ 제 28호, 한국시학회, 2010. 8. 15.

179. 오형엽,「조지훈 시론의 보편성 연구 : ≪시의 원리≫를 중심으로」, ≪한 국언어문화≫ 제42집, 한국언어문화학회, 2010. 8. 30.

180. 임곤택,「조지훈 후기시 연구」, ≪현대문학이론연구≫ 제44집, 현대문학 이론학회, 2011. 3. 30.

181. 鄭燕丁,「趙芝薰 詩의 佛敎生態論的 硏究」, ≪語文硏究≫ 39권 1호 통권 149호, 韓國語文敎育硏究會, 2011. 3. 31.

182. 김문주,「조지훈 시의 형이상적 성격과 현실주의」, ≪韓民族語文學≫ 제 59호, 韓民族語文學會, 2011. 12. 31.

183. 인권환,「조지훈, 민주주의를 사랑하고 민족문화를 노래한 시인」, ≪한국 사시민강좌≫ 제50집, 일조각, 2012. 2. 20.

184. 최서림,「조지훈의 유가적 생명시학」, ≪신생≫ 제50호, 전망, 2012. 3. 1.

185. 류시현,「1940-60년대 시대의 '불안'과 조지훈의 대응」, ≪한국인물사연 구≫ 제17호, 한국인물사연구회, 2012. 3. 30.

186. 임곤택,「戰後 전통론의 구성과 의미 : 서정주와 조지훈을 중심으로」, ≪ 한민족문화연구≫ 제41집, 한민족문화학회, 2012. 10. 31.

187. 임수만,「조지훈의 시와 시론」, ≪人文論叢≫ 제12집, 한국교원대학교 인 문과학연구소, 2012. 12. 31.

188. 김종훈,「「승무」의 판본 비교와 조지훈의 미적 지향점」, ≪한국문학이론 과 비평≫ 17권 3호 제60집, 한국문학이론과비평학회, 2013. 9. 30.

189. 김윤태,「한국 현대시론에서의 '전통' 연구 : 조지훈의 전통론과 순수시론을 중심으로」, ≪한국전통문화연구≫ 제13호, 전통문화연구소, 2014. 5. 30.

2. 박사학위논문

001. 李健淸, 「韓國田園詩硏究」, 단국대학교 대학원, 1986. 2.

002. 朴好泳, 「趙芝薰 文學硏究」, 서울大學校 大學院, 1988. 8.

003. 徐益煥, 「趙芝薰 詩 硏究」, 漢陽大學校 大學院, 1989. 2.

004. 구모룡, 「韓國 近代 文學有機論의 談論分析的 硏究 : 趙芝薰, 金東里, 趙潤濟를 중심하여」, 釜山大學校 大學院, 1992. 8.

005. 박경혜, 「조지훈 문학 연구 : 시의 변모과정을 중심으로」, 延世大學校 大學院, 1992. 8.

006. 최병준, 「조지훈 시 연구」, 國民大學校 大學院, 1993. 8.

007. 崔台鎬, 「萬海·芝薰의 漢詩 硏究」, 韓國外國語大學校 大學院, 1994. 2.

008. 金志姸, 「趙芝薰 시 연구」, 淑明女子大學校 大學院, 1994. 8.

009. 조석구, 「조지훈 문학 연구」, 世宗大學校 大學院, 1995. 2.

010. 양혜경, 「鄭芝溶과 趙芝薰 詩의 傳統指向性 硏究」, 東亞大學校 大學院, 1997. 8.

011. 신현락, 「한국 현대시의 자연관 연구 : 한용운, 신석정, 조지훈을 중심으로」, 韓國敎員大學校 大學院, 1998. 2.

012. 배영애, 「현대시에 나타난 불교의식 연구 : 한용운·서정주·조지훈 시를 중심으로」, 淑明女子大學校 大學院, 1999. 8.

013. 韓貞順, 「趙芝薰 詩 硏究」, 誠信女子大學校 大學院, 1998. 8.

014. 김기호, 「조지훈과 크리슈나무르티의 선적 동질성 연구」, 한국외국어대학교 대학원, 2000. 8.

015. 윤동재, 「오일도·조지훈·김종길의 한시와 현대시 상관성 비교 연구」, 고려대학교 대학원, 2000. 8.

016. 강양희, 「조지훈 시의 시간과 공간 연구」, 충남대학교 대학원, 2002. 2.

017. 김연옥, 「조지훈 시에 나타난 선비의식과 전통미 연구」, 한국교원대학교 대학원, 2003. 2.

018. 정근옥, 「조지훈 시 연구 : 시의식과 방법적 특성을 중심으로」, 중앙대학

교 대학원, 2005. 2.

019. 정수자, 「한국 현대시의 고전적 미의식 연구 : 정지용·조지훈·박목월의 산시를 중심으로」, 아주대학교 대학원, 2005. 2.

020. 김문주, 「한국 현대시의 풍경과 전통 : 정지용과 조지훈의 시를 중심으로」, 고려대학교 대학원, 2005. 8.

021. 김옥성, 「한국 현대시의 불교적 시학 연구 : 한용운, 조지훈, 서정주의 시를 중심으로」, 서울대학교 대학원, 2005. 8.

022. 정남채, 「한국전쟁기 종군시의 주제의식과 미적 특성 연구 : 조지훈·조영암·유치환을 중심으로」, 경성대학교 대학원, 2007. 8.

023. 김윤환, 「한국 현대시의 종교적 상상력 연구 : 박두진, 박목월, 조지훈 시를 중심으로」, 단국대학교 대학원, 2009. 8.

024. 박남희, 「한국현대시의 유기체적 상상력 연구 : 박용철, 정지용, 조지훈을 중심으로」, 고려대학교 대학원, 2009. 8.

025. 주영중, 「조지훈과 김춘수의 시론 연구 : 시론 형성의 문학사적 맥락을 중심으로」, 고려대학교 대학원, 2009. 8.

026. 박종은, 「한국 현대시의 생명시학 : 조지훈, 신석정, 이상화의 작품을 중심으로」, 경기대학교 대학원, 2010. 2.

027. 심효숙, 「조지훈 시의 선적 표현 양상에 대한 연구」, 청주대학교 대학원, 2010. 2.

028. 임곤택, 「한국 현대시에 나타난 전통의 미학적 수용 양상 연구 : 1950-60년대 서정주, 조지훈, 김춘수를 중심으로」, 고려대학교 대학원, 2011. 8.

029. 조춘희, 「전후 서정시의 전통 담론 연구 : 조지훈, 서정주, 박재삼을 중심으로」, 부산대학교 대학원, 2013. 8.

030. 金艶花, 「趙芝薰 詩의 變貌過程 硏究 : 詩語의 計量的 分析을 中心으로」, 한국학중앙연구원 한국학대학원, 2014. 2.

031. 이경아, 「박목월 시와 조지훈 시의 관계 연구 : 공통점과 차이점을 중심으로」, 인하대학교 대학원, 2015. 2.

3. 석사학위논문

001. 兪炳鶴, 「趙芝薰 硏究」, 충남대학교 대학원, 1973. 8.

002. 趙尙箕, 「趙芝薰의 詩文學 硏究」, 동국대학교 대학원, 1975. 2.

003. 韓承玉, 「芝薰 詩硏究」, 고려대학교 대학원, 1975. 2.

004. 洪官杓, 「趙芝薰詩硏究」, 고려대학교 교육대학원, 1977. 2.

005. 李容淑, 「趙芝薰 詩論」, 전북대학교 교육대학원, 1978. 2.

006. 徐益煥, 「趙芝薰論」, 한양대학교 대학원, 1980. 8.

007. 강준향, 「素月·未堂·芝薰 三家詩硏究」, 淸州大學校 대학원, 1980. 2.

008. 金永極, 「芝薰의 民族意識에 대한 考察」, 忠南大學校 敎育大學院, 1981. 2.

009. 尹錫成, 「趙芝薰論 : 詩意識의 展開를 中心으로」, 동국대학교 대학원, 1981. 2.

010. 李元雨, 「趙芝薰 詩 硏究」, 성균관대학교 대학원, 1982. 2.

011. 具謨龍, 「芝薰 趙東卓 의 詩有機體論 硏究」, 부산대학교, 1983. 8.

012. 金榮翊, 「趙芝薰詩의 構造的 特性 硏究」, 충남대학교 대학원, 1984. 2.

013. 李昌鎬, 「趙芝薰의 詩世界 考察」, 조선대학교 교육대학원, 1984. 2.

014. 전홍섭, 「趙芝薰의 詩的變貌를 通한 詩人意識 硏究」, 중앙대학교 대학원, 1984. 2.

015. 金枝炫, 「조지훈 詩 硏究」, 영남대학교 대학원, 1985. 2.

016. 金勇彦, 「趙芝薰詩意識 硏究」, 국민대학교 대학원, 1985. 2.

017. 趙相德, 「趙芝薰의 詩語硏究」, 경남대학교 교육대학원, 1985. 8.

018. 李光洙, 「芝薰과 未堂의 詩論 비교」, 고려대학교 대학원, 1985. 2.

019. 李基奉, 「趙芝薰의 詩世界考察」, 조선대학교 교육대학원, 1985. 2.

020. 권택우, 「동양화법으로 본 지훈 시 연구」, 釜山大學校 大學院, 1987. 2.

021. 金惠卿, 「趙之勳 時에 나타난 꽃과 촛불의 心象」, 高麗大學校 大學院, 1987. 2.

022. 朴正男, 「趙芝薰 詩의 傳統性 硏究」, 大邱大學校 大學院, 1987. 2.

023. 梁昇江, 「趙芝薰 詩 硏究」, 曉星女子大學校 大學院, 1987. 2.

024. 鄭璟雅,「趙芝薰 詩 硏究」, 誠信女子大學校 大學院, 1987. 8.

025. 金晶淵,「Metaphor의 공간연구 : 조지훈을 중심으로」, 梨花女子大學校 大學院, 1988. 2.

026. 裵令愛,「趙芝薰 詩意識 硏究」, 淑明女子大學校 敎育大學院, 1988. 8.

027. 柳鍾海,「趙芝薰 詩의 硏究 : 現實認識을 中心으로」, 嶺南大學校 敎育大學院, 1988. 8.

028. 沈相炍,「芝薰詩의 特性과 敎育方法」, 高麗大學校 敎育大學院, 1990. 2.

029. 梁在澄,「趙芝薰 詩 연구」, 國民大學校 敎育大學院, 1990. 2.

030. 安七仙,「趙芝薰 詩의 思想的 特性 연구 : 東洋思想을 중심으로」, 慶北大學校 敎育大學院, 1990. 8.

031. 宋容錫,「趙芝薰 연구 : 禪觀과 主體的 美學을 중심으로」, 中央大學校 敎育大學院, 1991. 2.

032. 韓明淑,「趙芝薰 詩의 物質的 想像力 연구 : 물의 이미지를 중심으로」, 高麗大學校 敎育大學院, 1991. 2.

033. 權斗菜,「조지훈의 시세계 연구」, 全州又石大學校 敎育大學院, 1993. 2.

034. 申素煐,「해방기 전통서정시 연구 : 金永郞·金達鎭·趙芝薰을 중심으로」, 水原大學校 大學院, 1993. 2.

035. 殷廷昊,「趙芝薰 시의 불교적 성격 연구」, 啓明大學校 敎育大學院, 1994. 2.

036. 申東仁,「趙芝薰의 시 연구」, 韓國敎員大學校 大學院, 1995. 2.

037. 정근옥,「芝薰詩에 나타난 민족정신고」, 中央大學校 敎育大學院, 1995. 8.

038. 韓晶姬,「조지훈의 시 연구」, 忠南大學校 敎育大學院, 1995. 8.

039. 成潤錫,「해방기 조지훈의 민족시론 연구」, 水原大學校 大學院, 1996. 2.

040. 宋映美,「조지훈시 연구」, 南大學校 敎育大學院, 1996. 2.

041. 김정언,「조지훈 시 연구」, 昌原大學校 敎育大學院, 1996. 8.

042. 李裕煥,「趙芝薰 詩에 나타난 現實意識 연구」, 嶺南大學校 敎育大學院, 1997. 2.

043. 김경희,「趙芝薰 詩의 精神史的 연구」, 東國大學校 文化藝術大學院, 1997. 8.

044. 박수현,「조지훈 시 연구」, 延世大學校 大學院, 1997. 8.

045. 李仙姬,「趙芝薰의 詩 研究 : 歷史 意識을 中心으로」, 韓國外國語大學校 教育大學院, 1997. 8.

046. 金文柱,「趙芝薰 詩에 나타난 生命意識 研究」, 高麗大學校 大學院, 1998. 2.

047. 李煥出,「趙芝薰 詩世界 考察」, 慶南大學校 教育大學院, 1998. 2.

048. 공상기,「조지훈 시의 전통적 미양상 연구」, 한국교원대학교 교육대학원, 2000. 2.

049. 김영옥,「조지훈의 시와 왕유의 시에 관한 비교 연구」, 한국교원대학교 대학원, 2000. 2.

050. 현광석,「한국 현대 선시 연구 : 한용운, 김달진, 조지훈, 고은의 시를 중심으로」, 경희대학교 대학원, 2000. 2.

051. 조미숙,「『풀잎 단장』 연구」, 한남대학교 교육대학원, 2001. 2.

052. 김정님,「조지훈의 시에 수용된 불교사상」, 원광대학교 교육대학원, 2002. 8.

053. 김학식,「「승무」의 형식론적 접근」, 연세대학교 교육대학원, 2003. 2.

054. 박종실,「조지훈 초기시 연구」, 충북대학교 교육대학원, 2003. 2.

055. 이정은,「조지훈 시 연구」, 숙명여자대학교 교육대학원, 2003. 2.

056. 이기준,「조지훈 시 연구 : 변모양상을 중심으로」, 단국대학교 교육대학원, 2003. 8.

057. 박승희,「조지훈의 시의식 연구」, 충남대학교 교육대학원, 2004. 2.

058. 조선희,「조지훈 문학에 나타난 선비정신 연구」, 서강대학교 교육대학원, 2004. 8.

059. 장옥란,「조지훈 시 연구 : 작품에 나타난 멋을 중심으로」, 경기대학교 교육대학원, 2004. 8.

060. 김재인,「조지훈 연구」, 청주대학교 교육대학원, 2005. 2.

061. 김점순,「조지훈 시집 『풀입단장』의 전통적 요소 연구」, 충북대학교 교육대학원, 2006. 2.

062. 백종미,「조지훈 문학 연구 : 선비정신을 중심으로」, 서강대학교 교육대학원, 2006. 2.

063. 장선희, 「조지훈 시 연구」, 안동대학교 교육대학원, 2006. 8.

064. 임곤택, 「조지훈 시 연구 : 세계관의 구성 방식과 자아의 반응 양상을 중심으로」, 고려대학교 대학원, 2007. 2.

065. 정효성, 「조지훈 시의 자연 연구」, 목포대학교 교육대학원, 2009. 2.

066. 김현식, 「조지훈 시의 동양정신과 자유의 문제」, 충북대학교 대학원, 2009. 8.

067. 류정화, 「『청록집』의 목월, 지훈 시 대비적 고찰」, 동국대학교 교육대학원, 2009. 8.

068. 오정빈, 「조지훈 4·19 혁명시 연구」, 원광대학교 교육대학원, 2012. 2.

069. 이현주, 「조지훈 시의 리듬 연구」, 인제대학교 교육대학원, 2012. 8.

070. 전지영, 「정지용 시와 조지훈 시에 나타난 상호텍스트성과 문학 교육적 가치 연구」, 고려대학교 교육대학원, 2013. 2.

071. 이혜미, 「조지훈 시에 나타난 선의 미학 : 시와 시론을 중심으로」, 고려대학교 대학원, 2014. 2.

부록 3 : 청록파 시 연구목록

1. 학술기사

001. 金冠植,「靑鹿派의 天地 : 序說」,≪新世界≫ 1, 1, 昌平社, 1956. 2.

002. 金柱演,「詩에서의 韓國的 虛無主義 : 靑鹿派이후 詩人에서 본 觀念의 虛無와 그 止揚 : 新文學60年의 作家狀況 6」,≪思想界≫ 16, 12, 思想界社, 1968. 12.

003. 崔昌祿,「靑鹿派의 自然觀과 詩史的 意義」,≪어문학≫ 제23호, 한국어문학회, 1970. 10. 5.

004. 朴允珠,「청록집 연구 : 초기 청록파 시의 형태적 비교」,≪先淸語文≫ 3, 서울大學校 師範大學 국어국문학회, 1972. 3. 30.

005. 朴斗鎭,「靑鹿派時節의 憧憬 : 나의 交友錄」,≪月刊中央≫ 54, 중앙일보사, 1972. 9.

006. 崔炳俊,「韓國 現代詩의 詩語考察 : 靑鹿派과 後半期 同人을 中心으로」,≪國文學論集≫ 5·6, 檀國大學校國語國文學科, 1972. 12.

007. 朴哲石,「靑鹿派詩論」,≪詩文學≫ 20, 시문학사, 1973. 3.

008. 金容稷,「人間과 現實과 詩 : 초기 靑鹿派의 世界에 대하여」,≪心象≫ 7,

心象社, 1974. 4.

009. 국제펜클럽한국본부 편, 「懷疑, 청록파 朴斗鎭 : 「現代詩의 理解와 體驗」, ≪펜뉴스≫ 2, 2, 국제펜클럽한국본부, 1976. 7.

010. 신 진, 「「청록집」의 색채이미지 연구」, ≪國語國文學≫ 4, 東亞大學校 國語國文學科, 1982. 1.

011. 민병기, 「청록파시의 혈연성」, ≪語文論集≫ 23, 고려대학교 국어국문학 연구회, 1982. 9.

012. 이기서, 「청록집에 나타난 세계상실구조 연구」, ≪敎育論叢≫ 13, 高麗大 學校 敎育大學院, 1983. 12.

013. 金賢子, 「靑鹿派 시에 나타난 擬聲·擬態語 연구」, ≪梨花語文論集≫ 7, 梨花女子大學校 韓國語文學研究所, 1984. 12.

014. 金容稷, 「해방기 시단의 靑鹿派 : 朴木月·趙芝薰·朴斗鎭의 초기 작품세 계」, ≪외국문학≫ 18, 열음사, 1989. 3.

015. 白承水, 「「靑鹿集」에 나타난 律格 研究」, ≪국어국문학≫ 10, 동아대학 교 국어국문학과, 1990. 12.

016. 白承水, 「「靑鹿集」에 나타난 아니마 研究」, ≪동아어문논집≫ 1, 동아어 문학회, 1991. 11.

017. 白承水, 「「靑鹿集」에 나타난 이미지 研究」, ≪어문학교육≫ 14, 한국어 문교육학회, 1992. 6.

018. 김종익, 「金東里의 "究竟追求"에 관한 고찰 : 김동리의 비평문「김동인론」, 「이효석론」, 「김소월론」, 「청록파에 대하여」를 중심으로」, ≪동국어문 학≫ 6, 동국대학교 사범대학 국어교육과, 1994. 12.

019. 이원조, 「靑鹿派 3人 詩人의 自然語의 分析과 考察 : 靑鹿集을 中心으로」, ≪論文集≫ 34, 晋州産業大學校. 1995. 12.

020. 金錫煥, 「'靑鹿集' 기호학적 연구 : 산의 기호작용과 의미를 중심으로」, ≪藝體能論集≫ 6, 明知大學校 藝體能研究所, 1996. 2.

021. 이숭원, 「청록파의 시적 특질과 문학사적 성격 : 황폐한 시대에 불 밝힌 순수 서정시의 정화」, ≪문학사상≫ 312, 문학사상사, 1998. 10.

022. 한홍자, 「청록파의 자연관 연구」, ≪돈암語文學≫ 13, 돈암어문학회, 2000. 9.

023. 노 철, 「청록파 시에 대한 생태적 해석」, ≪작가연구≫ 제11호, 새미, 2001. 4.

024. 금동철, 「청록파 시인의 서정화 방식 연구」, ≪작가연구≫ 제11호, 새미, 2001. 4.

025. 김기중, 「청록파의 시세계」, ≪작가연구≫ 제11호, 새미, 2001. 4.

026. 이상호, 「청록파 연구 : ≪청록집≫을 중심으로」, ≪한국언어문화≫ 제28집, 한국언어문화학회, 2005. 12. 15.

027. 유성호, 「한국 현대시에 나타난 "자연" 전통 : 청록파의 시를 중심으로」, ≪한국어문교육≫ 제15집, 한국교원대학교 한국어문교육연구소, 2006. 2. 25.

028. 최혜원, 「청록집 발간 60주년 : 맑은 시의 추억」, ≪주간조선≫ 통권1905호, 朝鮮日報社, 2006. 5. 22.

029. 이시영, 「『청록집』의 허와 실」, ≪詩로 여는 세상≫ 제5권 3호 통권 19호, 시로여는세상, 2006. 9. 1.

030. 이상호, 「『청록집』에 나타난 청록파의 시적 변별성 : 언어감각과 구성형식을 중심으로」, ≪詩로 여는 세상≫ 제7권 2호 통권 26호, 시로여는세상, 2008. 6. 1.

031. 김춘식, 「근대적 감각과 '발견'되는 자연 : 청록파와 박두진」, ≪현대문학의 연구≫ 제37집, 한국문학연구학회, 2009. 2. 28.

032. 李泰東, 「낭만적 전통의 부활과 그 역사적 의미 : 청록파 시운동 再考」, ≪藝術論文集≫ 통권 제48호, 大韓民國藝術院 2009. 12. 31.

033. 이성천, 「『청록집』에 나타난 현실 수용 양상과 전통의 문제」, ≪한민족문화연구≫ 제41집, 한민족문화학회, 2012. 10. 31.

034. 이내선, 「청록파 자연관에 담긴 한국적 서정성을 해석한 가곡 연구」, ≪音樂論壇≫ 제29집, 漢陽大學校 音樂研究所, 2013. 4. 30.

035. 손민달, 「힐링(Healing) 관점에서 본 『청록집』의 의미」, ≪韓民族語文學≫ 제65호, 韓民族語文學會, 2013. 12. 31.

2. 박사학위논문

001. 金麒仲,「靑鹿派詩의 對比硏究」, 高麗大學校 大學院, 1990.
002. 李文杰,「『靑鹿集』의 原型心象 硏究」, 東亞大學校 大學院, 1995.

3. 석사학위논문

001. 梁汪容,「靑鹿集을 通한 三家詩人의 作品 硏究」, 경북대학교 대학원, 1969.
002. 裵馨雨,「『청록』派 詩人의 自然觀 硏究 :『청록집』을 中心으로」, 東亞大學校 大學院, 1979.
003. 任承彬,「靑鹿派詩 硏究」, 청주大學校 대학원, 1982.
004. 咸弘根,「靑鹿派 作品의 比較 分析的 硏究」, 중앙대학교대학원, 1982.
005. 金容鎭,「청록파의 시와 정지용의 영향」, 한양대학교 교육대학원, 1983.
006. 李喆榮,「靑鹿集 詩硏究」, 숭전대학교 대학원, 1983.
007. 李宗雨,「靑鹿派 詩 硏究」, 연세대학교 대학원, 1987.
008. 徐智英,「한국 현대시의 문체연구 :『청록집』을 대상으로」, 西江大學校 大學院, 1993.
009. 鄭貞順,「詩 談論의 이데올로기성에 관한 硏究 : 靑鹿派 詩의 담론 형식을 中心으로」, 서울大學校 大學院, 1997.
010. 김승섭,「청록파 시 대비 연구 :『청록집』을 중심으로」, 건국대학교 교육대학원, 2002.
011. 윤현희,「청록파 시의 수사학적 연구」, 대구대학교 대학원, 2004.
012. 윤신혜,「『청록집』에 수록된 시의 특징과 교육적 의의」, 고려대학교 교육대학원, 2013.

저자소개

　이경아(필명 이상아)는 1962년 11월 서울에서 태어났다. 1990년, 계간 ≪우리문학≫에 시 <설문지> 외 9편이 당선되어 등단하였으며, 인하대학교에서 국어국문학을 전공해 석사학위를, 동 대학원 한국학과에서 한국어문학을 전공해 박사학위를 받았다. 인하대학교와 서울성경신학대학원대학교에서 글쓰기와 토론, 글쓰기 훈련, 수사학적 글쓰기, 문제해결을 위한 글쓰기 등을 강의한 바 있으며, 지금도 인하대학교에서 학생들을 가르치면서 시인, 수필가로 활동 중이다.

상아연구논저총서 ①

채움과 비움의 시학

초판 1쇄 인쇄일	2023년 3월 2일
초판 1쇄 발행일	2023년 3월 12일

지은이	이경아
펴낸이	한선희
편집/디자인	우정민 김보선 신하영
마케팅	정찬용 정구형
영업관리	한선희 이나윤
책임편집	정구형
인쇄처	으뜸사
펴낸곳	국학자료원 새미(주)
	등록일 2005 03 15 제25100−2005−000008호
	경기도 고양시 일산동구 중앙로 1261번길 79 하이베라스 405호
	Tel 442−4623 Fax 6499−3082
	www.kookhak.co.kr
	kookhak2001@hanmail.net

ISBN	979-11-6797-106-7 *93800
가격	21,000원